AF387946

Marc Stroot wurde in Lohne (Oldenburg) geboren und lebt mittlerweile in Lingen (Ems). Nach dem Abitur studierte er Spanisch und Geschichte auf Lehramt in Bremen und absolvierte eine Fortbildung für Kunst fachfremd. Neben dem Beruf als Lehrer an einem Gymnasium in Meppen lebt er sich vielseitig aus. In seiner Freizeit kocht und liest er, gibt Zumbakurse, treibt viel Sport und genießt gerne guten Wein. Das Schreiben, dem er sich täglich widmet, begleitet ihn seit Jugendzeiten.

EIN STÜCK TOD, BITTE!
MARC STROOT

Erstausgabe Dezember 2023

Copyright © 2023 dp Verlag, ein Imprint der
dp DIGITAL PUBLISHERS GmbH
Made in Stuttgart with ♥
Alle Rechte vorbehalten

Ein Stück Tod, bitte

ISBN : 978-3-98778-823-9
E-Book-ISBN 978-3-98778-519-1

Covergestaltung: Buchgewand
Umschlaggestaltung: ARTC.ore Design
Unter Verwendung von Abbildungen von
stock.adobe.com: © U&ME GRAPHICS WORLD, © Soho A studio
depositphotos.com: © info@orly.lv, © ElenStock, © adfoto
shutterstock.com: © Monspix, © Konmac
Lektorat: Manuela Tengler

Satz: dp DIGITAL PUBLISHERS GmbH
Druck und Bindung: Books on Demand GmbH, Norderstedt

Das Werk darf – auch teilweise – nur mit
Genehmigung des Verlages wiedergegeben werden.

Sämtliche Personen und Ereignisse dieses Werks sind frei erfunden. Etwaige Ähnlichkeiten mit real existierenden Personen, ob lebend oder tot, wären rein zufällig.

Für dich, Kathi!
Ich danke dir für die Idee und unsere langjährige
innige Freundschaft.

„Bevor du auf die Reise der Rache gehst,
grabe zwei Gräber.“
Konfuzius

Kapitel 1

In aller Ruhe spazierte Margret in der unteren Etage von Raum zu Raum und schob die schweren dunkelblauen Samtvorhänge zur Seite. Das hereinfallende Sonnenlicht wärmte und ummantelte sie. Hier und da blieb sie am Fenster stehen und schaute mit zusammengekniffenen Augen hinaus in die Ferne. Ihr in die Jahre gekommenes Cottage lag am äußersten Rand von Little Maine und bot eine fabelhafte Aussicht in die Idylle, die dahinterlag. So weit das Auge reichte, sah man grüne Wiesen und Weiden mit kleinen Wäldchen. In einiger Entfernung konnte man vom Wohnzimmer aus, das alte Schloss von Little Maine sehen. Erhaben thronte es auf einem Hügel und hatte früher die Siedlungen ringsherum überwacht. Heute lockte es mehr Touristen, die den Charme längst vergangener Zeit erleben und spüren wollten. Es befand sich mittlerweile im Besitz der Rutherfords, doch lebte dort keiner von ihnen.

Margret wandte sich ab vom Anblick der Schlossmauern im saftigen Grün und wackelte barfuß über die Holzdielen. Die patschenden Geräusche erinnerten einen an eine Ente. Margret genoss es, sich ohne Schuhwerk fortzubewegen. Egal, wo sie war, zog sie, sobald sie saß, ihre Schuhe aus und genoss die Luftzüge, die Zehen und Fußsohlen umspielten. Zuhause trug sie weder im Sommer noch im Winter Schuhe. Dieses Gefühl von Leichtigkeit empfand sie als wahren Genuss, auch wenn andere es mitunter stirnrunzelnd beäugten.

Als Nächstes ging Margret in die Küche, wo sie alles für die Zubereitung ihres Apfelkuchens vorbereitet hatte. Ihr fast vierzehnjähriger Neffe liebte ihn und sie wollte ihm bei seiner Ankunft eine Freude bereiten. Es würde das erste Mal sein, dass er bei ihr eine längere Zeit übernachtete. Mit routinierten Griffen gab sie eine Zutat nach der anderen in die Rührschüssel und wenig später füllte sie den Teig in eine Backform. Die geschnittenen Apfelspalten verteilte sie sodann kreisförmig und schob ihr Werk in den Ofen. Vor Verblüffung lachend stellte sie fest, dass sie diesen bisher nicht vorgeheizt hatte. „Du Schussel, man könnte meinen, du wirst alt." Rasch betätigte sie die Drehknöpfe am Ofen und schaltete die Eieruhr auf die entsprechende Zeit ein. Den Kuchen wollte sie nicht auch noch in der Röhre vergessen. Solche Malheure passierten ihr schon mal und sorgten in ihrem Umfeld immer wieder für einen Lacher. Vor allem bei ihren Schülern. Die Grundschullehrerin war bei den Kleinen beliebt. Das lag zum einen daran, dass sie für jeden Blödsinn zu begeistern war, zum anderen war sie sehr direkt und sagte, wo der Hase langlief.

Da Margret die Ordnung liebte, räumte sie gleich darauf die Küche auf und wusch die benutzten Utensilien ab, die sie anschließend in den Schränken verstaute. Jedes Teil hatte seinen festen Platz. Sie konnte nahezu irre werden, wenn Freunde ihr beim Abwasch halfen und eigenmächtig Sachen an falsche Orte stellten. Daher bestand sie grundsätzlich darauf, dass man sie, wenn es unbedingt sein musste, lediglich beim Abräumen des Tisches und Abtrocknen unterstützen durfte, aber alles andere ihr oblag.

Die Uhr tickte im Hintergrund. So hatte Margret noch genügend Zeit, ehe Elisabeth sie zu ihrer kleinen Freitagsrunde abholen würde. Ihr Blick fiel auf die Schiefertafel, die sie von ihrer Klasse zum Schuljahresende geschenkt bekommen hatte. Dort notierte sich die eigensinnige Lehrerin seitdem regelmäßig alle Dinge, die sie zu erledigen hatte, um bloß nichts zu verschusseln. Laut Liste fehlte lediglich das Herrichten des Zimmers für ihren Neffen. In den kommenden Tagen würde er die Sommerferien bei ihr verbringen. Margret durchschritt von der Küche aus das Wohnzimmer, wodurch das Geräusch ihrer patschenden Füße einen kleinen Moment verstummte, als sie den Teppich beim Sofa überquerte, um zur Treppe zu gelangen. Stufe für Stufe erklomm sie den Weg nach oben. Dass sie nicht die Fitteste war, merkte Margret jetzt wieder.

„Es waren eindeutig zu viele Kekse und Kuchenstücke in den letzten Wochen … Jahren", gestand sie sich tadelnd ein, als sie die ersten Schritte hinter sich gebracht hatte. Ein wenig behäbig hievte sie sich nach oben. Auf der Hälfte blieb sie stehen. Es war nicht so, dass sie schnaufen musste, aber ihre Knochen fühlten sich wie siebzig an, obwohl sie erst fünfunddreißig war. War sie in vielerlei Dingen sehr organisiert und diszipliniert, so zählte dies nicht für ihre Ernährung. Margret war schon immer ein Genussmensch gewesen. Es fiel ihr nicht leicht, bei leckerem Essen nein zu sagen.

Da stand sie nun und schaute die Treppe hinauf. Zur Sicherheit stützte sie sich am Geländer ab und gelangte im Schneckentempo ins Obergeschoss. Hier befanden sich die ehemaligen Kinderzimmer von ihren Geschwistern und ihr, ein kleines Bad und das frühere Zimmer von Grandpa Ian und Granny Lorna. Vom Treppenabsatz ging sie nach links bis ans Ende des schmalen, schlauchartigen Flures, wo ihr älterer Bruder sein Zimmer im Hause der Großeltern gehabt hatte.

Beim Eintreten vernahm sie den Geruch von früher und schwelgte ein wenig in Erinnerungen. Sie öffnete das Fenster zum Garten und richtete das Bett für Benjamin her. Danach kümmerte sie sich um das Bad, das sie mit Handtüchern bestückte, ehe sie den mühseligen Weg nach unten antrat.

Kaum hatte sie das Erdgeschoss erreicht, das herrlich nach Apfelkuchen roch, läutete es schrill an der Tür. Sie schaute zur Standuhr im Wohnzimmer und grinste. Ihre Freundin war wie sie selbst ein Schweizer Uhrwerk und kam lieber zu früh als zu spät. Während sie zur Haustür taspte, hörte sie die Eieruhr aus der Küche. Nun war Eile geboten, damit es später nicht Steinkohle statt Kuchen zum Kaffee geben würde. Flink öffnete sie die Tür und floh sogleich in die Küche zum Backofen.

„Komm rein, Beth. Ich muss schnell den Kuchen vor seinem Untergang bewahren!“, rief sie in den Flur und bahnte sich ihren Weg zum Gebäck. Margret wollte die Ofentür aufreißen und die Backform greifen, zog aber noch rechtzeitig die Hände zurück. Kopfschüttelnd streifte sie sich die Backhandschuhe über und holte den Kuchen heraus, damit er auskühlen konnte.

Als sie sich umdrehte, stand Elisabeth bereits am Küchentisch und hob eine Brötchentüte mit der linken

Hand hoch. „Das duftet ja köstlich. Lust auf ein französisches Frühstück, wenn wir fertig sind?", fragte die weißhaarige kleine Frau und grinste. Schnell lief Margret ins Schlafzimmer und zog sich um.

Obwohl sie sich zum Walken verabredet hatten, war Beth wie immer hervorragend gekleidet, was man von Margret nicht behaupten konnte. Zu ihren weißen Turnschuhen trug ihre beste und deutlich ältere Freundin den cremefarbenen Trainingsanzug. Sie selbst hingegen blaugeblümte Leggings und ein neongrünes Oberteil. Dieses Ensemble vervollständigte sie mit einem gelben Schweißband, das sie nun aufsetzte. Ihre wilden roten Locken erschwerten diese Prozedur jedes Mal. Danach folgten ihre violetten Turnschuhe.

„Ich bin startklar, Beth. Und zu dem Frühstück sage ich garantiert nicht nein. Immerhin ist es eine Tüte aus Pamelas Café. Ich bin mir sicher, dass sich in dieser wieder umwerfende Croissants befinden", gab sie gut gelaunt von sich, während Beth ihr zustimmend zunickte.

Nachdem sie ihre Stöcke aus der Garderobe neben der Haustür genommen hatte, begannen die beiden Freundinnen ihre Route. Wie zwei Stockenten marschierten sie langsamen Schrittes zunächst den kleinen Weg am Bach entlang, der in Richtung Zentrum führte. Ihr Tempo war seit je her moderat. Einerseits lag es an Margrets mangelnder Kondition, die dringend verbessert werden musste, andererseits bremste Elisabeths Hüfte den Elan.

„Und? Schon alles für den kleinen Mann vorbereitet?", fragte Elisabeth, während sie ihres Weges daher schlenderten.

„Just als du geklingelt hast, war ich mit allem fertig", antwortete Margret und schnappte ein wenig nach Luft. „Wir müssen öfters zusammen diese Runde walken. Ich habe mich wie eine Elefantenkuh die Treppen nach oben geschleppt."

Es folgte ein herzliches Lachen der beiden, das abrupt endete. Ohne Vorwarnung war jemand an ihnen vorbeigerannt, sodass sie beide erschraken und einen Hopser zur Seite machten. Margret konnte sich noch rechtzeitig an einer Eiche abstützen. „Kann der Blödmann nicht aufpassen!", stieß sie aus und blickte dem Übeltäter nach. Bei genauerem Hinsehen erkannte sie den Mann in seinem typischen Laufoutfit. Er winkte ihnen entschuldigend zu, ohne zurückzusehen. Robert Cain, einer ihrer nächsten Nachbarn und engsten Freunde, der hier täglich seine Laufrunden absolvierte.

„Der hatte es aber eilig."

„Das kannst du laut sagen, Beth. Trotzdem hätte er sich bemerkbar machen können. Der wird bei unserem nächsten Treffen noch eine Ansage bekommen." Margret machte eine kleine Pause, dann schüttelte sie den Kopf. „Ach, was! Das werden wir ihm jetzt direkt sagen."

Elisabeth hatte keine Chance, Einwand zu erheben, da Margret ihren Walk energisch schnaufend fortsetzte.

Mit leicht angezogenem Tempo passierten die beiden Damen bald einen kleinen Teich und gelangten wie zwei lahmende Mulis an den Stadtrand, wo sich das Haus der Cains befand – Ein Cottage wie das von Margret, allerdings renoviert und moderner gestaltet. Im

Vorgarten blühten rote und weiße Rosen, Rhododendron, Buchsbaum, Sträucher, Tulpen sämtlicher Couleur, Eisenhut und Obstbäumchen. Der Garten von Lourdes, Roberts Frau, war in der ganzen Gegend bekannt und zog auch vorbeispazierende Touristen in seinen Bann. Margret ließ sich von dieser Schönheit nicht beirren und lehnte ihre Stöcker an den weißen Friesenzaun, der das Grundstück umgab. Mit Schwung riss sie das kleine Törchen auf und bahnte sich ihren Weg zur Haustür.

„Maggie, warte doch. Findest du nicht, dass du ein bisschen überreagierst?", versuchte Elisabeth, die am Tor innegehalten hatte, ihre Freundin von ihrem Plan abzuhalten.

Margret wollte gerade zu einer Erwiderung ansetzen, als ein lautes Scheppern ertönte. Die beiden Frauen zuckten wie erschrockene Schnecken zusammen. Es klang, als wäre Geschirr zu Boden gefallen oder geworfen worden.

„Es ist immer das Gleiche! Ich bin es leid!", hörten sie eine erregte Frauenstimme laut und deutlich. Ein Mann, sehr wahrscheinlich Robert, antwortete etwas, doch er sprach zu leise. Margret richtete sich wieder auf und lehnte sich mit dem linken Ohr an die Haustür, um besser mitzubekommen, was im Hause der Cains vorging. Bedauerlicherweise herrschte dann Schweigen und nichts drang zu ihr durch. Stattdessen stürzte sie beinahe zu Boden, weil die Tür aufgerissen wurde. Gerade noch rechtzeitig konnte Margret reagieren und sich aufrecht hinstellen, dabei wankte sie jedoch ein wenig.

Vor ihr stand Lourdes, Roberts Ehefrau, die sie finster anstarrte. „Miss Pagnum! Ich meine Margret. Was willst du hier?“ Sie klang barsch und unfreundlich, so als wäre ihr eine Laus über die Leber gelaufen.

Margret hingegen setzte ein freundliches Lächeln auf, um nicht ertappt zu wirken. „Ach, nichts Bestimmtes. Wir waren in der Gegend und wollten spontan Hallo sagen, als wir an deinem bezaubernden Garten vorbeikamen“, log sie, um Zeit zu gewinnen. „Stimmt’s nicht, Beth?“ Sie drehte nach rechts und suchte flehend den Blick ihrer Freundin, die stumm am Törchen stand und grinsend winkte.

„Aha“, gab Lourdes wenig überzeugt von sich. „Das habt ihr beide dann ja hiermit getan. Entschuldigt mich. Ich habe es eilig und keine Zeit für ein Kaffeekränzchen mit euch.“ Sie zog die leicht offen stehende Tür hinter sich zu und ging ohne ein weiteres Wort zu sagen, an Margret und Elisabeth vorbei. Kaum passierte Lourdes die beiden Damen, bog sie in Richtung Zentrum ab.

Margret eilte zu ihrer Walkingpartnerin und schloss das Törchen. „Unfreundliches Frauenzimmer. Kein Wunder, dass der arme Robert wie der Blitz an uns vorbeigerannt ist, wenn man so einen Drachen zu Hause hat“, erboste sie sich wegen Lourdes’ frecher Abfuhr. „Obwohl wir uns regelmäßig zum Tee treffen und über Gott und die Welt reden, hat er mir noch nie davon erzählt.“

„Da magst du recht haben, aber du hast Glück, dass sie dich nicht beim Lauschen ertappt hat, Maggie. Wir haben sie sicherlich an einem schlechten Tag erwischt.“

„Du bringst immer so viel Verständnis auf", erwiderte Margret kopfschüttelnd.

„Täte dir mal ganz gut, junge Dame", erwiderte die zierliche kleine Frau und schmunzelte.

Margret wollte etwas erwidern, ließ es aber auf sich beruhen und griff nach ihren Stöcken, damit sie ihren Marsch fortsetzen konnten. Da öffnete sich die Haustür erneut und Robert trat heraus.

Er blickte sie überrascht an. „Oh … Maggie. Miss Moon. Habt ihr etwa geklopft oder geklingelt?", erkundigte er sich, war jedoch nicht bei der Sache, da er sich suchend umsah.

Wie zuvor bei Lourdes setzte Margret ein falsches Lächeln auf, das überzeugender wirkte als das zuvor. „Wir hatten uns nur den Garten ansehen wollen. Lourdes muss wohl Besorgungen machen, so eilig war sie an uns vorbei", erklärte sie ihm auf die Schnelle. „Apropos schnell." Sie machte eine künstliche Pause, um Roberts Aufmerksamkeit zu gewinnen.

Er sah ihr nun direkt ins Gesicht und nicht an ihr vorbei. „Ja?"

„Wenn du uns das nächste Mal überholst, dann warne uns bitte. Mein Herz wäre vor Schreck fast stehen geblieben." Mit erboster Geste fasste sie sich an die linke Brust.

„Oh, das tut mir leid. Ich war vollkommen in Gedanken und …"

Margret winkte mit einer unbekümmerten Geste ab. „Alles gut, Robert. Ist sicherlich die Aufregung wegen des Backwettbewerbes morgen. Wir beide stimmen für dich."

„Lieben Dank. Das freut mich zu hören. Der oder die Bessere möge gewinnen, heißt es doch so schön.“

„Papperlapapp!“, rief Margret deutlich lauter als gewollt. „Dieser hochnäsigen, arroganten Ziege muss mal endlich einer Einhalt gebieten.“

Robert wirkte beeindruckt ob Margrets Äußerung.

„Wie dem auch sei, du machst das schon, Robert. Und nun belästigen wir dich nicht länger. Wir haben noch ein Stückchen zu laufen.“ Sie drehte sich um und zog ihre Freundin beim Aufbruch am Ärmel. Beth winkte noch kurz verlegen in Robert Cains Richtung und bummelte hinterher.

Als sie außer Reich- und Hörweite waren, meldete sich Elisabeth zu Wort. „Da hast du uns ja gerade noch einmal aus der Patsche geholt.“

Beide kicherten.

Elisabeth dirigierte sie Stück für Stück zum Zentrum, wo nun zu beiden Seiten mehr Häuser standen. Jedes besaß einen Vorgarten sowie eine kleine Einfahrt für das Auto. Anders als in Großstädten wie London wirkten sie nicht dicht an dicht gequetscht. Hier und da wuchsen wuchtige alte Bäume. Je weiter man dem Stadtkern kam, desto spärlicher wurden sie, dafür stieg der Lärmpegel. Überall hörte man Stimmen, Gehämmer und Treiben. Nach weiteren fünfhundert Metern fanden sie den Ursprung. Über die High Street gelangten sie in die Nähe des Marktplatzes, auf dem buntes, hektisches Gewusel herrschte. Margret und Elisabeth hielten an einer Absperrung inne. Auf dem Platz parkten Lastwagen, aus denen junge kräftige Männer allerhand Equipment trugen. Auch ein kleiner Kran war gegenüber der Bank aufgestellt worden und hievte schwere Last von einem Ort zum anderen. Mehr konnten sie hinter all den Geräten nicht ausmachen.

„Was ist denn hier los? Ich glaub, mich tritt ein Pferd." Kaum platzten diese Worte aus Margrets Mund heraus, quetschte sie sich mühsam an der Absperrung vorbei. Sie kämpfte sich durch eine schmale Lücke zwischen den Lastwagen und Männern hindurch, um zur Mitte des Marktplatzes zu gelangen. Sie wollte sich ein genaueres Bild vom Geschehen machen, doch nach einigen Schritten fasste sie jemand an der Schulter. Die wurstigen Finger waren das Erste, das Margret wahrnahm. Abwehrend streifte sie die Hand wie ungebetenes Ungeziefer ab.

„Miss Pagnum! Diese Absperrung wurde nicht ohne Grund aufgestellt. Wenn ich Sie bitten dürfte." Vor ihr stand Philipp Stone, Little Maines Bürgermeister. Der klein gewachsene dickbauchige Mann hatte eine seiner Brauen hochgezogen und wies Margret auffordernd den Weg. „Na, wird's bald. Ich habe weitaus Besseres zu tun, wie Sie wissen. Und nun muss ich meine wertvolle Zeit damit verschwenden, eine neugierige Lehrerin vom Platz zu verweisen."

„Dann lassen Sie es doch sein, Stone. Gönnen Sie einer armen alleinstehenden Frau wie mir ein bisschen Spaß", gab Margret schnippisch zurück. Sie wusste, dass das frech war, aber sie mochte diesen Mann nicht. Bis heute verstand sie nicht, dass Conny ihn geheiratet und vier Kinder mit ihm hatte. Da Stone nicht nachgab, trat Margret freiwillig ihren Rückzug an, bevor er seine dicken Finger erneut in ihre Schulter grub. „Aufgeblasener Wichtigtuer", brabbelte sie leise vor sich hin, allerdings schien ihr stilles Gemaule nicht ungehört geblieben zu sein.

„Morgen werden Sie einen viel besseren Blick auf das alles haben, Miss Pagnum. Das verspreche ich Ihnen. Ein bisschen Vorfreude ist doch immer etwas Schönes."

Sie hielt im Gehen inne. In ihr zog sich einiges an Ärger zusammen, aber sie vermied es, die Schultern angespannt hochzuziehen. Diese Genugtuung wollte sie Stone nicht geben. Langsam, fast in Zeitlupe, wandte sie sich zum Bürgermeister und schaute ihn unbeeindruckt an. Dann schüttelte sie leicht mit dem Kopf und deutete Elisabeth, die nach wie vor an der Absperrung geblieben war. Gemeinsam marschierten sie mit ihren Stöcken wie ein vertrautes Ehepaar davon.

Eine halbe Stunde später erreichten sie Margrets Cottage. Margret öffnete die Tür energisch, streifte ihre Schuhe ab und stellte sie mit den Stöcken an die Seite. Anschließend ging sie zielstrebig zur Terrassentür. Beth tat es ihr gleich, obwohl sie nicht wusste, was ihre Freundin vorhatte. Innerlich hatte sie sich auf das gemeinsame Frühstück eingestellt, aber nun beschlich sie das Gefühl, dass dieses noch etwas warten müsste.

Als sie in den Garten zu Margret hinaustrat, war diese bereits dabei, merkwürdige Verrenkungen zu vollziehen. Ihr Hintern guckte dabei gen Himmel. Die ausgestreckten Arme und krumm eingeknickten Beine auf dem Boden abgestellt, schaute sie nach unten. Dass diese Position alles andere als gekonnt aussah, merkte man am Wanken der Mittdreißigerin. Akustisch wurde es von einem stöhnenden Schnaufer unterstrichen, den sie von sich gab.

„Was um Himmels willen tust du da, Maggie?"

„Na, wonach sieht es denn aus? Das ist der herabschauende Hund. Das ist eine Yogafigur, die mir beim Entspannen helfen soll." Margret löste sich wie eine Schildkröte auf dem Rücken aus dieser Haltung. Plumpsend kam sie auf dem Rasen zum Sitzen. Ihre rote Mähne hing ihr wild ins beinahe ebenso rote Gesicht. „Das musste sein. Dieser Philipp Stone bringt mich, seitdem ich hier wohne, zur Weißglut", schimpfte sie wie ein Rohrspatz. Komm, lass uns frühstücken. Ich brauche dringend Zucker", sagte Margret lachend und wuchtete sich mühsam hoch.

Nachdem sie den Tisch auf der Terrasse hergerichtet und Tee gekocht hatten, nahmen sie Platz und bissen genüsslich in das Backwerk: unglaublich leckere Croissants aus Pamelas Café. Jedem im Ort war es ein Rätsel, wie die bildhübsche Inhaberin der städtischen Bäckerei so vorzügliche Dinge backen konnte und dabei ihre umwerfende Figur behielt. Das kümmerte Margret in diesem Moment allerdings wenig. Sie hatte sich mit der kurzen Yoga-Session sportlich völlig verausgabt und freute sich auf diese Leckerei. Ungeniert leckte sie sich die Finger ab, als sie den letzten Bissen verdrückt hatte.

„Mal ganz im Ernst, Beth. Philipp Stone ist mit Abstand die unfähigste Person für das Amt des Bürgermeisters, die man sich vorstellen kann. Nicht nur, dass er meiner Meinung nach keine Ahnung von irgendetwas hat, nein, sein wichtigtuerisches Gehabe finde ich unmöglich. Um unser Backfest und das Wohl von Little Maine geht es doch morgen nicht wirklich, wenn das Fernsehen hier ist, das alles live übertragen wird. Mit Robert als Bürgermeister wäre das nicht passiert", echauffierte sich die schlagfertige Lehrerin gegenüber ihrer Freundin.

Elisabeth sah sie mit großen Augen über den Rand ihrer Tasse an. Sie trank einen Schluck und stellte die Tasse ab. „Selbstverständlich nicht, Margret. Und er braucht ja auch für die anstehende Wahl Ende August noch einige Stimmen, um den Posten zu behalten. Man munkelt, dass Robert Cain dieses Mal ein Stückchen weiter vorne liegt."

„Das wäre uns zu wünschen", warf Margret ein. „Mich würde ja brennend interessieren, weshalb sich Lourdes und er so in den Haaren hatten." Sie blickte verträumt an Elisabeth vorbei zu den Bildern auf dem Kamin, fing sich aber schnell wieder. „Sei es drum. Ich werde gleich noch kurz in die Stadt fahren, bevor mein Bruder John samt Frau und Kind hier aufschlägt."

Nach dem Abräumen verabschiedeten sich die beiden ungleichen Freundinnen in üblicher französischer Manier voneinander. Margret ging wieder ins Cottage und machte sich frisch. Ihr farbenfrohes Outfit tauschte sie gegen einen schwarzen knöchellangen Rock mit Spitze und einen cremefarbenen Wollpullover, über den sie ihre grüne Kunstlederjacke zog. Flache schwarze Schuhe vervollständigten das Ganze und sie ging zum Schuppen, wo ihr treuer Gefährte auf sie wartete. Sie öffnete das Tor und lief auf ihre Vespa zu. In fließender Routine stülpte sie nach dem Aufsitzen den giftgrünen Helm über und startete dann ihre ebenfalls giftgrüne Lucy.

Margret bretterte mit fünfzig Kilometern pro Stunde über den Sandweg davon. Nach wenigen Minuten erreichte sie ihr Ziel und klopfte an die Tür des Pfarrhauses. Es dauerte nicht lange, bis diese von Pater Grey geöffnet wurde.

„Oh, schönen guten Tag, Miss Pagnum. Wie kann ich Ihnen helfen?"

Es war Maggie immer noch schleierhaft, weshalb er sie unentwegt siezte, obwohl sie sich seit ihren Kindertagen kannten.

„Hallo, Jonathan. Entschuldige die Störung. Es geht auch schnell." Der weißhaarige hagere Mann auf der Treppe sah von weit oben zu ihr hinunter und nickte. „Mein Neffe wird die kommenden Tage hier sein und ich würde ihn gerne am Donnerstag mit in die Suppenküche nehmen."

„Nichts lieber als das. Die Kirche freut sich immer über das Engagement junger Leute."

„Danke dir." Sie drehte sich um und war im Begriff zu gehen, blieb aber zögernd stehen. „Margret", sagte sie dann. „Mein Name. Das solltest du eigentlich wissen, mein Lieber."

Pater Grey lächelte sie an. „Bis Donnerstag." Dann schloss er die Tür wieder.

Ihren Trip in die Stadt rundete Margret auf ihrem schnittigen Gefährt mit einem weiteren Abstecher zum Marktplatz ab. Sie wollte ihre Neugierde befriedigen. Doch auch dieses Mal sollte es ihr nicht gelingen, nur den Hauch eines Einblicks zu erhalten, da Stone wie ein Luchs aufpasste.

Einige Stunden später empfing Margret ihren ältesten Bruder John und seine kleine Familie freudig an der

Tür. Benjamin schmollte, weil er nicht in den Freizeitpark vor Little Maine durfte. Aber sein Gesicht hellte sich auf, als er auf die nackten Füße seiner Tante schaute, die verkündete, seinen geliebten Apfelkuchen gebacken zu haben. Kaum hatte er zwei Stücke verdrückt, zeigte er ihr sein neues Handy, das er für sein gutes Zeugnis bekommen hatte.

„Das ist ja ein tolles Teil, Benji", sagte sie, war aber nicht sonderlich angetan. Sie betrachtete die neumodische Technik mit Argwohn. Bis heute waren ihr diese Dinger ein Rätsel und sie war davon überzeugt, sie nicht zu benötigen.

„Du brauchst auch eins, Tante Margret. Hast du Internet und kann ich dein WLAN-Passwort haben?"

Margret erhob sich langsam und ging zu ihrem Telefon mit Wählscheibe. „Junger Mann. Ich bin stolze Besitzerin hiervon. Mehr brauche ich nicht. Internet habe ich aber und einen Computer besitze ich auch. Ich lebe ja nicht vollständig hinterm Mond."

Benjamin gesellte sich zu ihr und betrachte das Relikt aus Urzeiten mit Skepsis. Nach einigen Fehlversuchen dieses zu bedienen, verzog er sich in den Garten, wo nichts vor seiner Handykamera sicher war. Die Erwachsenen lachten und unterhielten sich über die Situation der Familie und Johns Jobaussichten in London. Erst vor einigen Wochen war die Familie in ein neues kleines Haus ins Zentrum von London gezogen. Dadurch hatte Benjamin einen deutlich kürzeren Schulweg.

„Das sind ja toll Neuigkeiten. Und wann fängst du bei der Firma an?", erkundigte sich Margret.

„Wenn alles gut läuft schon im September. Dann leite ich zwei Abteilungen.

Margret und John schwelgten noch in Erinnerungen und erzählten kleine Anekdoten von früher.

Gegen späten Nachmittag darauf fuhren ihr ältester Bruder und seine Frau Kate zurück. Margret und Benjamin winkten ihnen nach und läuteten ihren ersten Abend mit einer saftigen, leckeren selbst gemachten Pizza ein. Diese ausgelassene Stimmung sollte am Folgetag eine überraschende Kehrtwende nehmen.

Kapitel 2

Am nächsten Morgen frühstückten Margret und Benjamin in der Küche: typisch Englisch mit weichem Rührei, Baked Beans und Heißwürstchen, so wie es ihr Neffe liebte. Sie wusste, dass der Junge solches Essen zu Hause selten bis gar nicht bekam, weil es zu ungesund wäre. Das war eine der Marotten, die sie an der Frau ihres Bruders weniger mochte. Gleiches galt für deren Tassen. Für Margret gab es nichts Schlimmeres, als den Tee aus einer bedruckten oder bunten Tasse zu trinken. Sie bevorzugte absolut reinweiße Gefäße, alles andere ging nicht. Das wirkte zwar etwas schräg auf ihre Mitmenschen, doch Margret kümmerte es in der Regel nicht, was andere über sie dachten. Sowieso konnte man die Grundschullehrerin als eigensinnig und speziell bezeichnen. Im Gegensatz zu ihren drei älteren Brüdern John, Michael und Tim wirkte Margret recht schrullig und altbacken, obwohl sie das jüngste Kind war. Sie selbst sah das nicht so. Eher vermutete sie, dass sie sich gewisse Verhaltensmuster von ihren Großeltern abgeschaut hatte, die sie unentwegt besucht hatte.

Wie Benjamin verputzte auch sie jetzt die letzten Happen ihres Mahls und tupfte sich anschließend den Mund mit einer Serviette ab. „Ich würde vorschlagen, dass du dich fertig machst, während ich in aller Ruhe die Küche sauber mache. Danach könnten wir noch eine Runde Karten spielen, ehe es in die Stadt geht."

Margrets Vorschlag stieß auf Beifall ihres Neffen, der den Frühstückstisch verließ, sodass sich seine Tante ans Werk machen konnte. Ganz wie es ihre Natur war, verstaute sie die Lebensmittel wieder an Ort und Stelle, ehe sie mit dem Saubermachen der Arbeitsflächen startete. Seitdem ihre Großeltern dieses Cottage besessen hatten, kannte Margret die vertraute Küche aus hellem Massivholz. Die Arbeitsflächen wiesen zahlreichen Abnutzungserscheinungen auf, doch gerade diese verliehen dem Raum genauso wie der ursprüngliche Linoleumboden seinen Charme. Ebenso die grüne Lampe über dem Tisch, eine alte *Coolicon*. Schon als Kind liebte sie den britischen Klassiker unter den Leuchtelementen, der sie aufgrund seiner Form irgendwie immer an einen Topfdeckel erinnerte.

Nach einem entspannten Vormittag machten sie sich auf den Weg in die Stadt. Da Margrets Lucy nicht dafür geeignet war, sie alle – Beth, Benji und Margret – zu transportieren, legten sie die Strecke zu Fuß zurück. Petrus meinte es an diesem Samstag gut mit Little Maine und dem anstehenden Fest. Kleine Schleierwolken paarten sich mit angenehmen Temperaturen, sodass es selbst für Margret fast ein Leichtes war, die Strecke zu bewältigen.

„Das nächste Mal dürft ihr mich gerne zum Pizzaessen einladen", sagte Elisabeth, nachdem Benjamin ihr erzählt hatte, was er und seine Tante den vorherigen Abend angestellt hatten. Danach wandte sie sich an Margret. „Was denkst du, wer heute das Rennen machen wird, meine Liebe?"

„Was ich denke beziehungsweise mir wünsche, weißt du ja. Aber ich habe irgendwie das ungute Gefühl, dass diese Schnepfe erneut den Sieg einfahren wird."

Dafür erntete sie unvermittelt einen Ellbogenhieb in die Seite. „Passt du wohl auf, was du von dir gibst. Du hast echt ein loses Mundwerk. Wir sind schließlich nicht allein", maßregelte Elisabeth sie und deutete auf Margrets Neffen. Dieser grinste nur, wohingegen seine Tante genervt die Augen verdrehte. Manchmal merkte man den großen Altersunterschied zwischen Elisabeth und ihr, wenn es um solche Dinge ging. Von Berufswegen wusste Margret, dass die Kinder von heute einen völlig anderen Sprachduktus an den Tag legten und das Wort *Schnepfe* wahrscheinlich gar nicht mehr kannten. In den Schulpausen schnappte sie ganz andere Wortgefechte auf und staunte nicht schlecht über die Ausdrücke, mit denen die Knirpse um sich warfen. Dagegen erschien ihr kleiner Ausbruch harmlos. Sowieso verhielt sich Margret nicht immer so aufbrausend wie eben. Im Schulalltag war sie stets darauf bedacht, ein Vorbild für ihre kleinen Schützlinge zu sein. Nur in Gegenwart Erwachsener, die sie nicht ausstehen konnte, überkam sie gelegentlich ihr Temperament, das sie wohl von ihrem Großvater geerbt hatte. Zumindest zogen ihre Geschwister sie damit immer auf.

„Kommt nicht wieder vor", gestand sie Beth gegenüber ihren verbalen Ausrutscher ein und zwinkerte frech.

Einige Minuten später gelangten sie zum Stadteingang, wo deutlich zu spüren war, dass etwas Großes bevorstand. Hatte Margret gestern noch geglaubt, dass ein Spektakel geherrscht hatte, so wurde sie in diesem

Moment eines Besseren belehrt. Überall tummelten sich Leute und unterhielten sich angeregt. Zum Stimmgewirr gesellte sich die Blaskapelle von Little Maine, die auf einer Bühne am Marktplatz vor der Kirche aufspielte. Die fröhliche Musik, unter anderem auch die Hymne der Stadt, zog viele Zuschauer an. Auch Margret und Beth kamen näher und schauten sich weiter um. Wo man sonst die vertrauten Fassaden von Mildreds Blumenladen, des Cafés, der Näherei und anderer Geschäfte sah, beherrschten jetzt Buden für Speisen und Getränke das Stadtbild. Jeder Stand war passend zum Thema Backen dekoriert worden. Auf die Kinder warteten eine Hüpfburg, ein Karussell und weitere Attraktionen. Doch was vielmehr ins Auge stach, war die Platzmitte. Wie in einer TV-Sendung standen dort Kochinseln, Backöfen und Kühlschränke für die Kandidaten, die am Wettbewerb teilnahmen. Quer über dem Geschehen prangte ein Banner, auf dem der 150. Contest angepriesen wurde. Little Maine wirkte sonst wie ein verschlafenes kleines Städtchen, nun wie eine der großen Metropolen. Viele der Anwesenden machten Fotos und zeigten auf Stände, Personen und andere Dinge, die sie begeisterten. Zwischen all den Zuschauern wuselten geschäftig die Leute vom Fernsehen. An der einen Stelle kümmerte sich der Kabelträger um alles, an der anderen gab der Regisseur Anweisungen zum Ablauf. Dazu gesellten sich Kameramänner, Tontechniker, Make-up-Artists und einige andere wichtig wirkende Personen. Auch der bei allen bekannte Landstreicher George fiel Margret ins Auge, wie er von Mülleimer zu Mülleimer ging, um nach brauchbaren Sachen zu suchen. Schnell tauchte er aber in der Masse unter.

Margret erging es wie Benjamin, der nicht recht wusste, wohin er als Erstes schauen sollte. Alles war so gewaltig. Von ihrer Position aus erblickte sie Pamela zwischen den Backstationen, die konzentriert alles inspizierte. Pamela Reece war die Besitzerin von *Pam's bakery*, wo Elisabeth am Vortag die Croissants besorgt hatte. Der Laden galt als einer der Hotspots der Stadt und war daher ständig gut besucht. Das lag ohne Frage an den ausgezeichneten Backwaren und Kuchen, die die Inhaberin alle selbst herstellte und dort anbot.

„Hey, Pamelaaaaaaa!", rief Margret und winkte Pamela wie von einer Tarantel gestochen, die allerdings keine Notiz von ihr nahm. Man konnte es ihr nicht verübeln, war sie schließlich allein für die Vorbereitung der Kandidatenplätze zuständig. Während Benjamin alles mit seinem Smartphone fotografisch festhielt, ließ seine Tante ihren Blick weiter durch die Menge schweifen und sah Stone. Sein Anzug war bestimmt zwei Nummern zu klein, sodass sein Bauch wie ein Muffin über den Rand seines Förmchens quoll. Zu allem Überfluss hatte er sich ein blaues Blümchen in eines der Knopflöcher gesteckt. Und so einer war der Repräsentant der Stadt. Er machte in diesem Moment eine lächerliche Figur in Margrets Augen. Little Maines Bürgermeister schüttelte eifrig Händchen, während er zur großen Bühne ging. Ein jubelnder und tosender Applaus setzte ein.

Als Philipp Stone die letzten Stufen erklomm und in gewohnt stapfendem Gang in Richtung des Mikros lief, wurde es allmählich ruhiger in der Menge. Alle Augen waren nach vorn gerichtet, denn jedem war klar, dass es nun losgehen würde, wenn das Oberhaupt der Kleinstadt vortrat.

„Liebe Bewohner von Little Maine, sehr geehrte Damen und Herren", sagte der in Margrets Augen aufgeblasene Nichtskönner zur Begrüßung. „Es ist mir eine Ehre, Sie alle herzlichst in unserer bezaubernden Stadt zu begrüßen. Seit mehr als hundert Jahren – um genau zu sein, hundertfünfzig Jahren – findet dieser Backwettbewerb statt." Er hielt inne und sogleich ertönte ein lauter Applaus, in dem sich der kleine Mann badete und sein ohnehin riesiges Ego weiter wuchs. „Zur Feier dieses Events ließen wir es uns nicht nehmen, ganz England daran teilnehmen zu lassen, damit Little Maine auch außerhalb seiner Grenzen gehört und gesehen wird. Denn wir, die Bewohner dieser Stadt, sind weitaus mehr als Kuchen backende Landbewohner. Und das soll jeder sehen."

Erneut tobte die Menge und Stone verneigte sich. Am liebsten hätte sich Margret übergeben, aber sie schluckte ihre Abneigung tapfer herunter und hörte dem Bürgermeister weiter zu.

„Und um die Perfektion zu vollenden, haben meine Berater und ich niemand Geringeren als Luis Porter zu uns geholt. Einen kräftigen Willkommensapplaus bitte!", rief Stone und klatschte Beifall.

Von der anderen Bühnenseite kam der in ganz Großbritannien beliebte TV-Moderator Luis Porter wie ein junger Gott herbeigeschwebt. Dabei winkte er charmant lächelnd ins Publikum. Margret wusste nicht, welcher der beiden Männer aufgeblasener wirkte: Philipp Stone oder dieser Mittvierziger, dessen blondes Haar grau meliert in der Sonne glänzte. Zu seiner gut sitzenden Jeans trug der Entertainer ein schlichtes weißes Hemd. Für Margret stand fest, dass er dieses Outfit bewusst gewählt hatte, um sein gutes Aussehen zu unterstreichen.

„Das wird ja immer schlimmer. Warum machen die nicht einfach mit dem wichtigeren Teil weiter?", flüsterte Margret in Elisabeths Richtung, die wiederum schmunzelnd den Kopf schüttelte.

Nachdem sich die beiden Männer betont freundschaftlich begrüßt hatten, erklärte Porter für die Anwesenden und TV-Zuschauer den Ablauf des Wettbewerbes, der nun endlich starten sollte.

„Begrüßen Sie mit mir unsere Kandidaten!", forderte der Moderator sein Publikum auf, das frenetisch jubelte und applaudierte.

Einer nach dem anderen kamen die sieben Teilnehmer auf den Platz und gingen zu ihren Backstationen. Neben den Favoriten Constance Rutherford, Robert Cain und Lisa James hatten sich drei weitere Frauen und ein Mann beworben. Margret kannte sie alle. So, wie sie überhaupt nahezu jeden in der Stadt kannte. Zum einen wegen ihres Berufes als Lehrerin, zum anderen, weil sie einen Großteil ihrer Kindheit in Little Maine verbracht hatte. Nicht nur in den Ferien – fast jedes Wochenende hatte sie ihre Großeltern besucht, die für sie persönlich mehr Eltern gewesen waren als ihre leiblichen. Margret und ihre Brüder stammten aus guten Verhältnissen und waren überwiegend von Nannys betreut worden. Durch die Jobs ihrer Eltern hatte sie viel Zeit in Internaten verlebt und, so wie es ihr Vater zu sagen pflegte, eine hervorragende Schulbildung genossen, die ihnen alle Türen öffnen würde. Er mochte damit recht behalten, allerdings wären der kleinen Margret elterliche Fürsorge und Liebe mehr wert gewesen als ein tolles Internat. Genau deswegen hatte sie alles daran gesetzt, die Großeltern in Little Maine so oft es ging zu besuchen, wo sie sich wirklich zu Hause fühlte. Damals wie heute.

Ein lauter Ton riss Margret aus ihren Erinnerungen, sodass sie gerade noch mitbekam, wie alle Kandidaten sich an die Arbeit machten. Porter verriet, welche Kreationen die Kandidaten in den vorgegebenen drei Stunden zaubern wollten. Neben einer Schwarzwälder Kirschtorte von Sarah Wilson und der Rhabarber-Baiser-Torte von Luise Davies stachen die dreistöckige Erdbeersahnetorte von Robert und die Mirror-Glace-Torte von Constance deutlich heraus. Selbst Lisa als geübte und sehr gute Hobbybäckerin konnte gegen die beiden Backkoryphäen nichts ausrichten. Als Porter das Publikum fragte, wen sie vorn sehen würden, wurden sämtliche Namen durch die Menge gebrüllt, wobei Robert und Constance deutlicher herausklangen.

Um besser sehen zu können, packte Margret Benjamins Hand. „Wir laufen schon einmal vor, Beth. Okay?", fragte sie ihre Freundin, die zustimmend nickte. Anschließend zog sie ihren Neffen mit sich nach vorne zur Absperrung. Flink wie ein Kugelblitz manövrierte sie sich in einem knallgelben Kleid mit grünen Blüten durch die Menge. Den einen oder anderen bösen Blick erntete sie dabei. Das interessierte sie allerdings nicht, denn sie wollte ihren guten Freund Robert unterstützen.

„Looooos, Robert! Du schaffst das! Back sie in Grund und Boden!", rief sie lauthals, kaum dass sie das Gitter erreicht hatten.

Robert dankte es ihr mit einem sanften Lächeln und schaute flüchtig mit seinen grau-blauen Augen zu ihr. Routiniert rührte und schnippelte er. Nebenbei trank er aus seiner Getränkeflasche und wischte sich den Schweiß von der Stirn. Es war zwar nicht allzu heiß an diesem Sommertag, aber die Öfen an den Stationen strahlten mit Sicherheit einiges an Wärme aus.

Kurz nach Margrets Jubelrufen gesellte sich Elisabeth zu ihnen, die es irgendwie allein geschafft hatte, sich durch die Meute zu quetschen.

„Was ist denn mit dir los, Maggie? Du benimmst dich ja wie eine wildgewordene Irre."

„Blödsinn, Beth", wiegelte Margret ab, insgeheim wusste sie aber, dass ihre Freundin recht hatte. Sie war zwar privat unterwegs, aber als Lehrerin der Grundschule dieser Stadt mit jedermann bekannt. Vor allem Benjamin gegenüber sollte sie sich ein wenig mehr unter Kontrolle haben. Rasch suchte sie nach einer logischen Erklärung, damit Elisabeth sie nicht weiter rügte. „Ich feuere Robert doch nur an. Das ist nicht verboten und schau selbst: Es scheint zu helfen. Es läuft gut bei ihm. Constance dagegen wirkt irgendwie unruhig, findest du nicht auch?"

Elisabeth beobachtete Robert Cain's Kontrahentin, die tatsächlich nervös schien. Immer wieder warf sie einen Blick zu Robert und versuchte dann, weiter an ihrem Teig zu kneten. Insgesamt schien sie nicht ganz bei der Sache zu sein.

An allen Stationen klapperten Schüsseln, Mixer brummten, Mehlstaub schwebte durch die Luft. Man konnte die Anspannung aller Kandidaten deutlich spüren. Die Atmosphäre war zum Schneiden gespannt. Die einen rührten wie verrückt ihre Cremes, wohingegen andere bereits abschmeckten oder schon Teile ihrer Torten schichteten.

Da hörte Margret einen Knall. Eine Metallschüssel war auf die Erde gepoltert. Aus dem Augenwinkel vernahm sie merkwürdige Bewegungen. Sie kamen aus der Ecke von Roberts Station. Ihr guter Freund stand mit aufgerissenen Augen da und fasste sich an die Brust. Mit der anderen Hand stützte er sich an der Arbeitsplatte ab. Er rang nach Luft und versuchte, etwas zu sagen. Sein Gesicht war kreidebleich und verzerrt. Das Entsetzen in seinem Blick war für alle Umstehenden greifbar. Die Erweiterung seiner Pupillen und das Händeringen drückten die Verzweiflung aus, in der er sich befand. Die pure Angst sprach ihm aus dem Gesicht. Noch ehe jemand zu Hilfe eilen konnte, sank Robert wie ein nasser Sack zu Boden und blieb regungslos liegen.

Instinktiv schälte sich Margret aus der Masse und wandte sich zeitgleich an Elisabeth. „Pass bitte kurz auf Benjamin auf, ja?" Dann schob sie eine der Absperrungen zur Seite und wollte zum Unglücksort laufen. Ihr Vorhaben wurde auf halbem Wege vom Fernsehteam vereitelt, sodass sie nur hilflos mit einigem Abstand verfolgen konnte, was passierte. Sie fühlte sich wie in einem Tunnel, sorgte sich sehr um ihren guten Freund, weshalb das aufgeregte Schreien um sie herum kaum zu ihr drang. Porter eilte zu Robert, wohingegen Stone panisch vor den Kameras fuchtelte, um Aufnahmen zu verhindern. Andere riefen nach ärztlicher Hilfe, während vereinzelt gaffende Zuschauer mit ihren Handys das Geschehen filmten.

Erst als die Wagen der Polizei und des Stadtarztes eintrafen, strömten die Leute auseinander.

Kapitel 3

„Es tut mir leid. Ich kann nichts mehr für ihn tun. Er ist tot." Doc Brown, der ortsansässige Arzt, erhob sich beim Gesagten mit einem traurigen Gesichtsausdruck. In den letzten Monaten schien sein Haar noch weißer und dünner geworden zu sein, ging es Margret durch den Kopf, als sie die Information von Roberts Tod zu verarbeiten versuchte. Realisieren konnte sie das nicht wirklich.

Während zwei Polizeibeamte die neugierige Menschenmenge vom Ort des Geschehens verbannt hatten, war es Margret gelungen, sich hinter einer der Kochstationen zu verstecken. Vorher hatte sie Elisabeth gebeten, ihren Neffen nach Hause zu bringen, die ihrem Wunsch nachkam.

Jetzt, wo alles ruhiger war und lediglich Stone, Porter, Doc Brown und der junge Polizist Nicolas Smith dastanden, kroch sie ein wenig ungalant aus ihrer Deckung hervor. Von Lourdes, Roberts Frau, war nichts zu sehen, was Margret suspekt vorkam. Schließlich war sie seine Ehefrau und sollte zumindest in irgendeiner Form anwesend sein. Selbst die neugierige Constance konnte man nicht ausmachen. Und dass, obwohl in all dem Aufruhr kurzerhand von der Jury beschlossen und mit Megafon verkündet wurde, dass sie mit ihrem Rezept erneut den Wettbewerb gewonnen hätte.

„Das ist unmöglich ...", polterte Margret erschrocken heraus, als sie nach der Verkündung von Roberts Tod zu den anderen stieß. Diese sahen sie überrascht an.

„Miss Pagnum, was machen Sie denn hier? Sie haben an diesem Ort genauso wenig zu suchen wie alle anderen!", wollte Stone sie maßregeln, aber sie schob ihn beherzt zur Seite und ignorierte ihn. Dann ging sie zu Doc Brown. Er überragte sie um fast zwei Köpfe und erst jetzt bemerkte sie, dass der Arzt nicht nur an Haar, sondern auch an Gewicht verloren hatte. Er blickte milde und fürsorglich zu ihr nach unten. Mit hochgezogenen Brauen schaute sie ihn auffordernd an.

„Margret, er hatte einen Herzinfarkt. Und zwar keinen leichten, sonst hätte man noch etwas machen können. Ich ...", versuchte der Gott in Weiß der eigenwilligen Lehrerin klarzumachen, wurde dabei von ihr abgewürgt.

Margret war aufgebracht und zerstreut, wusste aber, was sie sagte. Wiederholt blickte sie dabei auf den leblosen Körper ihres Freundes. Das kam so unerwartet, dass sich ein ungutes Gefühl in ihr ausbreitete, dem sie einfach Luft machen musste. „Papperlapapp. Robert war bei bester Gesundheit und hat sich stets gesund ernährt. Erst gestern ist er noch wie ein junger Hirsch an Beth und mir vorbeigejoggt und hat uns fast umgeworfen. Und jetzt soll er mir nichts dir nichts wegen seines Herzens umfallen? Das glauben Sie doch selbst nicht, Doc."

Es brach einfach aus ihr heraus. Der Hohn in Margrets Stimme war deutlich zu hören. Sie zweifelte an der Diagnose des Arztes. Bevor sie jedoch weiter ausholen konnte, unterbrach Inspector Smith sie. Der junge

Polizist war neu in Little Maine und das komplette Gegenteil zu Johnson, der die letzten zwanzig Jahre für Recht und Ordnung gesorgt hatte. Nicolas Smith stammte aus London, wo er Margrets Wissen nach die Polizeiakademie erfolgreich abgeschlossen hatte und, anders als gewünscht, nicht nach Liverpool, sondern in ihre Stadt versetzt wurde. Warum auch immer, bei den Frauen kam der schlaksige, unsicher wirkende Beamte gut an. Allerdings hatte er keinerlei Interesse, etwas mit einer von ihnen anzufangen beziehungsweise war er zu schüchtern. Oder er begriff es gar nicht, dass man ihm Avancen machte. Sowieso glaubte Margret, dass er am liebsten nicht mehr in Little Maine wäre.

„Das muss der Schock sein, Miss Pagnum, der da aus Ihnen spricht. Es wäre sicherlich das Beste, wenn ich oder jemand anderes Sie nach Hause fährt und Sie sich beruhigen können", sagte Smith, der kerzengerade vor ihr stand und seinen Text aufsagte. Es hatte schon etwas Komisches an sich, wie der Freund und Helfer so unbeholfen vor ihr agierte.

Statt zu lachen, kochte Margret innerlich. „Erzählen Sie mir nicht, dass ich mich beruhigen soll. Anscheinend begreift hier niemand, dass das alles nicht mit rechten Dingen vor sich geht." Sie baute sich auf, wobei ihre roten Locken weit von ihrem Kopf abstanden. Vollends von ihren Emotionen übermannt, stand sie völlig neben sich. Für sie lag klar auf der Hand, dass etwas ganz und gar nicht stimmte. Genau erklären konnte sie es nicht. Es war ein Gefühl, das sie wie eine Welle durchzog, um ihr mitzuteilen, dass ihr Bauchgefühl sie nicht trog. Der Schock saß tief und sie hätte sich mit Sicherheit anders verhalten. Doch gerade spielte alles in ihr verrückt. Trauer und Fassungslosigkeit auf der einen Seite – der Drang, frech zu sein auf der anderen. Im Normalfall hätte sie nie gewagt, einen Polizeibeamten so rotzig anzublaffen. Obwohl sie zugeben musste, dass es ihr irgendwie Spaß machte.

Inspector Smith sah sie verblüfft an, reagierte aber nicht auf ihren Anfall. Dem Ausdruck seiner braunen Rehaugen nach zu urteilen, scheute er sich davor, ihr etwas zu entgegnen. Wahrscheinlicher war es allerdings, dass er sie nicht weiter aufregen wollte.

„Sie haben wohl zu viele Krimis gelesen, gute Frau. Es ist tragisch, aber nicht mehr zu ändern. Lassen Sie die Profis ihre Arbeit machen." Dieses Mal war es wieder Stone, der auf Margret einredete und sie mit sich ziehen wollte, jedoch ließ sie ihn nicht gewähren. Abermals blickte sie in die Runde der Männer.

Luis Porter war der Einzige, der die ganze Zeit schwieg und stattdessen alles beobachtete. Ganz sicher malte er sich schon die große Schlagzeile aus, mit der er auf Sendung gehen wollte. In Margret wallte erneut Wut auf, aber sie besann sich. Es brachte nichts, gegen alle zu wettern. Anscheinend war sie allein mit ihrer Theorie, dass Roberts Tod etwas Bizarres und Merkwürdiges an sich hatte. Mühsam zwang sie ihren Ärger runter, kniete sich neben Robert und strich ihm über die Wange. Schon jetzt kühlte sein Körper aus, was ihr einen leichten Schauer über den Rücken jagte. Sie schluckte hart. „Mach's gut, lieber Freund." Trauer huschte über ihr Gesicht. Schnell fand sie zur Kontenance zurück. Dann stand sie auf, strich ihr Kleid glatt und guckte trotzig in die Gesichter der Anwesenden.

„Ich werde mal nach Hause gehen, um mich zu beruhigen, wie es mir der ehrenwerte Inspector Smith rät."

Damit drehte sie sich um und lief davon.

Margret nahm die gleiche Strecke wie auf dem Hinweg, es erschien ihr aber deutlich länger. Der Schock, einen geliebten Menschen verloren zu haben, saß tief in ihrem Inneren und so richtig wollte sich dieser Fakt nicht in ihrem Bewusstsein manifestieren. Sie ging an den vielen kleinen Häuschen im viktorianischen Stil am Stadtrand entlang. Ein jedes wirkte auf seine ganz eigene Art bezaubernd. Manche hatten Erker zur Straße, andere stachen durch die liebevoll angelegten Vorgärten heraus. Während sie dort lief und ihren Gedanken nachhing, überrollte sie die Trauer geradezu. Robert war nicht mehr da. Nichts und niemand konnte etwas daran ändern. Diese Erkenntnis hinterließ ein schmerzendes Loch in Margret und alle Versuche, es zu verschließen, scheiterten. Sie erinnerte sich an die vielen Gespräche, die sie mit Robert bei Spaziergängen oder zufälligen Treffen im Supermarkt geführt hatte. Auch Roberts unermüdliche Hilfsbereitschaft bei Schulveranstaltungen schob sich in ihre Erinnerungen. Ihn reglos liegen zu sehen, war erschreckend gewesen. Sie konnte nichts tun, außer immer und immer wieder zu betonen, dass sie sich nicht erklären konnte, warum Robert einen Herzinfarkt erlitten hatte. Im Nachgang klang das selbst in ihren Ohren dumm und unnachgiebig. Schließlich hatte Doc Brown die Todesursache mehr als deutlich bestätigt. Vorbei an den letzten Lichtern der Häuser, die von innen nach draußen drangen, marschierte Margret am kleinen Bach entlang, der nur spärlich von zwei Laternen beleuchtet war. In der Nähe ihres Cottages verspürte sie trotz ihrer Betroffenheit noch ein anderes Gefühl: Ungewissheit. Und diese beschäftigte sie ebenfalls.

Kaum erreichte sie das Haus, atmete Margret einmal tief durch, bevor sie die Tür öffnete. Elisabeth und Benjamin saßen zusammen auf der Couch und schauten irgendeine Quizshow. Erschöpft streifte sie ihre Schuhe ab und ging ins Wohnzimmer. Als sie neben den zweien saß, erklärte sie ihrem Neffen schonend, was vorhin am Marktplatz vorgefallen war.

„Alles gut, Tante Margret. Das ist nicht der erste Tote, den ich gesehen habe. Letztes Jahr ist unsere Mathelehrerin mitten im Unterricht umgefallen und war tot. Hatte einen Hirnschlag oder so etwas. Außerdem sieht man das voll oft in Filmen und Serien", entgegnete Benjamin ihr, als wäre es etwas völlig Normales. Der Junge kam ganz nach seinem Vater. Unerschrocken und selbstbewusst saß der Blondschopf mit seinen grünen Augen vor ihr und schaute sie zufrieden an. Er war eigentlich in vielerlei Hinsicht anders als die Kinder, die Margret sonst in dem Alter kannte. Neben typischen Dingen wie Handys, Computer und Social Media interessierte sich ihr Neffe für Botanik, das Backen und Fotografie. Das faszinierte sie. Kurz wuschelte sie ihm durchs Haar, was ihn nicht störte. Anschließend schnappte sich Benjamin seine Konsole und verschwand auf sein Zimmer.

„Ich wusste zwar, dass die Kids von heute anders sind als vor zehn Jahren. Aber dass sie so abgebrüht sind, überrascht mich doch", kommentierte Margret Beth gegenüber den Dialog mit ihrem Neffen. Abrupt stand sie auf und ging in die Küche, wo sie Teewasser aufsetzte und kurz darauf mit zwei schneeweißen Tassen zurückkehrte.

Gemäß der Art ihrer Großeltern, dass eine junge Frau nämlich rein gar nichts schockieren oder überraschen konnte, ließ sie sich gefasst auf dem Sofa nieder und schüttelte den Kopf, ehe sie zu sprechen begann. „Das ist doch alles eigenartig, Beth, und äußerst außergewöhnlich, oder?"

Im Anschluss berichtete sie ihrer alten Freundin, was sich nach dem Eintreffen der Polizei und des Arztes auf dem Marktplatz abgespielt hatte. Margret ließ kein Detail aus, wusste sie schließlich aus ihren Krimis, dass es meist unscheinbaren Kleinigkeiten waren, die des Rätsels Lösung in sich bargen.

Elisabeth war ganz Ohr und hörte aufmerksam zu, bis Margret Atem schöpfen musste, weil sie das Ganze immer noch so sehr aufwühlte.

„Das klingt wirklich alles ganz ungewöhnlich, Maggie. Was sagt denn dieser junge Polizist dazu?"

„Ach, Smith! Der schließt sich der Aussage Browns an. Wenn du mich fragst, hat dieser lange Lulatsch absolut keine Ahnung. Er mag zwar nett sein, aber blind scheint er dennoch."

„Nun bist du aber wieder garstig. Das passt gar nicht zu dir", tadelte Elisabeth sie und nippte an ihrem Tee.

Margret tat es ihr gleich, setzte ihren Gedankengang kurz darauf fort. „Das hat nichts mit Garstigkeit zu tun, sondern mit normalem Menschenverstand. Ich kannte Robert wirklich gut, das weißt du. Es will einfach nicht in meinen Kopf, dass dieser gesunde Mann ganz plötzlich während des Wettbewerbs, bei dem er als einer der Favoriten galt, einen Herzinfarkt hat und tot umfällt.

Selbst du musst zugeben, wie unglaubwürdig das klingt." Margret schaute Beth in die Augen, bis die Freundin zustimmend nickte.

„Da hast du recht. Aber was will man dagegen tun?", fragte sie und leerte ihre Tasse, während Margret konzentriert dasaß und ihren Tee anstarrte.

„Na, was wohl. Ich werde schon herausbekommen, warum Robert so unerwartet von uns gehen musste", sagte sie plötzlich voller Überzeugung.

„Wie willst du das denn anstellen?"

Die Frage ihrer Freundin befeuerte Margret und sie ließ Beth an ihren Überlegungen teilhaben. „Ich glaube, ich werde unserem werten Doc Brown einen Besuch abstatten. Immerhin ist er es gewesen, der den Herzinfarkt diagnostiziert und bestätigt hat. Vielleicht kriege ich ihn ja dazu, Robert noch einmal genauer zu untersuchen. Gewiss war die Umgebung, in der er den Tod festgestellt hat, alles andere als optimal", erklärte sie Elisabeth. „Mir wird schon ein Grund einfallen, weswegen ich ohne Termin bei ihm in die Notfallsprechstunde muss. Und wenn meine monatlichen Beschwerden dafür herhalten müssen."

„Du ähnelst ohne Frage deiner Großmutter Lorna. Sie war auch ein Sturkopf und ließ sich von nichts abbringen, auch wenn ihre Ideen manchmal wirklich wahnwitzig waren."

Als Elisabeth das gesagt hatte, brachen die zwei in unbeschwertes Gelächter aus, obwohl Margret eigentlich zum Weinen zumute war. Doch der kleine Augenblick der Unbekümmertheit tat gut. Der tiefe Schmerz wegen des Verlustes ihres engsten Freundes kehrte sogleich zurück. Die Geräusche lockten Benjamin aus seinen vier Wänden. Den irritiert dreinblickenden Jungen schickten sie sogleich wieder zurück und überlegten leiser weiter, wie sie ihren Plan morgen umsetzen wollten.

Kapitel 4

Auf Margrets Vorschlag hatte Elisabeth in einem der vielen Gästezimmer im Hause Pagnum übernachtet, sodass sie nun gemeinsam das Frühstück einnahmen, ohne großartig Zeit zu verlieren. Zuvor hatten sie ein paar Gymnastikübungen im Garten gemacht, was ihren Neffen nur allzu sehr belustigt hatte, als er den beiden Frauen bei ihren Verrenkungen zugesehen hatte.

Margret räumte das restliche Geschirr zurück in die Schränke und wandte sich an Elisabeth. Beide schwiegen einen Moment, bis Margret sich vor ihrer Freundin aufbaute. „Nun?", fragte sie.

Es war zwar nur ein unscheinbares Wort, das sie da von sich gab, aber Margrets Betonung verlieh ihm eine unmissverständliche Bedeutung, die Elisabeth genau vernahm. Kurzerhand forderte sie Benjamin auf, mit ihr nach draußen zu gehen, damit sie ihm etwas über die Pflanzen im Garten seiner Tante erzählen konnte. Begeistert begleitete er Elisabeth.

Als die beiden außer Hörweite waren, begab sich die unbeugsame Lehrerin zum Telefon und wählte. Es war zwar Sonntag, aber da es nur eine Arztpraxis in Little Maine gab, hatte diese dementsprechend auch immer vormittags Notdienst am Wochenende. Kaum meldete sich die Arzthelferin, schlüpfte Margret in ihre Rolle.

„Gut, dass ich Sie erreiche. Hier ist Margret Pagnum. Mir ist so unfassbar schwindelig. Es geht mir gar nicht gut. Mein Kreislauf spielt verrückt und Doc Brown sagte mir, ich solle mich umgehend melden, wenn dies der Fall sei", jammerte sie wehleidig in den Hörer. Ohne Umschweife bekam sie das Okay für ein kurzfristiges Erscheinen und legte auf.

Sie holte die anderen zwei von ihrem Ausflug in die Botanik zurück und zwinkerte Elisabeth verschmitzt zu, die ihrerseits schmunzeln musste.

Das Wetter war wie am Tag zuvor herrlich. Die Sonne kitzelte einem die Nase und die Äste der Bäume raschelten im seichten Wind. Little Maine mochte zwar klein sein, doch seine umgebende Landschaft war es keineswegs. Hier konnte man die Seele baumeln lassen.

Von der leichten Brise getragen, erreichten die drei recht zügig den Stadtkern, wo nichts mehr von dem aufwendigen Aufbau zu sehen war, der ihnen am Tag vorher den Atem geraubt hatte. Um den Marktplatz herum standen kreisförmig alte Fachwerkhäuser und Gebäude aus der Entstehungszeit des Ortes. Dort waren Geschäfte, Restaurants, kleine Läden und auch das große Rathaus untergebracht. In liebevoller Handarbeit hatte man jedes einzelne Haus in den vergangenen Jahren renoviert oder restauriert, sodass der alte Charme und Charakter dieses Fleckchen erhalten blieb. Im Zentrum des Platzes ragte ein Springbrunnen empor, der mit Fabelwesen bestückt war. Im Westen vom Marktplatz lagen der Friedhof und der Stadtpark, wohingegen im Osten die alten Cottages früherer Zeiten und kleine Wäldchen vorzufinden waren. Im Norden und Süden waren in den vergangen Jahrzehnten Neubausiedlungen entstanden, die man zumindest im Kleinen baulich dem Stil des Stadtkerns anzugleichen versucht hatte.

Zu dieser Uhrzeit war der Platz leer gefegt. Nur vereinzelt flanierten einige Leute über das Pflaster und schauten neugierig zu der Stelle, an der Robert in die Knie gegangen war. Es erschien auch Margret surreal. Zudem hatte sie gedacht, dass ein Tatort in der Regel abgesperrt würde und nicht betreten werden dürfte. Das war allerdings die Krux am Ganzen. Laut Polizei lag kein Verbrechen oder eine kriminelle Tat vor, sondern lediglich ein bedauerliches Schicksal, dem man nicht weiter nachgehen musste. Das weckte erneut ihren Ehrgeiz und ihre Schritte wurden energischer.

„Hallo Margret. Miss Moon. Schon so früh unterwegs?"

Die Stimme drang von hinten zu ihnen, weshalb sich Margret umdrehte und in das freundliche Gesicht von Pamela Reece blickte. Die Cafébesitzerin konnte man problemlos mit einem Model vergleichen. Ihre indischen Wurzeln sah man der Frau, die in Margrets Alter war, auf den ersten Blick an. Pamela hatte welliges braunes langes Haar, das anders als sonst – sie trug bei der Arbeit einen Dutt – ihre zierlichen Schultern umschmeichelte. Das sommerliche orangefarbene Top passte zu ihrer perfekt sitzenden Jeans. Jeder Mann musste bei dieser Schönheit große Augen machen, dachte sich Margret jedes Mal, wenn sie Pamela sah. Bis heute verstand Margret nicht, weshalb eine solche Erscheinung Single war. Entweder hatte sie zu hohe Ansprüche oder sie teilte die gleiche Einstellung: Um glücklich zu sein, brauchte man keinen Mann. Wenn sich etwas ergeben sollte, okay, aber sie konnte auch gut auf Vertreter des anderen Geschlechts verzichten.

„Ganz genau. Und du bist gar nicht im Laden?", warf Margret den Ball zurück.

„Doch, doch. Ich musste nur kurz etwas erledigen und habe solange das *Bin gleich wieder da*-Schild an die Tür gehängt. Dieses tragische Unglück gestern ging auch an mir nicht spurlos vorbei", fügte Pamela hinzu und schaute betroffen zu Boden, wobei sie ihre Arme um sich schlang.

„Verständlich. Ich glaube, so geht es vielen." Margret wandte sich zu Elisabeth, die zustimmend nickte.

Sogleich schoss Pamelas Blick nach oben und sie schaute Margret tief in die Augen. Man hatte den Eindruck, als würde sie darin lesen und nachempfinden, wie es in Margret aussah, obwohl sie nach außen gefasst wirkte. „Oh Gott, wie ungeschickt von mir. Ich jammere hier rum. Dich muss es weitaus mehr treffen als mich. Immerhin seid ihr, ich meine, wart ihr gute Freunde. Du und Robert." Die junge Frau berührte Margrets Schulter und wollte ihr Trost spenden.

„Schon in Ordnung. Die arme Lourdes wird es härter erwischt haben als alle anderen", stellte Margret klar. Der flüchtige Schatten in Pamelas Gesicht blieb ihr nicht verborgen. Ehe sie mehr darüber nachdachte, kam ihr das geplante Vorhaben wieder in den Sinn. „Ich würde ja gerne weiterplaudern, aber ich habe noch einen Termin bei Doc Brown." Pamela schaute sie daraufhin fragend an. „Ist nichts Schlimmes. Der Kreislauf mal wieder. Ich sollte wirklich mit einer Diät anfangen", sagte sie grinsend, „aber das hieße, dass ich deine Leckereien dann nicht mehr so zügellos verdrücken dürfte."

Auch die Cafébesitzerin musste schmunzeln und verabschiedete sich schließlich. Eine wirklich tolle Frau, dachte sich Margret.

Wenige Minuten später standen sie vor der Praxis, die neben der Kirche lag. Elisabeth und Benjamin gingen wie besprochen zum Spielplatz, um dort auf Margret zu warten. Sie selbst richtete ihre pinkfarbene Bluse und den schwarzen langen Rock, dann betrat sie das Innere der Arztpraxis.

„Einen schönen guten Morgen, Miss Pagnum. Da sind Sie ja schon." Wer Jackie Williams zum ersten Mal sah, musste zweimal hinsehen. Nicht nur ihre türkise Kurzhaarfrisur mit Undercut, sondern auch ihre zahlreichen Tattoos und Piercings sorgten für anfängliche Skepsis, wenn man die Räume der Praxis von Doc Brown aufsuchte. In den klinisch weißen Wänden wirkte die Arzthelferin zwischen den grauen Stühlen und Containerschränken wie ein Paradiesvogel. Allerdings ein äußerst liebevoller. Die stadtbekannte Arzthelferin, die im Heim aufgewachsen war, kannte alle Patienten beim Vor- und Nachnamen und konnte mindestens ein Hobby von jedem nennen. Das empfand Margret bemerkenswert, sie selbst vergaß meist nach fünf Minuten etwas, das nur sie allein betraf.

„Guten Morgen, Jackie", begrüßte sie die quirlige junge Frau. Natürlich achtete sie darauf, ein wenig erschöpft zu klingen, und stützte sich deshalb am Tresen ab. Sie mochte Jackie, war sie doch ein ähnlich bunter Vogel wie sie selbst.

Die Arzthelferin nahm ihre schwarze stylishe Hornbrille ab und stand auf. „Sie sehen wirklich ein wenig blass aus, wenn ich das so sagen darf. Doc Brown weiß Bescheid und erwartet Sie. Kommen Sie bitte mit."

Ihre Fürsorge war ehrlich gemeint, was Margret daran ausmachte, dass die junge Frau ihr eine Hand auf den Rücken legte. Die Arzthelferin begleitete sie zum Untersuchungszimmer.

Doc Brown begrüßte sie und bat sie, Platz zu nehmen. „Wie ich hörte, gibt es wieder einmal Probleme mit dem Kreislauf, Miss Pagnum?"

„Sagen Sie ruhig Margret, Doc. Miss Pagnum klingt immer so alt."

„Ist das so?" Brown schmunzelte und Margret tat es ihm gleich. Ein wenig Charme hatte noch nie geschadet, überlegte sie sich.

„Und ja, mein Kreislauf macht mir wirklich zu schaffen. Ich bin mit Mühe zu Fuß hergekommen", klagte sie ihr Leid.

„Sie sind gelaufen? Streikt Ihre Lucy etwa?" Der Arzt schien überrascht, vielleicht sogar entsetzt. Daraufhin nahm er sein Stethoskop und untersuchte Margret. Nach dem Abhorchen und Messen sah er auf. „Also, Sie machen einen ganz fitten Eindruck, Margret. Puls, Atmung und alles andere klingen vollkommen normal."

Mist, dachte sie.

„Womöglich sind das noch Nachwirkungen von gestern, Doc", erfand sie schnell eine Erklärung für ihren Zustand.

„Oder es ist Ihr Übergewicht, Margret. Halten Sie sich an die vorgeschriebene Diät? Es müssen wirklich einige

Kilos runter. Körperlich sind Sie bisher noch in Ordnung, aber das könnte sich in einigen Jahren ändern. Wir hatten uns ja darüber länger unterhalten."

Margret nickte wie ein ertapptes Kleinkind, das beim unerlaubten Naschen erwischt worden war. So genau, wie es der Doc ihr aufgetragen hatte, nahm sie es nicht mit der Diät. Dafür liebte sie das Essen einfach zu sehr.

„Ich könnte schon ein bisschen mehr darauf achten", gestand sie ihr Versäumnis ein.

Der Arzt, der noch vom letzten Karibikurlaub mit seiner Frau und den zwei Enkeln gebräunt war, legte erneut diesen milden Ausdruck auf, den er ihr gestern am Marktplatz geschenkt hat. „Aber es ist durchaus nachvollziehbar, dass Sie der Vorfall noch beschäftigt. Wahrscheinlich spielt Ihnen Ihr Kopf einen Streich, was verständlich ist. Für viele war der Tod von Mr. Cain ein Schock."

Margret witterte ihre Chance und sprang auf den Zug auf. „Ich begreife es immer noch nicht. Ein Herzinfarkt. Das ist so absurd, Doc. Irgendetwas stimmt da doch nicht. Vielleicht wurde etwas übersehen." Als sie ihre Zweifel kundtat, sah sie dem Mann vor sich in die Augen und hoffte, etwas darin lesen zu können. Stattdessen richtete sich der Arzt auf und wandte ihr den Rücken zu.

„Am besten ist es, wenn Sie sich einige Tage etwas Ruhe gönnen und Anstrengungen vermeiden. Dann sollte sich das Gedankenkarussell auch wieder beruhigen. Haben Sie mich verstanden?" Er sah sie eindringlich an.

Margret musste einsehen, dass da nichts zu holen war, und räumte nach der Verabschiedung geknickt das Feld.

„Und? Ist alles wieder gut?", fragte Jackie, als sie am Empfangsbereich vorbeikam.

„Ja. Mein Kopf scheint mir einen Streich zu spielen, meint der Doc. Der Tod von Robert Cain ließe mir wohl keine Ruhe." Sie zuckte mit den Schultern.

„Schlimm das Ganze", pflichtete ihr Jackie bei und stützte sich mit traurigem Blick auf einer Hand ab.

„Finden Sie das nicht auch alles merkwürdig?", fragte Margret bemüht beiläufig. „Robert und ich waren engste Freunde und er hatte mit keinem Wort erwähnt, dass er gesundheitlich angeschlagen wäre. Dass ausgerechnet er nun einen Herzinfarkt gehabt haben soll, erscheint mir völlig hirnrissig." Sie lehnte sich zu Jackie am Tresen vor.

Diese tat es ihr gleich, wobei ihr Blick etwas Verschwörerisches an sich hatte. „Damit könnten Sie richtig liegen", flüsterte sie Margret zu, stets darauf bedacht, dass niemand sie hören konnte.

„Wie meinen Sie das?" Neugierde stieg in Margret auf. Die Frau vor ihr sprach in Rätseln, die sie hellhörig werden ließen. Gleichzeitig hatte sie das Gefühl, dass sie mit ihrem Bauchgefühl richtig gelegen hatte und nun endlich einen Hinweis bekam.

„Unter uns gesagt, Mr. Cain ist keines natürlichen Todes gestorben."

„Was!", entfuhr es Margret eine Spur zu laut, sodass sie instinktiv eine Hand vor ihren Mund hielt und hoffte, dass Doc Brown nebenan nichts mitbekommen hatte. „Aber woher wissen Sie das, Jackie?"

„Pssst", zischte Jackie sie an. „Heute Morgen habe ich den Befund weggeschickt. Und darauf war ganz deutlich zu lesen, dass keine natürliche Todesursache vorliegt."

„Was war es denn dann? Doch nicht etwa Mord?"

„Mehr kann ich Ihnen auch nicht sagen, aber ...", erwiderte Jackie, als plötzlich die Tür zum Untersuchungsraum aufging und Doc Brown hinauskam. Erstaunt blickte er zu den Frauen, die unnatürlich eng beieinanderstanden und sich am Tresen fast zu einem Knäuel verwoben. „Dann wünsche ich Ihnen gute Besserung, Miss Pagnum", sprach die Arzthelferin hektisch weiter, um die Situation zu retten und keine Fragen ihres Chefs beantworten zu müssen.

Margret warf ihr einen dankenden Blick zu und verließ die Praxis. In ihr kribbelte es gewaltig. Die unerwartete Information über Roberts unnatürlichen Tod versetzte sie in Aufruhr. Sie fühlte sich allerdings auch bestätigt, obwohl man ihr vermehrt einzureden versucht hatte, dass sie aufgebracht und durcheinander sei und nicht wüsste, was sie sagte. Sie musste dringend mit Elisabeth ein Wort wechseln.

Kapitel 5

Im angesagtesten Café der Stadt fand Margret Gelegenheit mit Beth und Benjamin, die sie am Spielplatz abgeholt hatte, in Ruhe über die neu gewonnenen Erkenntnisse zu sprechen.

Pamela Reece war in Little Maine längst jedem ein Begriff. Und das hatte einen Grund: ihre Bäckerei mit Café. Wenn man *Pam's bakery* betrat, fühlte man sich wie in einer anderen Welt: in einer Mischung aus Frankreich, England und Indien zusammen. Im Stil der altenglischen Teestuben hatte Pamela das Café mit einem modernen Touch gestaltet. Warme erdige Töne mischten sich mit dezenten Farbklecksen, die einen zurückhaltenden Hinweis auf die Herkunft der Besitzerin gaben. An den Wänden entlang erstreckten sich kleine Nischen, sodass man für sich sein konnte und nicht das Gefühl hatte, von anderen beobachtet oder belauscht zu werden. Im Zentrum des Ladens dagegen standen einzelne Tische, an denen man in der Regel zu zweit sitzen und ein köstliches Frühstück oder Stück Kuchen zu sich nehmen konnte. Überall roch es nach leckerem Gebäck, das einen, wenn man die Augen schloss, direkt nach Paris, dem Geburtsort der besten Patisserie, katapultierte.

Diesen sinnlichen Eindrücken gaben sich auch Elisabeth und Margret hin, nachdem sie das Café betreten hatten, durch eine kleine Türglocke angekündigt. Benjamin trottete hinter ihnen her, hatte aber von seiner Tante die Erlaubnis bekommen, sich woanders hinzusetzen oder draußen vor dem Laden zu spielen.

„Einen schönen guten Morgen zum zweiten Mal“, begrüßte Pamela sie mit einem Lächeln. „So schnell sieht man sich wieder. Ich hoffe, dir geht es besser.“ Sie richtete ihren Blick auf Margret.

„Ja, soweit alles gut, sagte der Doc.“ Daraufhin suchten sie und Elisabeth sich eine der hinteren Nischen aus und bestellten sich einen Tee. Nachdem Pamela ihn diesen zusammen mit einem Stück Sahnetorte gebracht hatte, waren sie unter sich. Benjamin wollte lieber draußen am Brunnen spielen.

„Wirklich nett von ihr, dass sie dir extra eine weiße Tasse gibt statt eine mit indischen Ornamenten“, würdigte Elisabeth die Geste.

Margret pflichtete ihr bei und rutschte näher zu ihrer Freundin heran. Zur Sicherheit sah sie sich um, ob sie auch niemand hören konnte, während sie mit starrem Blick auf die Tasse ihren Tee umrührte. „Es war Mord“, sagte sie leise, fast schon heiser an Elisabeth gewandt.

Diese machte große Augen. „Was sagst du da!? Das kannst du doch nicht wissen.“ Die ältere Dame, die heute ein marineblaues Kostüm trug, war sichtlich geschockt und traute ihren Ohren nicht.

Margret kannte Elisabeth quasi ihr ganzes Leben lang und wusste, dass die ehemals beste Freundin ihrer Großmutter Lorna generell zart besaitet war, dies jedoch selten zeigte. Sie war eine Lady der alten Schule und verstand sich in der Öffentlichkeit zu benehmen. Dass sie in diesem Moment lauter wurde, verdeutlichte

Margret, dass ihre Freundin genauso schockiert war wie sie. Sonst blieb Beth die Ruhe selbst.

„Jackie hat es mir doch eben selbst gesagt. Robert ist nicht auf natürliche Weise gestorben. Das steht anscheinend auf dem Befund, den sie für Doc Brown heute weggeschickt hat. Und da Robert weder vom Blitz getroffen noch von einem Baum erschlagen wurde, bleibt für mich nur noch Mord übrig. Mir fällt nämlich kein anderer Grund für einen unnatürlichen Tod ein", erklärte Margret ungewohnt ruhig, die normalerweise in solchen Situationen in Rage geriet. Doch jetzt waren es Verzweiflung und Empörung, die sie zum Ausdruck brachte. In ihr machte sich die Erkenntnis breit, dass jemand aus dem kleinen Örtchen dafür verantwortlich sein musste. Immerhin kannte hier jeder jeden. Das Idyll bekam allmählich Risse in ihrer Vorstellung.

„Vielleicht irrt sich Jackie auch und hat etwas falsch verstanden."

„Davon gehe ich nicht aus. Jackie ist schließlich jünger als wir und hatte auch keinen Stress in der Praxis."

„Das muss man der Polizei melden, Maggie."

„Damit ich wieder zu hören bekomme, dass ich aufgewühlt bin und mich ausruhen soll? Für die – vor allem für diesen Inspector Smith – ist der Fall seit gestern abgeschlossen, nachdem Brown einen Herzinfarkt festgestellt hat. Wenn du und ich da jetzt aufkreuzen, halten die uns für komplett bescheuert. Mal ganz davon abgesehen, dass wir die liebe Jackie mit in die Bredouille bringen würden."

„Auch wieder wahr. Und was tun wir deiner Meinung nach?" Elisabeth klang nach wie vor aufgewühlt und hatte Mühe, ihre Stimme und sich selbst unter Kontrolle zu bringen. Nach einem Schluck Tee beruhigte sie sich ein wenig.

Margret setzte sich aufrechter hin, die Hände auf dem Tisch und schaute zum ersten Mal, seit sie saßen, in Elisabeths Augen. „Ich habe keine Ahnung, Beth", gab sie offen zu und seufzte.

Stillschweigend aßen sie ihren Kuchen und beobachteten die Kunden, die den Laden betraten und mit voll bepackten Armen wieder verließen. Es waren viele bekannte Gesichter unter ihnen und nahezu alle grüßte Margret mit einem Winken oder Lächeln. In Little Maine kannte jeder irgendwie jeden, das war Segen und Fluch zugleich. Wenn man Hilfe brauchte, gab es immer jemanden, der einem zur Seite stand. Allerdings hatte diese nicht vorhandene Anonymität auch ihre Schattenseiten, denn fast nichts blieb geheim.

Bei diesem Gedanken erinnerte sich Margret an Paul Murphy. Ein armer Kerl, der mit zu wenig Cleverness gesegnet war. Besagter Paul hatte Geldsorgen und meinte, diese mit einer illegalen Hanffarm in seiner Scheune beseitigen zu können. An sich keine schlechte Idee – nur dumm, weil sein Ältester Josh auf den glorreichen Einfall kam, einen Teil des angebauten Hanfs an seine Mitschüler zu verkaufen. Ganz dumm wurde es, als Josh dem Nachwuchs des Polizeichefs das Zeug andrehte. Das Ganze machte die Runde und flog auf. Am Ende bekam Paul Murphy vierzehn Jahre Haft und Josh aufgrund seines Alters Sozialstunden. Solche Geschichten gab es zuhauf.

„Schon komisch, findest du nicht, Beth?", fragte Margret etwas abwesend, während sie mit dem Zeigefinger den letzten Krümel von ihrem Teller nahm.

„Ich weiß nicht, was du meinst, meine Liebe."

„Da denkt man, man kennt seine Leute und weiß alles über sie. Doch dann fällt einer deiner engsten Freunde tot um und du glaubst gar nichts zu wissen."

„Du sprichst in Rätseln, Maggie", erwiderte Elisabeth und zog dabei eine Braue hoch.

Margret lächelte und nahm eine entspanntere Sitzhaltung ein. „Denk doch mal nach, Beth. Es ist doch nicht von der Hand zu weisen, dass jeder in Little Maine alles über jeden weiß." Elisabeth stimmte ihr zu, sodass Margret fortfuhr. „Da wir nun mit großer Sicherheit wissen, dass der arme Robert ermordet wurde, frage ich mich, wer daran Interesse gehabt haben könnte. Mir ist nicht bekannt, dass er Feinde gehabt hat."

„Nur weil du es nicht wusstest, heißt das ja nicht, dass er keine gehabt haben könnte", korrigierte Elisabeth sie und nippte an ihrem Tee.

Margret kräuselte die Lippen und spielte mit den Fingern in ihren Locken, während sie den Einwand ihrer Freundin überdachte. Im Hintergrund lief leise Musik, die sie einnahm und ein wenig abdriften ließ. Elisabeth hatte recht, dachte sie sich. Es musste tatsächlich jemand sein, der alles daran setzen würde, Robert Cain aus dem Weg zu räumen. Es stellte sich nur die Frage, wer dieser jemand sein konnte. Welche Beweggründe hatte er dafür? Welches Motiv?

„Darf es noch etwas sein?"

Pamelas Stimme riss Margret aus ihrer Trance. Etwas neben der Spur schaute sie die liebreizende Cafébesitzerin an und fand wieder zu sich.

„Nein danke. Ich denke, wir werden zahlen." Margret legte dreizehn Pfund auf den Tisch. Dann verließen die beiden Freundinnen das Café, sammelten Benjamin am Brunnen ein und traten den Heimweg an.

Zu Hause angekommen streifte Margret in gewohnter Weise ihre Schuhe ab und legte ihren Schlüssel in das Schälchen, das neben den Bildern auf dem Kaminsims stand. Dann ging sie in die Küche, um Erfrischungen und Snacks zu holen. Mit den kleinen Stärkungen im Arm ging sie zurück ins Wohnzimmer und schlug vor, im Garten zu sitzen. Beim Knabbern ein paar Runden Karten zu spielen: eine Leidenschaft, die sie alle drei teilten.

Auch wenn die Partie sie ablenkte, so ganz ging Margret die Sache mit Roberts Tod und dem damit verbundenen Mord nach wie vor nicht aus dem Kopf. Sie konnte sich keinen Reim machen und noch weniger vorstellen, wer den eigentlich bei allen beliebten Mann hatte tot sehen wollen.

Nach einer halben Stunde beendeten sie das Spiel und Benjamin ging mit seinem Handy los, um noch mehr Bilder zu schießen. Margret verschwand für einen Moment ins Haus, um kurz darauf mit einer Kladde, einem Blatt Papier und Stift wiederzukommen. Ohne etwas zu erklären, begann sie mit Kritzeleien.

„Magst du mich eventuell einweihen, was du da gerade tust?", fragte Elisabeth und beugte sich interessiert vor.

„Gleich." Margret blickte konzentriert auf das Stück Papier. Sie biss sich auf die Unterlippe und wirkte, als wäre sie ganz woanders.

Es dauerte nicht lange, bis sich ihr Gesicht wieder entspannte und sie zufrieden aufschaute, während sie Elisabeth ihr Werk präsentierte.

Die alte Dame nahm das Blatt an sich, studierte es genau und legte es wieder weg. „Ich verstehe nicht wirklich, was du damit sagen willst, Maggie."

„Nicht?" Margret sah sie verwundert an. „In Ordnung. Dann erkläre ich es dir. Ich habe hier in der Mitte Roberts Namen notiert und daneben alles, was ich über ihn weiß und was ihn so ausmachte. Auf der anderen Seite habe ich typische Motive für einen Mord aufgeschrieben. Jetzt versuchen wir, die beiden Seiten in Zusammenhang zu bringen, um einen möglichen Täter zu finden. Ganz einfach."

Als Elisabeth darauf nicht antwortete, weil sie anscheinend nicht überzeugt war, führte Margret ein Beispiel an. „Also gut. Gehen wir ganz einfach vor. Gestern hat der jährliche Backwettbewerb stattgefunden, bei dem Robert aus unerklärlichen Gründen an Herzversagen starb. Mittlerweile wissen wir durch Jackie, dass dabei nachgeholfen wurde. Wer könnte ein Interesse daran haben, dass Robert ausgerechnet zu diesem Zeitpunkt stirbt, wo es alle sehen?"

Elisabeth schien zu verstehen und wollte etwas sagen. Margret hinderte sie daran, weil auch sie eine Idee hatte.

„Ganz genau. Jemand, dem es nicht recht wäre, wenn ein Robert Cain den ersten Platz macht. Und diese Person ist niemand anderes als Constance Rutherford. Die

Frau, die Jahr für Jahr gewinnt und dieses Mal garantiert das Nachsehen gehabt hätte. Nur durch sein plötzliches Ableben hat die Jury sie aufgrund ihrer Rezeptkreation zur Siegerin gekürt.“

„Klingt plausibel, ist aber auch reine Spekulation, meine Liebe“, hielt Elisabeth dagegen.

„Nicht ganz. Dir ist doch ebenso aufgefallen, wie abgelenkt und unkonzentriert die gute Dame war. Ständig hat sie zu ihrem einzigen Rivalen hinübergeschielt. Ich denke, ich weiß, mit wem ich ein Gespräch führen muss. Am besten noch heute.“ Mit diesem letzten Satz sprang Margret auf und wackelte ins Haus in Richtung Telefon. Wenige Minuten später kam sie wieder, weil sie niemanden erreicht hatte. Sicherlich waren die Rutherfords unterwegs, doch Margret würde nicht so schnell aufgeben. Das Blatt faltete sie zusammen und legte es in die Kladde.

Benjamin und sie hatten einen entspannten Abend in der Küche verbracht und zusammen ein Curry gekocht. Anschließend war sie seinem Wunsch nachgekommen, ihn ins Bett zu bringen. Margret beschlich das Gefühl, dass der Todesfall den angeblich so toughen Jungen doch mitgenommen haben könnte. Den Pyjama übergezogen und die Zähne geputzt, kam er aus dem kleinen Bad und kroch unter die Decke.

„So, Tante Margret. Und jetzt erzählst du mir mal, was du und Elisabeth die ganze Zeit zu tuscheln gehabt habt, als ihr mit dem Blatt zugange wart“, sagte er keck und stützte sich auf seine Ellbogen. Breit grinsend wackelte er mit den Augenbrauen und wartete auf eine Antwort. Er war definitiv wie John, stellte Margret fest. Ihr Bruder konnte genauso stumpf und unverblümt sein, was andere sich selten trauten. Sie überlegte, wie sie aus der Nummer herauskommen konnte, brauchte aber einen Moment zu lang, weil Benjamin ihr zuvorkam.

„Versuch erst gar nicht, mir einen Bären aufzubinden. Ich bin nicht doof. Irgendetwas ist in der Arztpraxis passiert. Du warst danach plötzlich anders, als du rausgekommen bist. Das hat man dir angesehen."

War es so auffällig gewesen, sodass man ihr anmerken konnte, dass sie etwas beschäftigte?

„Also gut. Es nützt ja nichts und du würdest eh nachbohren, bis ich es dir sage."

Benjamin nickte und guckte schelmisch.

„Aber du musst mir versprechen, mit niemandem darüber zu reden. Nicht mal mit deinem Dad. Ist das klar?"

„Krieg ich hin."

„Robert, der Mann, der gestern bei dem Wettbewerb gestorben ist, hatte keinen Herzinfarkt."

„Sondern?", hakte Benjamin nach.

Margret war sich nicht ganz sicher, ob es eine gute Idee war, ihren Neffen komplett einzuweihen. Dann aber wurde ihr erneut klar, dass er weiterfragen würde. Immerhin war er ein aufgewecktes Kerlchen und konnte die Info verkraften. Sie gab sich einen Ruck.

„Die Arzthelferin hat mir heimlich zugesteckt, dass da nachgeholfen wurde und es keine natürliche Todesursache war."

„Das ist ja krass. Voll wie in diesen ganzen Polizeiserien, die Mum und Dad gucken."

„Und du anscheinend auch, mein Lieber", ergänzte Margret ihn mit hochgezogener Braue.

„Jo. Die Kindersperre war einfach zu knacken. Verrate das den beiden aber nicht."

Es war pädagogisch gesehen nicht richtig, ihm ihr Wort zu geben, aber sie war auch nicht für seine Erziehung zuständig. Sie war nur die verrückte Tante aus der Kleinstadt, bei der er seine Ferien verbrachte.

„Gut. Wir haben einen Deal", sagte sie und machte eine Ghettofaust, weil sie das häufiger bei einigen ihrer Schüler gesehen hatte.

Benjamin amüsierte die Geste und er schlug mit ein. „Gehst du mit deiner Info eigentlich zur Polizei? Das wäre voll cool. Ich will dir auf jeden Fall helfen, Tante Margret." Obwohl er einerseits so reif war, wirkte er andererseits bei Fragen wie dieser niedlich. Dass er sie unterstützen wollte, empfand sie ehrenhaft, würde aber dafür Sorge tragen, dass er stets in Sicherheit wäre und ihm keine Gefahr drohte.

„Nicht so ganz. Ich denke, dass es besser ist, wenn wir uns morgen mal mit jemand anderem unterhalten."

Kapitel 6

Der Name Rutherford war in ganz Little Maine und den umliegenden Grafschaften bekannt. Vor knapp zweihundert Jahren war es Albert Rutherford gewesen, der durch erfolgreichen Handel zu Reichtum gelangt war und als erster Bürgermeister regiert hatte. Generationen später zehrten die Nachkommen des edlen und großzügigen Mannes noch immer von seinem Erfolg und lebten dekadent wie Götter in Frankreich. Eine von ihnen war Constance Rutherford, das älteste der drei Kinder von Michael Albert und Viola Rutherford. Während die Eltern in teuren Seniorenheimen untergebracht wurden, weil sich niemand um sie kümmern wollte, ließ Constance, eine grazile Frau von Welt, nichts unversucht, um zu zeigen, wie wohlhabend sie war.

Wie an jedem Morgen hatte man Constance ihr das Frühstück ans Bett gebracht, sodass sie danach ohne lange Umwege in das angrenzende Bad im mediterranen Stil gehen konnte, um sich fertigzumachen. Immerhin hatte sie einen Ruf und den musste sie aufrechterhalten. Sie war neununddreißig Jahre alt und hatte Jura in Oxford studiert, um zu beweisen, dass sie es konnte. Jeder in Little Maine wusste, dass es die reiche Erbin nicht nötig hatte zu arbeiten, sondern schlichtweg eine Beschäftigung in ihrem öden Alltag suchte. Der Job als Anwältin oder Richterin war ihr allerdings zu anstrengend geworden, sodass sie es vorzog, für die Stadt tätig zu sein. Wer mochte schon tagein, tagaus nichts tun und von einer Dinnerparty zur nächsten hetzen, lautete dann immer ihr seufzender Spruch. Es würde sie nicht erfüllen, fügte sie stets hinzu und erwartete dann Applaus und Bewunderung.

Nachdem sie geduscht hatte, begab sich Constance in den begehbaren Kleiderschrank, um ein auffallendes Outfit zu wählen. Sie liebte es, im Mittelpunkt zu stehen und die Aufmerksamkeit auf sich zu ziehen. War dies nicht der Fall, sorgte sie dafür. Ihr Mann Carl hatte nichts zu sagen. Er war lediglich schmuckhaftes Beiwerk, damit es nicht hieß, sie würde niemanden abbekommen. Zudem brauchte sie zwangsläufig einen Ehemann, um einen würdigen Erben in die Welt zu setzen. William Albert Rutherford war neben ihr selbst ihr ganzer Stolz. Jedoch hatte er mehr von seinem Vater als von ihr, was viele in Little Maine begrüßten. Constance mochte zwar überall präsent sein, mögen taten sie die wenigsten. Die, die es behaupteten, wollten sich in ihrer Gegenwart brüsten und sonnen. Das war ihr klar, aber ihre Eitelkeit ließ es zu, da sie so die Beachtung erhielt, die sie wollte.

Sie war gerade dabei, ihr Kostüm für diesen Montag zu komplementieren, als es an der Tür klopfte. Ihr neues Dienstmädchen Vanessa trat mit gesenktem Kopf ein.

„Entschuldigen Sie die Störung, Mrs. Rutherford. Besuch wartet unten an der Tür. Eine Miss Pagnum würde Sie gerne sprechen. Sie hat außerdem einen kleinen Jungen bei sich."

Das junge Ding hatte sich über eine Au-pair-Stelle bei der Familie beworben und war wegen ihrer französischen Wurzeln von Constance genommen worden. Auf andere wirkte das exotisch – Constance als Samariterin, die es einem Mädchen wie Vanessa ermöglichte, in ihrem angesehenen Haushalt zu arbeiten. Dass sie es nicht leicht haben würde, hatte dem armen Ding niemand im Vorfeld gesagt.

„Miss Pagnum sagst du? Was will denn diese stillose Person von mir?", echauffierte sich Vanessas Herrin künstlich und betrachtete unentwegt ihr Spiegelbild.

„Das sagte sie nicht, Ma'm."

„Dann schick Margret wieder weg und sage ihr, dass ich keine Zeit habe", befahl sie der jungen Frau und scheuchte sie wie ein störendes Insekt davon, um sich wieder Wichtigerem zu widmen: sich selbst.

Vanessa verneigte sich und verschwand genauso schnell, wie sie aufgetaucht war. Constance legte Make-up auf und schüttelte den Kopf. Sie konnte sich nicht erklären, was die Lehrerin ihres Sohnes in den Ferien wollte. Seine Noten waren so exzellent wie seine Herkunft. Zudem konnte sie den rothaarigen Lockenkopf schlichtweg nicht ausstehen. Margret Pagnum war ihrer Meinung nach der Inbegriff von Stillosigkeit und Anmaßung und absolut ungeeignet, als Vorbild für junge Menschen zu dienen. Aber das sollte sie jetzt nicht weiter kümmern, da sie die Frau losgeworden war.

Dass sie mit ihrer Taktik keinen Erfolg hatte, merkte sie einige Stunden später. Gemeinsam mit ihren Freundinnen Maria und Claudette saß sie wie jeden Montag zum Tee in *Pam's bakery* und tauschte sich über den neuesten Tratsch in der Stadt aus. Neben ihrem hauseigenen Salon war das Café der ideale Ort, um sich über alles und jeden das Maul zu zerreißen. Zum einen traf man viele, zum anderen wurde man gesehen. Außerdem konnte man nirgends besser andere Leute beobachten und vielleicht auch belauschen als hier. Selbstverständlich war der Tod von Robert Cain Gesprächsthema Nummer eins ihrer heutigen Runde.

„Ich glaube ja, dass Robert wegen Lourdes einen Herzinfarkt hatte", lästerte Maria und hoffte auf Zustimmung.

„Ganz sicher. Wer solch eine Ehefrau zu Hause sitzen hat, kann seines Lebens nicht mehr froh werden. Ich habe sie noch nie lächeln sehen. Garantiert ist sie ein richtiges Biest, das den armen Mann in den Tod getrieben hat", pflichtete Claudette ihr bei.

Constance setzte sich aufrechter hin. Im Gegensatz zu ihren leicht untersetzten Freundinnen, die wie sie aus guten Verhältnissen stammten, hatte sie eine makellose Figur. Das schwarze glatte Haar trug sie heute offen und ließ es über die rechte Schulter fallen, da es besser zu dem violetten Kostüm passte als eine Hochsteckfrisur. Außerdem konnte sie so ihre neuen diamantbesetzten Ohrringe zur Schau stellen.

„Also, also meine Damen. Die arme Lourdes hat vor zwei Tagen ihren geliebten Gatten verloren. Ein bisschen Anstand wäre geboten. Noch sollten wir uns nicht schändlich über sie urteilen. Zumindest nicht so offensichtlich", giftete sie und grinste zynisch. „Roberts Uhr war wahrscheinlich einfach abgelaufen, warum auch immer. Tragisch ist es trotzdem, da habt ihr recht", brachte sie sich ins Gespräch mit ein. Für einen Moment schien sie mit den Gedanken abzudriften und ganz weit weg zu sein, fand aber sogleich wieder zu sich. Sie nippte kurz an ihrem Tee, bevor sie fortfuhr. „Das Kurioseste habe ich euch noch gar nicht erzählt", fing sie an und gewann sogleich die volle Aufmerksamkeit ihrer beiden Begleiterinnen. „Ihr werdet nicht erraten, wer heute Morgen bei mir geklingelt hat." Fragend schauten die beiden Damen Constance an. „Margret Pagnum!", ließ sie dann die angebliche Bombe platzen.

„Was wollte *die* denn von dir? William hat doch keinerlei Probleme in der Schule?", fragte Maria neugierig.

„Keine Ahnung. Ich habe sie von Vanessa wegschicken lassen. Ich war gerade dabei, mich frisch zu machen", gestand Constance und zuckte gleichgültig die Schultern.

„Umso besser, dass ich dich hier antreffen kann, Constance", kam es wie bei einer Stimme aus dem Off.

Die Dreierrunde drehte überrascht die Köpfe zum Ursprung der Stimme. Vor ihnen standen ein Junge und Margret Pagnum, die sich anscheinend ein wenig mehr Mühe bei der Klamottenwahl gegeben hatte, wie Constance überrascht feststellte. Zur schwarzen Stoffhose trug die Lehrerin ein senffarbenes Oberteil. Es harmonierte zwar nicht ganz so mit ihren roten Haaren, doch man hatte schon schlimmere Kombinationen zu sehen bekommen.

„Oh, hallo Margret. Das ist ja ein Zufall", versuchte Constance ihre Abneigung heuchelnd zu verbergen. Statt zur Begrüßung aufzustehen, blieb sie sitzen.

„Na ja. Von Zufall würde ich nicht unbedingt sprechen. Es ist jedem bekannt, dass ihr drei euch ja immer am Anfang der Woche hier trefft. Und da ich dich heute Morgen nicht sprechen konnte, würde ich das jetzt gerne nachholen, wenn das für euch beide in Ordnung ist“, wandte sie sich an Maria und Claudette. „Es ist ziemlich wichtig“, fügte sie schnell hinzu. Die Bittstellerin zu mimen, passte Margret zwar überhaupt nicht, es blieb ihr aber keine andere Wahl.

„Du hast echt Nerven“, ätzte Constance. „Bildest du dir ernsthaft ein, dass ich deinetwegen das Treffen mit meinen Freundinnen abbreche? Dann muss ich dich leider enttäuschen. Und nun zisch ab, wir haben wichtigere Dinge zu besprechen.“

„Wie reden Sie eigentlich mit meiner Tante? Ich dachte immer, dass sich feine Leute besser benehmen“, sagte Benjamin, der an Margrets Seite gestanden hatte und jetzt vortrat.

Bestürzt sahen die drei Frauen Margrets Neffen an, erwiderten aber nichts. Stattdessen gab Constance Margret mit einer Kopfbewegung zu verstehen, dass sie das Weite suchen sollten. Stur, wie sie aber war, blieb Margret an Ort und Stelle stehen, verschränkte die Arme und fixierte die reiche Erbin eindringlich.

Ein wenig überrumpelt suchten Maria und Claudette Blickkontakt zu Constance. Diese hatte absolut kein Interesse, mit der Lehrerin zu sprechen, wusste aber, dass sie so lange drängeln würde, bis sie es konnte. Also würde sie in den sauren Apfel beißen müssen und ihr den Gefallen tun, um zu reden. Sie gab ihren Freundinnen nonverbal zu verstehen, dass ihr gewohnter Kaffeeklatsch durch das Auftauchen dieser Frau beendet war. Gehorsam erhoben sie sich und gingen nach einer Verabschiedung davon. Obwohl sie hinter ihr waren, konnte Margret spüren, wie die zwei abwertende Blicke auf sie warfen. Das war ihr gleich. Sie musste nicht zwangsläufig everybody's Darling sein, schon gar nicht dieser noblen Ziegen.

Kaum waren sie weg, nahm Margret gegenüber von der feinen Lady Platz. Benjamin schickte sie nach draußen, wo er auf sie warten sollte.

„Das ist wirklich freundlich von dir, Constance." Selbst in ihren Ohren klang das lausig und künstlich aufgesetzt. Es kostete Margret einiges an Überwindung, gelassen zu bleiben. Sie und die Lady von Little Maine, wie sie Constance gerne nannte, hatten schlicht und einfach nicht das beste Verhältnis. Das mochte zum einen daran liegen, dass Margret nicht wie alle anderen um Beachtung hechelnd hinter Constance herlief. Zum anderen hatte sie es gewagt, auf dem Stadtfest vor zwei Jahren ein wenig zu laut zu äußern, dass sie der Annahme wäre, die liebe Constance wäre sicher nicht mehr zu hundert Prozent echt, sondern hätte garantiert nachgeholfen. Die Lacher waren auf Margrets Seite gewesen, doch seitdem herrschte eine Art Kalter Krieg zwischen den beiden. Sie begegneten sich mit dem nötigen Respekt und grüßten sich. Das sollte es dann aber auch gewesen sein.

„Tut mir wirklich leid, dass ich euer Treffen aus heiterem Himmel unterbrochen habe", warf sie noch hinterher, um auf mehr Verständnis der Frau ihr gegenüber zu hoffen. Dabei war ihr selbst klar, dass ihre Heuchelei nicht unentdeckt blieb.

Constance runzelte die Stirn – zumindest wurden ihre Augen größer, während die Stirn aalglatt blieb. Ein leises Seufzen entglitt ihr, ehe sie etwas entgegnete.

„Margret. Lassen wir doch diese gespielte Freundlichkeit. Sag mir, was so unglaublich wichtig ist, dass du mir deswegen den ganzen Tag wie eine Zecke nachstellst. Es nervt."

Das war die Constance, die Margret kannte, wenn niemand anderes in der Nähe war. Ehrlich und zugleich herablassend, wenn sie ihren Gesprächspartner nicht ausstehen konnte. Da sich die feine Dame nicht darum bemühte, sonderlich höflich zu sein, krempelte Margret innerlich ihre Ärmel hoch und setzte zur Offensive an. Angriff war bekanntermaßen die beste Verteidigung, sagte ihre Großmutter Lorna immer. Eine von vielen Redewendungen und Weisheiten, die sie ihrer Enkelin mit auf den Weg ins Leben gegeben hatte.

„Du bist es gewesen, oder?", kam es leise, fast flüsternd über ihre Lippen. „Du hast Robert umgebracht. Ich weiß zwar noch nicht, wie du das angestellt hast, aber das ist nur eine Frage der Zeit."

Während sie das sagte, warf sie vernichtend böse Blicke in Constance's Richtung, der mit einem Mal sämtliche Farbe aus dem Gesicht wich. Ungläubig starrte sie Margret an und wirkte mit ihrem offen stehenden Mund wie ein Karpfen, der nach Luft hechelte.

Einen Moment später fand sie ihre Fassung wieder und Zornesröte übernahm die Kontrolle. Es reichte ihr und sie verlor die Kontrolle über ihre Emotionen. Mit der flachen Hand donnerte sie auf die Tischplatte. Das Geschirr erzitterte. „Sag mal, spinnst du jetzt völlig!

Was erlaubst du Möchtegerngebildete dir solche Unterstellungen zu erheben und mir in aller Öffentlichkeit vorzuwerfen, ich sei eine Mörderin?" Ihre Stimme überschlug sich und klang schrill, sodass andere Gäste in ihre Richtung guckten. Constance atmete schwer und schnaubte beinahe wie ein wütender Stier. Margret, die nicht mit einer solch emotionalen Reaktion der sonst so gefassten Dame gerechnet hatte, winkte den Neugierigen lächelnd zu. Ihr Neffe tat es ihr von draußen gleich und hatte sichtlich Spaß daran, die Szene zu beobachten. Dann wandte sich Margret wieder an ihr Gegenüber. „Tu nicht so unschuldig. Du konntest es nicht haben, dass Robert, der überall und bei jedem beliebt war, den Wettbewerb gewinnen würde, den du all die Jahre sicher in der Tasche hattest. Das hätte dein Weltbild zerstört und zudem deinem Ansehen geschadet. Die ach so große Constance Rutherford muss in ihrer Paradedisziplin gegen einen Mann einstecken", äffte Margret das Getuschel nach, mit dem Constance üblicherweise ihr Umfeld belästigte.

„So etwas muss ich mir von einem einfältigen Bauerntrampel wie dir nicht nachsagen lassen", spuckte ihr die Verdächtige entgegen. Wieder hatte Constance ihre Stimme erhoben und lenkte dadurch erneut die Aufmerksamkeit der anderen auf sie beide. Wütend warf sie die Serviette auf den Tisch und war im Begriff aufzustehen.

„Ja, geh nur. Die Polizei wird sich meine Theorie sicherlich gerne anhören wollen", erklärte Margret zuversichtlicher, als sie war. Es klang wie eine Drohung, das war ihr klar, doch sie musste Klarheit haben. Und so wie es aussah, hatte sie richtig gelegen.

Zu ihrer eigenen Überraschung setzte sich Constance langsam wieder, die Augen auf sie geheftet. Hatte sie sich zuvor wie eine wilde Furie verhalten, so wandelte sich Constance's Körpersprache plötzlich. Sie legte ihre Arme auf den Tisch und beugte sich mit durchgestreckten Rücken zu Margret vor, sodass diese zurückwich, aus Angst, attackiert zu werden.

„Jetzt hör mir mal zu, Margret."

Es klang bedrohlich, ging es der Lehrerin durch den Kopf.

„Ich war es nicht, Margret. Dazu wäre ich gar nicht in der Lage gewesen. Oder könntest du etwa jemanden töten, den du geliebt hast?"

Margret dachte, sich verhört zu haben und guckte verwirrt. Was ging hier vor? Irritiert schaute sie der reichen Erbin ins Gesicht. Diese Aussage überraschte sie in diesem Moment.

„Wie bitte?" Margret war nun selbst die Überrumpelte.

„Ganz genau. Robert und ich hatten seit einigen Jahren eine Liaison, wenn du es genau wissen willst", offenbarte ihr Constance geradeaus. „Damit hast du jetzt nicht gerechnet, oder?" Selbstgefällig lehnte sie sich daraufhin zurück, kräuselte die Lippen und zog eine Braue hoch. In dieser Position wirkte die reiche Frau erhaben und selbstsicher. Ihr abschätziger Blick zu ihrem Gegenüber tat sein Übriges dazu. Doch der Schein trog. Wäre Constance ein offenes Buch, hätte Margret problemlos spüren und sehen müssen, wie aufgewühlt ihr Gegenüber war.

„Aber du ... Und er ..." Margret stammelte und suchte nach den passenden Worten.

„Ja, wir sind beide verheiratet, beziehungsweise war
er es bis vor zwei Tagen.“

Mehrere Augenblicke lang herrschte Schweigen an
dem Tisch. Wäre es ein Film gewesen, würde man da-
sitzen und am liebsten Popcorn zu der Show bestellen.

„Das denkst du dir doch aus“, konterte Margret, als sie
sich halbwegs wieder sortiert hatte.

Constance beugte sich erneut näher. Ihre Augen waren eiskalt und ließen einem das Blut in den Adern ge-
frieren. Gleichzeitig breitete sich ein Ausdruck auf ihrem Gesicht aus, den Margret nicht richtig in Worte
fassen konnte. Der vorherige Zorn wich beiseite und
machte etwas anderem Platz.

„Ich sage es dir, wie es ist, Margret Pagnum, damit du
mit deinen Anschuldigungen nicht auch noch hausie-
ren gehst.“ Constance sprach hart und ernst. „Meine
Ehe mit Carl ist ein Graus. Zum Glück ist er wie jetzt
auch viel auf Geschäftsreisen. Er ist zwar ein liebevoller
Vater, aber alles andere an ihm ist langweilig und ödet
mich an. Ich interessiere ihn gar nicht, er investiert
seine ganze Leidenschaft lieber in seine Modellbauei-
senbahn. Da geht man doch zugrunde. Und ehe das der
Fall war, kam Robert ins Spiel. Bei einem der Wohltä-
tigkeitsbälle, die ich ausrichte, sind wir ins Gespräch
und uns nähergekommen. Dem Guten erging es nämlich nicht anders als mir in seiner Ehe. Bei ihm fühlte
ich mich wohl und jeder Moment war besonders. Da
werde ich doch den Teufel tun und diesen Mann wegen
eines Backwettbewerbes umbringen. Wenn ich jemandem den Sieg gegönnt hätte außer mir selbst, dann ja
wohl ihm. Es war für mich ein Horror, als er da tot am

Boden lag. Das müsste selbst dir einleuchten. Wer ist denn von uns beiden die studierte Lehrerin?"

In Margrets Kopf herrschte in diesem Augenblick absolutes Chaos. Sie konnte das alles gar nicht fassen. Ihr engster Freund und diese Frau führten heimlich eine Affäre und sie hatte nie den Hauch einer Ahnung gehabt. Das musste sie sacken lassen. Sie gestand sich aber ein, dass damit ihre Theorie von Constance als neidische Übeltäterin wie ein Kartenhaus in sich zusammenfiel. Ihre entglittenen Gesichtszüge bekam sie schnell wieder in den Griff. „Damit habe ich am allerwenigsten gerechnet, muss ich zugeben." Neutral schaute sie Constance an. Diese Neutralität wich bald einer gewissen Skepsis. Sie konnte sich nicht vorstellen, dass ein warmherziger Mann wie Robert etwas mit einer solch abgebrühten, eiskalten und selbstverliebten Frau gehabt haben konnte.

Die Mimik ihres Gegenübers änderte sich ebenfalls. Nach dem Lüften ihres Geheimnisses wirkte Constance deutlich freundlicher. Und dann, für einen Moment huschte ein flehender Blick über ihr Gesicht und sie rückte noch ein Stück näher an Margret heran. „Aber das darf niemand erfahren, hörst du. Als Assistentin des Bürgermeisters würde ein solcher Skandal nicht nur meinen, sondern auch den von Stone ruinieren. Gar nicht auszudenken, welche Wellen das schlagen würde. Und denk doch auch an meinen Jungen – immerhin bist du seine Lehrerin."

So hatte sie die reiche Erbin bisher nie erlebt. Sie konnte nicht fassen, was gerade vor sich ging. Die normalerweise arrogante Schnepfe, die jeden unter ihrer

Würde mied oder anging, bat sie, Margret Pagnum, um Verschwiegenheit.

„Ich verstehe", sagte sie daher nüchtern. So schnell wendete sich das Blatt. War die hochnäsige Gans vorher abweisend gewesen, bat ausgerechnet sie nun um Verschwiegenheit, um ihren Ruf zu wahren. Margret versicherte ihr mit einem Nicken, dass Constance sich nicht sorgen musste. Vorerst.

Erleichtert lehnte diese sich zurück und machte den Anschein, als würden Tonnen von Lasten von ihr abfallen.

„Dann bleibt mir noch zu sagen, dass es mir aufrichtig leidtut, dich bezichtigt zu haben. Ich entschuldige mich bei dir und hoffe natürlich auch auf deine Diskretion." So viel Anstand hatte Margret, dass sie eigene Fehler eingestehen konnte. Sofern es denn welche waren. Gänzlich war sie nicht von der Story mit der Affäre überzeugt, aber es brachte nichts, weiter darüber zu diskutieren. Schließlich hieß es doch, dass in allem ein Stückchen Wahrheit steckte.

Die beiden Frauen wechselten einen Blick, ehe Constance das Geld für die Getränke auf den Tisch legte und ohne ein weiteres Wort das Café verließ.

Margret blieb noch einen Augenblick sitzen, um das eben geführte Gespräch zu verdauen, das ihre bisherige Ermittlung vollkommen über den Haufen warf. Dann winkte sie Benjamin herein, der die herauskommende Constance gesehen hatte und nun zur ihr ins Café schaute. Er setzte sich zu seiner Tante.

Da gesellte sich Pamela zu ihnen. „Ist alles in Ordnung?", erkundigte sie sich und klang mitfühlend. „Es war nicht schwer, mitzubekommen, dass es zwischen euch zum Teil etwas hitzig zuging. Du siehst ein bisschen mitgenommen aus, wenn ich ehrlich bin.“

Und erneut stellte Margret fest, wie unfassbar nett und freundlich die Cafébesitzerin war. „Es ist alles gut. Die Sache mit Robert macht mir ein wenig zu schaffen“, lenkte sie die Konversation in eine andere Richtung.

„Ja. Das kann ich mir vorstellen. Mir geht es da nicht anders.“ Pamelas Gesicht strahlte Mitleid aus. „Was hältst du davon, wenn ich dich und deinen Neffen zu einem Stück Kuchen heute Abend um sechs Uhr zu mir einlade? Ich weiß, dass es komisch klingt, aber ich bin jeden Nachmittag hier und kann nur in den Abendstunden.“

Obwohl Pamela den wahren Grund für Margrets Betroffenheit nicht kannte, lud sie die beiden zu sich nach Hause ein, was Margret erst einmal gern annahm und sich dann verabschiedete. Mit Benjamin würde sie das final entscheiden wollen.

Kapitel 7

In den vergangenen drei Tagen hatte Margret eindeutig zu wenig Zeit mit Benjamin verbracht, weswegen sie sich ein wenig schlecht fühlte. Er hatte sie zwar überall mit hin begleitet und half ihr bei der Sache mit Robert, ganz richtig war es dennoch nicht. Immerhin war der Kleine extra aus London zu ihr aufs Land gekommen, um – so sagte er es immer, wenn sie anrief – mit seiner Lieblingstante zusammen zu sein. Aus diesem Grund hatte ihre Lucy Gas geben müssen, damit sie schnell wieder zu Hause waren.

Auch wenn ihre heiß geliebte Vespa die eigentliche Arbeit übernommen hatte, so war ihre Stirn von der prallen Sonne schweißgebadet. Sie stellte das alte Mädchen, wie sie ihr Gefährt gern nannte, in den Schuppen neben dem Haus und ging hinein.

„Da sind wir wieder, Benji. Ich hoffe, es war in Ordnung, dass wir diesen Abstecher gemacht haben. Aber ich musste das wissen."

„Na klar. Es sah von draußen witzig aus, wie diese eingebildete Frau ausgeflippt ist."

„Da hast du recht", erwiderte Margret lachend. „Dein Kommentar am Anfang war aber nicht ohne."

„Von wem ich mir das wohl abgeguckt habe", sagte ihr Neffe zwinkernd. „Du hast diese Constance anscheinend auf dem falschen Fuß erwischt."

„Das denke ich auch, aber darüber sprechen wir vielleicht später. Jetzt ist erst einmal Zeit für dein Little-Maine-Programm angesagt.“ Margret wandte sich an Benjamin und fasste ihn an den Schultern. „Was hältst du davon, wenn wir Freitag das Schloss besichtigen? Bisher sind du und ich noch nie dort hingegangen. Da ist es richtig aufregend. Man kann echte Ritterrüstungen sehen und zahlreiche Räume wurden hergerichtet, wie sie früher einmal ausgesehen haben.“

„Wie cool! Gibt es dort auch Kanonen?“, wollte er wissen.

„Soweit ich weiß, ja. Und wenn du Lust dazu hast, dann besuchen wir heute Abend tatsächlich Pamela Reece, die Frau, der das Café gehört. Wie du sicher mitbekommen hast, spendiert sie eine große Runde Kuchen bei sich zu Hause.“

Auch diese Idee fand sofort Zuspruch. Der Junge war schnell für neue Dinge zu begeistern. Das freute Margret, erinnerte es sie irgendwie an sie selbst in diesem Alter. Kinder waren schon etwas Schönes, musste sie zugeben. Manchmal empfand sie Wehmut, dass sie wohl nie eigene haben würde. Zeit für langes Trübsal blasen ließ sie aber nicht zu. Immerhin hatte sie als Grundschullehrerin ständigen Kontakt mit Kindern. Sah sie heranwachsen, Freunde finden und dann wieder gehen. Das war schön. So, wie es auch Eltern taten, in ihrem Fall waren es allerdings nur ungefähr vier Jahre. Sie liebte ihren Job, der ihr das ermöglichte.

„Da wir noch ein bisschen Zeit haben, würde ich vorschlagen, dass wir uns erneut auf Lucy schwingen und eine Spritztour durch Little Maine machen.“

Prompt sprang Benjamin auf und machte sich startklar, damit es sofort losgehen konnte.

Nachdem Margret die giftgrüne Vespa wieder herausgeholt hatte, gab sie Benjamin seinen Helm und setzte sich ebenfalls einen auf. Für gewöhnlich machte sie das nicht immer, doch in ihrer Vorbildfunktion musste das nun mal sein. Anschließend bugsierte sie ihren Hintern auf den Sitz und ließ den Jungen hinter sich Platz nehmen, sodass er sich während der Fahrt an ihr festhalten konnte.

In angemessenem Tempo düsten sie los. Sie durchfuhren die kleinen neuen Siedlungen im Osten der Stadt, die man vom Stil her wie den Rest des Ortes angelegt hatte. Es war nicht exakt der gleiche, den Charakter traf er allerdings schon. Auch dort war jedes Haus im viktorianischen Stil gehalten. Davor lagen liebevoll angelegte Vorgärten. Jedes Haus strahlte etwas Besonderes und Gemütliches aus. Von hier aus setzten sie ihre Tour weiter fort. Benjamin staunte nicht schlecht, als er die vielen Kühe auf den Weiden grasen sah und sie das alte Gefängnis passierten. Dieses war schon lange nicht mehr im Betrieb, machte aber dennoch einen eindrucksvollen Eindruck. Vor allem die Anekdoten und Geschichten, die seine Tante ihm während der Fahrt erzählte, ließen den Trip besonders spannend werden. Ebenso kamen sie am Park, Friedhof und weiteren Häusern im Westen von Little Maine vorbei.

Nach mehr als einer Stunde, in der sie auch an einigen Stellen Halt machten, pausierten sie an *Barny's Imbissbude*, wo Margret Fish and Chips mit Cola spendierte. Wieder etwas, das der Junge daheim garantiert nicht vorgesetzt bekam. Dieser kleine Ausflug durch einen Teil der Stadt war eine tolle Idee gewesen, dachte sich Margret. Sie betrachtete Benjamin, der ununterbrochen Fotos mit seinem Handy machte. Sie war sich sicher, dass er seinen Freunden in London anhand der Bilder von seinem Besuch vorschwärmen würde.

Zu Hause angekommen, spielten sie noch eine Partie Scrabble, die Margret nur knapp gewann. Benji besaß ein schlaues Köpfchen. Sie konnte ihm nicht so leicht etwas vormachen, wenn sie mal wieder versuchte, erfundene Namen oder Fremdwörter zu buchstabieren. Elisabeth fiel darauf herein oder zumindest ließ sie Margret einfach gewähren.

Ein Blick auf die Uhr verriet ihr nach dem Ende des Spiels, dass es Zeit wurde, aufzubrechen. Vorher machte sie sich frisch und zog sich ein anderes Outfit an. Sie war froh, diese Hose los zu sein, und entschied sich für ein grünes Sommerkleid, auf dem knallpinke Punkte in unterschiedlichen Größen gedruckt waren. Dazu wählte sie weiße Flipflops. Schnell suchte sie noch ein Mitbringsel und nahm, weil ihr nichts Besseres einfiel, eine Flasche Rotwein mit, den sie ohnehin nicht trinken würde. Dieser war ein Geschenk von ihrem Bruder John gewesen, der genau wusste, dass sie wie er lieber Weißwein trank. Womöglich hatte auch er die Flasche geschenkt bekommen und wollte sie nur loswerden, überlegte sie beim Verlassen des Hauses.

Wenig später erreichten sie Pamelas Haus, das ein wenig abseits der Neubausiedlung im Norden lag. Zu beiden Seiten ragten hohe Kastanienbäume empor, die es wie ein Bild einrahmten. Es war kein Cottage wie das Haus von Margret, denn es stammte aus der Zeit, noch bevor hier die anderen angesiedelt hatten. Das rote Mauerwerk war in die Jahre gekommen, wirkte aber gepflegt. Die grünen Fensterläden der sonst weißen Fenster und die grüne Tür harmonierten wunderbar mit dem Reetdach. In der Mitte ragte das Gebäude wie ein Erker etwas vor und zu beiden Seiten gab es zwei Glasfenster. Der Vorgarten empfing die Besucher mit vielen beschnittenen Buchsbäumen und anderen blühenden Sträuchern. Margret öffnete das Zauntor und ging mit Benji ging sie über den mit großen Steinen gepflasterten Weg zur Haustür.

Erst tat sich nichts auf ihr Klingeln. Margret hatte die Befürchtung, dass sie zu spät waren, als die Tür dann doch geöffnet wurde und die freundliche Pamela auftauchte.

„Und ich dachte schon, wir sind zu spät." Margret sah Pamela an und kratzte sich mit einem Zwinkern am Hinterkopf.

„Nein, ihr seid absolut pünktlich. Ich war im Keller und musste schnell etwas wegräumen. So Kram, ihr wisst schon. Kommt doch rein."

Sie traten ein und Margret hielt inne. Dieser Duft. Sofort roch man ihn wieder. Wie im Café lag auch in Pamelas Haus der Duft von Gebäck und Kuchen in der Luft und füllte den Raum. Ein Traum für jemanden wie Margret, die Kuchen liebte. Auch das Haus beeindruckte auf seine ganze eigene Art. Hatte Margret erwartet eine ähnliche Handschrift wie in *Pam's bakery* vorzufinden, wurde sie eines Besseren belehrt. Hier herrschte eindeutig der englische Landhausstil mit seinen hellen Farben. Mit viel Liebe zum Detail hatte die Hausherrin ihr Heim gestaltet. Auf kleinen Holzregalen standen indische Vasen und die Wände waren entweder mit Ornamenten versehen oder weiß gestrichen. Dadurch harmonierte alles. Auch wurden viele kleine Akzente durch indirektes Licht gesetzt. Im Flur stand ein Sessel, der wohl als kleine Leseecke galt und überall fand man entweder Dinge vor, die an Indien oder England erinnerten. Es war wie die beiden Kulturen, die Pamela ausmachten. Das Ganze versprühte etwas Heimeliges.

Pamela führte sie ins Wohnzimmer, wo sie bereits den Couchtisch gedeckt hatte und ihre Gäste bat, sich zu setzen. Die Gastgeberin schenkte ihnen Tee ein und verteilte Kuchen. Wie auch im Café wurde Margrets Marotte mit den schneeweißen Tassen kommentarlos umgesetzt. Diese Aufmerksamkeit rührte Margret abermals. Benjamin hatte, obwohl sie vorhin erst Fish and Chips hatten, ordentlichen Appetit.

„Da scheint es jemandem zu schmecken“, stellte Pamela fest und lächelte über Benjamins Appetit.

„Oh ja. Die Pubertät lässt grüßen, glaube ich. Der Junge frisst einem die Haare vom Kopf“, scherzte sie und knuffte ihren Neffen, der ihr verschmitzt die Zunge herausstreckte. „Du hast es hier echt schön, Pamela. Total gemütlich und lauschig – wie in deinem Café.“

„Danke, das freut mich zu hören“, entgegnete diese. Sie trank einen Schluck Tee und sprach dann weiter. „Was war denn da heute bei dir und Constance los? Du sagtest, es wäre etwas wegen Robert gewesen.“

Die Frage kam unvermittelt und Margret hielt kurz inne. Für sie verlief das Gespräch beim Essen ziemlich zäh. Nachdem sie Pamela im Café gesagt hatte, dass alles in Ordnung wäre, war für Margret alles geklärt. Die Cafébesitzerin mit indischen Wurzeln beschäftigte der Vorfall anscheinend immer noch.

„Da hast du dich verhört. Ich meinte, die Sache mit Robert lässt mich nach wie vor nicht los."

„Und, warum ist Constance dann so ausgeflippt?", hakte Pamela interessiert nach.

„Ach das", versuchte Margret abzuwiegeln. „Wir hatten nur eine kleine Meinungsverschiedenheit. Nichts weiter von Belang."

„Das klang aber irgendwie nicht so unwichtig. Ich meine vage hinten gehört zu haben, dass das Wort Mörderin gefallen ist." Als würde sie kein Wässerchen trüben, schaute die Gastgeberin Margret fragend an.

Diese hingegen war von den Nachfragen alles andere als angetan. Hatte Pamela sie belauscht? Sie wollte ungern mit jemand Außenstehendem über das sprechen, was seit Roberts Tod in ihrem Kopf vorging oder was genau Gegenstand des Gesprächs mit Constance gewesen war.

„Du musst dich geirrt haben", antwortete Margret nun energischer. „Und jetzt ist damit auch Schluss, ja!" Sie war gereizt und fühlte sich ausgehorcht.

Pamela bemerkte ihre Gemütswandlung. „Ich wollte dich nicht kränken. Entschuldige. Berufskrankheit würde ich wohl zu meiner Verteidigung sagen." Sie rieb sich verlegen im Nacken. „Ihr könnt euch nicht vorstellen, was man so ungewollt mitbekommt, wenn man den ganzen Tag in einem Café arbeitet. Da tun sich manchmal wirklich Abgründe auf. Oder aber man ist positiv überrascht.“

„Kann ich mir denken“, versicherte ihr Margret wieder entspannter. „Mit Constance war aber nichts dergleichen.“

„Ah, okay.“ Diese Antwort schien Pamela nicht ganz zufriedenzustellen, doch sie bohrte nicht weiter nach. Stattdessen sprach sie Benjamin an. „Und wie gefällt dir unser Little Maine bisher so?“

„Ich find’s super hier. Ist total anders als in London. Alles ist ruhiger, es gibt viel mehr Natur und man kann ganz schnell überall zu Fuß hingehen“, erwiderte er begeistert. Dann sah er sich kurz im Raum um und sprach weiter. „Wohnst du in diesem Haus eigentlich ganz allein? Oder hast du einen Mann?“

„Benjamin!“, entfuhr Margret etwas empört. „Das fragt man eine Frau nicht“, versuchte sie ihm klarmachen, aber Pamela schien kein Problem damit zu haben.

„Tatsächlich wohne ich allein. Kein Mann. Kein Kind. Und auch kein Haustier. Nur ich und meine leckeren Rezepte“, sagte sie und nahm sich eine Gabel Kuchen.

„Das verstehe ich nicht“, gab Benjamin kindlich naiv zu. „Du bist doch voll hübsch.“

„Danke dir“, erwiderte Pamela und wirkte fast ein wenig verlegen.

Da schaltete sich Margret ein. „Ich denke, es wäre eine gute Idee, wenn du ein bisschen nach draußen in den Garten gehst, mein Lieber. Dann unterhalten Pamela und ich uns noch etwas.“

Ohne Widerworte stand Benjamin auf und ging ihrem Vorschlag nach.

„Tut mir leid, das war unangemessen von ihm", wollte sich dieses Mal Margret entschuldigen, wovon sie gleich abgehalten wurde.

„Das macht doch nichts", versicherte ihr Pamela, die zu Hause, anders als auf der Arbeit, ein sonnengelbes Kleid trug. Es war schulterfrei und schmeichelte ihrer schlanken Figur. „Sagen wir es mal so. Ich habe einfach kein Glück mit Männern."

„Nicht?"

„Nein", antwortete Pamela knapp und stand auf einmal auf. Sie ging langsam im Zimmer hin und her und nahm einen tiefen Atemzug. „Entweder sie haben Interesse an mir, trauen sich aber nicht, mich anzusprechen. Angeblich sei ich einige Ligen zu hoch für sie. Das schmeichelt mir zwar anfangs, mit der Zeit kann man es aber nicht mehr hören. Oder aber ich lerne einen Typ kennen, baue mir etwas mit ihm auf und werde dann kurz vorm Altar sitzen gelassen. Warum auch immer." Mit dem letzten Satz setzte sie sich wieder hin und raufte sich kurz durchs Haar.

„Das tut mir leid."

„Quatsch. Muss es nicht. Ich habe für mich festgestellt, dass Männer eigentlich alle gleich sind. Im Grunde genommen wollen sie nur ihren Spaß. Wird es ihnen zu ernst, hauen sie ab. Aufregung nutzt da nichts, habe ich von meinen Eltern gelernt. Ein Problem ist nur so groß, wie man es sein lässt. Steigert man sich in etwas hinein, wird es auch für einen persönlich schlimm. Dementsprechend denk ich mir, das wird schon werden."

Das war eine tolle Einstellung, dachte sich Margret, aber Pamelas Verbitterung war dennoch nicht zu überhören. Dabei hatte ihre Gastgeberin doch kurz vorher noch gesagt, dass es sehr wohl den einen oder anderen gab, der sie interessant fand, sich aber nicht trauen würde, sie anzusprechen. Pamela betrachtete das Ganze eine Spur zu negativ, überlegte Margret.

„Dir wird der Richtige bestimmt noch über den Weg laufen", sagte sie bemüht, Pamela Mut zuzusprechen.

Diese nickte ihr dankend zu. „Da wirst du sicher recht haben." Das verschwundene Lächeln kehrte auf Pamelas Gesicht zurück.

Auf einmal stürmte Benjamin herein. „Tante Margret! Guck mal, was ich gefunden habe! Eine Schnecke. Und die ist voll groß." Stolz hielt er ihr die Nacktschnecke entgegen, die sich schleimig in seiner Hand wand.

„Ganz toll." Mit entschuldigendem Blick sah sie Pamela an und formte ein stummes „Sorry" mit den Lippen. Beide mussten lachen, wurden aber von Margrets Neffen unterbrochen.

„Da waren noch mehr in der Nähe des Kellerfensters. Ich zeige dir das mal. Komm." Der Junge war in seiner Begeisterung nicht zu bremsen und wollte Margret mit sich ziehen.

„Vielleicht macht ihr das beim nächsten Mal", schlug Pamela vor und hielt ihn von seinem Vorhaben ab, wofür ihr Margret dankbar war. Sie hatte zwar keine Angst oder Ekel vor diesen Tieren, musste sie sich aber nicht wie bei einem Zoobesuch angucken. Außerdem fiel es ihr schwer, ihrem Neffen einen Wunsch auszuschlagen.

„Das ist eine tolle Idee von Pamela. Wir kommen bestimmt noch einmal wieder, bevor du zurück nach London musst, Benji. Einverstanden?“

Auch wenn es ihm nicht ganz so passte, erklärte der Junge sich einverstanden und sie gingen zur Haustür, wo sich Margret ihre Schuhe wieder anzog. Sie wünschten Pamela einen schönen restlichen Abend und traten den Heimweg an.

Kapitel 8

Leicht benommen und außer Atem trat Margret zur Seite, wo sie sich auf einen größeren Stein setzte, um zu verschnaufen. Elisabeth und sie waren bereits eine halbe Stunde unterwegs. Sie testeten eine neue Strecke zum Walken, um mehr Abwechslung in ihre Routine zu bekommen. Eigentlich ging es eher darum, dass Margret sonst die Lust am Sport verlieren würde, wenn es zu eintönig war. Und das wusste ihre ältere Freundin, die im Gegensatz zu ihr hervorragend aussah. Benjamin wollte zu Hause bleiben und mit seiner Schnecke im Garten spielen.

Während der gesamten Strecke hatten die beiden Freundinnen kein Wort miteinander gewechselt, sondern sich vollends auf ihr Tun konzentriert. Das sollte sich in der kleinen Pause ändern. Den Schweiß im Nacken richtete Margret ihr Gesicht nach oben und atmete tief ein und aus. Anschließend schilderte sie Elisabeth, wie ihr Aufeinandertreffen mit Constance verlaufen war. Kaum hatte sie ihre Darstellungen beendet, musste sich auch Elisabeth auf den Stein setzen. Allerdings der Erschöpfung wegen, sondern der Verblüffung, die sie überkam. „Mit solch einer Wendung hätte niemand gerechnet. Das ist ja überaus interessant. Kein Wunder, dass sie dich so angeblafft hat und lauter geworden ist. Auch wenn man es kaum glauben mag, dass die gute Mrs. Rutherford zu so etwas wie Zuneigung in der Lage ist“, stellte Elisabeth fest.

„Dass gerade Robert sich auf sie eingelassen hat, kann ich aber trotzdem nicht verstehen“, gab Margret offen zu. „Sie passten doch so gar nicht zusammen. Er war immer ein Gutmensch und hatte das Herz am rechten Fleck. Wenn ich an Constance denke, würden mir nicht unbedingt diese Attribute ihres Charakters in den Sinn kommen.“

„Jetzt bist du aber ein wenig gemein, meine Liebe“, sagte Elisabeth und wies damit wie so häufig auf Margrets impulsive Art hin.

„Mag schon sein. Aber findest du es nicht auch komisch, dass mein engster Freund mir ein solches Geheimnis nicht anvertraut hat. Ich bin schließlich kein Waschweib, das tratschend durch die Gegend läuft und so etwas rumposaunen würde. Allein dieser Umstand macht mich stutzig, obwohl ich anfangs wirklich vor den Kopf gestoßen und verwirrt war.“

„Und welche Schlüsse ziehst du daraus?“

„Vielleicht hat Constance sich diese Affäre einfach nur ausgedacht, um mich loszuwerden. Damit ich sie nicht weiter für etwas beschuldige, was sie schlussendlich doch getan hat“, resümierte Margret ihre Gedankengänge der letzten Nacht, da sie lange wach gelegen und keine Ruhe gefunden hatte. Dass das Leben einmal für jeden enden würde, war ihr durchaus bewusst. Jedoch traf es sie insgeheim mehr, als sie zugeben wollte, dass ein Vertrauter von ihr gegangen ist. Sie hatte keine liebesähnlichen Gefühle für diesen Mann gehegt, sondern eher eine tiefe Verbundenheit. Robert jetzt nicht mehr bei sich zu wissen, hinterließ eine gewisse Leere und Trauer, die sie an jenem Abend allein und in der Dunkelheit heimgesucht hatte. Zudem empfand Margret diese angebliche Affäre mit Constance mehr als skurril. Es schmerzte sie dennoch, dass Robert anscheinend Geheimnisse vor ihr gehabt oder ihr nicht in Gänze vertraut hatte.

„Also ich denke nicht, dass sich die werte Mrs. Rutherford eine Affäre aus den Fingern saugt. Bedenke doch mal, dass du mit dieser Geschichte überall herumgehen könntest und welche Konsequenzen das haben würde", entgegnete Elisabeth ihr und fuhr fort. „Allein aus diesem Grund glaube ich tatsächlich, dass sie die Wahrheit gesagt und dich um Verschwiegenheit gebeten hat."

Margret räumte ein, dass ihre Freundin recht hatte. Sie hatte sich wahrscheinlich zu sehr in den Wunsch festgebissen, dass Constance die Übeltäterin gewesen war. Sie wollte schnell einen Verantwortlichen für Roberts Tod finden. Dieses Vorhaben gestaltete sich allerdings schwieriger, als sie es für möglich gehalten hatte. Kein Grund, den Kopf in den Sand zu stecken.

Und so rappelte sie sich samt ihren Stöcken wieder auf und gab Elisabeth damit zu verstehen, dass sie ihren Weg fortsetzen konnten. Dabei erzählte sie ebenfalls von Pamelas Einladung, deren neugierigen Fragen und deren schlechtes Händchen beim männlichen Geschlecht. Am besten gefiel Elisabeth der Teil mit der Schneckenarmee, die Benjamin im Garten in der Nähe des Kellerfensters gefunden hatte. Da blieb ihnen nichts anderes übrig, als ausgelassen zu kichern.

Einige Minuten später kamen sie an dem kleinen Wäldchen vorbei, das in der Nähe des Cottage der Cains lag. Der *Maine Forest*, wie er liebevoll genannt wurde, war ein kleiner, verwunschener und von vielen Laubbäumen durchzogener Fleck, wo man gut spazieren gehen konnte. Sie bogen auf den Pfad ein und Elisabeth durchbrach das Schweigen, das sie auf den letzten Metern erneut begleitet hatte.

„Übrigens wollte ich mich noch einmal entschuldigen, dass ich mich gestern nicht mehr gemeldet habe. Ich Eule habe total versäumt, dass Montag war und ich wie immer in der Bank aushelfe.“

Elisabeth war gut situiert und hätte mit ihren siebzig Jahren keineswegs einer Tätigkeit in der Mainer Bank nachgehen müssen, doch sie tat es gern. Zum einen schätzte sie einen regulären Tagesablauf und die Beschäftigung außerhalb ihres Hauses. Zum anderen kam sie so mit anderen Leuten in Kontakt und vereinsamte nicht. Sie würde es nicht zugeben, aber Margret wusste insgeheim, dass Elisabeth die Unterhaltungen und das Getratsche mit den Kunden brauchte. Man konnte es ihr nicht verübeln. All die Jahre war sie alleinstehend gewesen und hatte das Leben gemeistert. Schon in Jugendjahren war Beth deshalb so etwas wie ein Vorbild für Margret geworden, weil sie gesehen hatte, dass eine Frau allein alles schaffen konnte. Elisabeth stammte aus gutem Elternhaus und hatte auch fünf Jahre in Frankreich verlebt. Daher rührte wohl ihr Faible für die dortige Mode. Nach ihrer Rückkehr nach Little Maine hatte es die liebenswerte Dame dann als Angestellte in die Bank verschlagen. Zu Beginn ihrer

Rente hatte sie vorgeschlagen, dass sie weiterhin aushelfen könnte und Überweisungen und dergleichen machte. So wäre sie eine Hilfe für die anderen Mitarbeiter, die sich weiteren Aufgaben widmen konnten.

„Halb so wild, Beth. Benjamin und ich haben auf Lucy ein bisschen den Ort erkundet. Außerdem weiß er Bescheid. Er hat mir neulich abends klargemacht, dass er nicht auf den Kopf gefallen sei und wisse, dass du und ich etwas aushecken. Also habe ich ihm reinen Wein eingeschenkt – natürlich nur im übertragenen Sinne." Margret schmunzelte, ihre Freundin tat es ihr gleich.

„Wie war es denn gestern so in der Bank? Hat sich die gute Sophie wieder mal bei ihrem Nebenerwerb erwischen lassen?", erkundigte Margret sich neugierig.

„Glücklicherweise nicht. Dass sie der Chef wegen ihrer Sex-Cam Sache im Kopierraum nur abgemahnt hat, ist nur dadurch zu erklären, dass sie ansonsten einen sehr guten Job macht."

„Na, wenn du das sagst. Also ich finde ja, dass sie ein Paradebeispiel für diese Generation Z ist. Die jungen Leute achten nur auf ihr Aussehen und Klamotten, um sie im Internet zu teilen. Günstig ist das alles nicht. Um Intellekt geht's da doch nicht. Sonst wäre Sophie nicht so naiv gewesen und hätte sich für Geld nackt beim Kopieren gefilmt." Margret konnte sich diesen spitzen Kommentar nicht verkneifen. Schon als Elisabeth ihr damals von dem Vorfall berichtet hatte, war es für sie unglaublich, dass das Ganze keine großen Konsequenzen nach sich zog. Dass die junge Bankangestellte nur abgemahnt wurde, erklärte sie sich dadurch, dass der Filialleiter womöglich selbst einer der Zuschauer war.

Nur auf Hinweis eines Mitarbeiters wurde darauf gedrängt, bezüglich Sophies Tun zu handeln.

Elisabeth ignorierte das Gesagte und fuhr fort.

„Dennoch war es ein interessanter Tag, meine Liebe. Du wirst nämlich nicht glauben, was ich gestern gesehen habe", sagte Elisabeth, als sie nach rechts abbogen, um in Richtung von Margrets Cottage zu gehen.

„Ich bin ganz Ohr."

„Wie du ja weißt, kümmere ich mich um die Überweisungen aller Kunden." Margret nickte und hörte weiter zu. „Als ich gestern die letzten Zahlungseingänge kontrolliert habe, konnte ich sehen, dass eine hohe Geldsumme auf das Konto von Lourdes eingegangen ist."

„Wie hoch?", fragte Margret neugierig.

„Achthunderttausend Pfund." Elisabeth machte riesige Augen und flüsterte die Summe nahezu, aus Sorge, sie könnten belauscht werden. Immerhin plauderte sie Bankinterna aus. Auch Margret staunte. „Ich habe natürlich sofort nachgesehen, woher das Geld kam. Es handelte sich um die Auszahlung von Roberts Lebensversicherung. Ich war baff und habe selbstverständlich den Filialleiter dazugeholt. Nicht, dass es heißt, ich würde alle Einzahlungen so hinnehmen, statt sie zu überprüfen."

„Das ist eine Menge Geld, Beth. Vor allem ging das ziemlich schnell. Da muss sich Lourdes ordentlich ins Zeug gelegt haben, dass die Kohle so kurz nach seinem Tod sofort ausgezahlt wird. Ausgerechnet sie. Ihr gönne ich das am wenigsten."

„Das Gleiche habe ich mir auch gedacht", gestand Elisabeth, die sonst nie ein böses Wort über andere fallen ließ.

Margret dachte weiter über diese Information nach und wurde wachsam. Sie rekapitulierte nochmals Roberts unerwarteten Tod und bemerkte, dass Lourdes nirgends zu sehen gewesen war. Sie fragte sich, wo die Witwe abgeblieben war. Hatte sich die Ehefrau des Toten schon direkt um die Lebensversicherung gekümmert? Falls dem so war, wäre es interessant zu wissen, weshalb, überlegte Margret.

Als sie den *Mainer Forest* verließen, waren es nur wenige Meter zu ihrer üblichen Walkingstrecke, die am kleinen Bach entlangging. Nebeneinander folgten die zwei dem Pfad und gingen weiter. Da klingelte es schrill hinter ihnen. Sie hielten inne und traten an die Seite.

Vor ihnen kam Jackie Williams auf ihrem Mountainbike zum Stehen. Aller Wahrscheinlichkeit nach war sie auf dem Weg zur Praxis, die bald öffnen würde.

„Guten Morgen wünsche ich Ihnen. Miss Pagnum. Miss Moon."

„Hallo Jackie", grüßte Margret sie zurück, Elisabeth beließ es bei einem freundlichen Nicken.

„Sie scheinen wieder ganz fit zu sein, wie ich sehe. Sehr schön", stellte die Arzthelferin fest, als sie die Ausrüstung der beiden Frauen inspizierte.

Auch Margret kam nicht umhin, genauer auf ihr Gegenüber zu schauen. Die junge Frau mit der speziellen Frisur, wie Elisabeth sagen würde, trug heute einen Jumpsuit in Leoprint-Optik, der sie neidisch werden ließ.

„Ja, alles wieder im Lot. Wir sind gerade auf dem Rückweg", erklärte Margret Jackie. „Übrigens danke noch mal für Info neulich", warf sie hinterher, da sie am Sonntag keine Möglichkeit gehabt hatte, weil Doc Brown zu ihnen gestoßen war.

Jackie schien abzuwägen, wie sie am besten auf diese Aussage reagieren sollte, denn sie ließ hektische Blicke zwischen Margret und Elisabeth hin- und herhuschen.

„Keine Sorge, Beth weiß Bescheid", beruhigte Margret die junge Frau. „Wir rätseln seitdem, was dem armen Robert widerfahren sein könnte und wer da seine Finger mit im Spiel hatte."

Jackie nickte und entspannte sich wieder. Dann schaute sie sich um, als befürchtete sie, dass jemand sie sehen könnte. „Und? Haben Sie schon eine Idee?", fragte sie schließlich im Flüsterton.

„Leider nein. Wir tappen irgendwie im Dunkeln. Sowohl das Wer als auch das Wie sind uns schleierhaft", erwiderte Margret. Irgendwie hatte sie das Gefühl, dass sie Browns Angestellter blind vertrauen und frei sprechen konnte.

Erneut nahm Jackie die Umgebung in Augenschein, ehe sie sich an die beiden Frauen wandte. „Zu dem Wie habe ich vielleicht Neuigkeiten", sagte sie mit vorgehaltener Hand. Elisabeth und Margret starrten sich kurz an und wurden hellhörig. „Ich habe mir noch einmal die Unterlagen aus meinen E-Mails herausgesucht, ohne dass der Doc etwas gemerkt hat, um nachzusehen, was Mr. Cain eventuell das Leben gekostet hat."

„Nun spannen Sie uns nicht so auf die Folter", drängelte Margret. Geduld zählte definitiv nicht zu ihren Tugenden, obwohl sie ihre Schüler stets dazu animierte, sich darin zu üben.

„Bevor ich etwas sage, versprechen Sie beide mir hoch und heilig, dass Sie niemandem gegenüber ein Wort darüber verlieren. Ich komme sonst in Teufels Küche. Aber ich habe Sonntag mehr als deutlich gemerkt, wie sehr Sie, Miss Pagnum, die Sache mitgenommen hat. Da musste ich einfach etwas tun."

Die Walkerinnen nickten zustimmend.

„Ich bin zwar keine Ärztin oder medizinisch ausgebildet, aber in dem Befund war deutlich herauszulesen, dass Mr. Cain irgendeine giftige Substanz zugeführt worden war, die sein Herz angegriffen hat."

Wie vom Donner getroffen, schauten Margret und Elisabeth die Arzthelferin an und dann einander. Anschließend wieder die junge Frau. Zum Sprechen war keine von ihnen in der Lage. Diese schockierende Enthüllung zog ihnen den Boden unter den Füßen weg.

„Ich würde mich ja noch länger mit Ihnen unterhalten, aber ich muss los, sonst komme ich zu spät", sagte Jackie, stieg aufs Rad und fuhr los. „Und denken Sie an meine Bitte!", rief sie über die Schulter hinweg, als sie bereits einige Meter gefahren war.

„Das ist ja ein dickes Ding", stieß Margret aus, die zuerst die Sprache wiederfand. „Das stellt alles in ein ganz neues Licht, Beth." Elisabeth stimmte zu. Margret verschränkte die Arme und dachte laut nach. „Gift ..." Ihre Gedanken kreisten umher und verwoben sich zu einem neuen Gerüst in ihrem Kopf. Sie ging mehrere Möglichkeiten und Szenarien durch und plötzlich hellte sich ihre Miene auf.

„Was hast du jetzt wieder vor?" Elisabeth ahnte, dass ihre sturköpfige Freundin wieder etwas im Schilde führte.

„Du liest doch auch gerne Krimis, oder?"

Elisabeth bejahte die Frage, wusste aber nicht, worauf Margret hinaus wollte.

„In den meisten Fällen sind es doch Männer, die mit Gewalt ihre Opfer zur Strecke bringen, wohingegen Frauen perfider vorgehen, um sich die Hände nicht schmutzig zu machen. Stattdessen benutzen sie oft Gift. Und welche Frau hat nach unseren neuesten Infos allen Grund dazu gehabt, Robert aus dem Weg zu räumen?“

In Margrets Augen blitzte es auf, und Elisabeth verstand, was sie damit andeuten wollte. Voller Elan griff Margret ihre Stöcke und setzte den restlichen Weg zügig fort.

Kapitel 9

Lourdes Cain konnte man eine besondere Erscheinung bezeichnen. Für eine Frau recht groß und grob, wirkte sie aber dennoch weiblich. Ihr dunkelblondes Haar war von helleren Strähnen durchzogen und schulterlang. Das Gesicht prägten viele kleine Falten und wirkte recht kantig und streng, was mitunter an der Raucherei liegen mochte. Wer ihr gegenüberstand, wusste gleich, dass mit ihr nicht leicht Kirschen zu essen war, da sie eine dominante Person war. Sowohl privat als auch beruflich ließ sich die Vierzigjährige so schnell nichts sagen. Das war womöglich das Geheimnis für den Erfolg ihrer Eventagentur, die sie als Solistin betrieb. All ihr Know-how steckte sie in die Firma, sodass Kinder für sie nie infrage gekommen waren. Generell war Lourdes nicht der mütterliche Typ. Wer sie sah, war schnell eingeschüchtert oder hütete sich davor, sie anzusprechen.

Das Mittagessen hatte sie gerade durch und wollte eben das benutzte Geschirr in den Spüler räumen, als es an der Tür läutete. Mit Besuch rechnete sie nicht, sie hatte aber das dumpfe Gefühl, dass es sich mal wieder um jemanden handelte, der seine Kondolenz aussprechen wollte. Sie stieß einen genervten Seufzer aus, schloss die Geschirrspülmaschine und ging zur Haustür.

Als sie öffnete, blickte sie Margret Pagnum ins Gesicht. Neben dieser stand ein kleiner blonder Junge. Sie glaubte, sich zu erinnern, dass er ihr Neffe war.

„Hallo Lourdes. Ich dachte, wir kommen mal vorbei, um zu sehen, ob mit dir soweit alles in Ordnung ist. Es tut mir so unfassbar leid, was passiert ist", begrüßte sie ihre nächste Nachbarin und wollte Lourdes in den Arm nehmen. Wider ihrer Natur ließ sie es zu.

„Danke, Margret." Sie löste sich schnell wieder aus der Umarmung. „Wie du siehst, geht es mir ganz gut. Eigentlich wollte ich mich wieder an die Arbeit setzen, aber da ihr nun den Weg hierher auf euch genommen hast, kommt doch gerne auf eine Tasse Tee herein."

Margret nahm die Einladung dankend an, hatte sie doch gehofft, dass es so leicht sein würde. Auch Lourdes dachte ähnlich. Insgeheim hoffte sie, die Frau und ihr Anhängsel schleunigst wieder loszuwerden.

Sie empfand keinen Groll oder Abneigung Margret gegenüber. Lourdes mochte andere Menschen einfach nicht gerne. Nur wenige genossen ihre Sympathie, Margret gehörte nicht zwangsläufig dazu. Sie wusste aber, dass sie die Nachbarin besser jetzt einladen konnte, ehe die penetrante und hartnäckige Lehrerin jeden Tag aufs Neue den Versuch unternehmen würde.

Gemeinsam gingen sie in die Küche, wo Lourdes direkt den Teekessel anstellte. Margret nahm ihren gewohnten Platz an der Theke ein, an dem sie immer gesessen hatte, wenn sie mit Robert Tee getrunken hatte. Allein dieses kleine Detail hinterließ in diesem Moment ein Zwicken in Margrets Magengegend. Benjamin lief umher und inspizierte das Innere des Hauses, was nicht unkommentiert blieb.

„Ey, du. Wärst du so freundlich und setzt dich auch hin. Ich mag es nicht, wenn man einfach mir nichts, dir nichts in meinem Haus herumläuft.“ Der Junge gehorchte aufs Wort und sah im Vorbeigehen zu seiner Tante, die eine Grimasse zog, als Lourdes sich den Küchenschränken zuwandte.

Anders als Margrets Küche im Cottage war die der Cains ein modernes Modell, das durch das viele Weiß und die Stahlelemente sehr kühl wirkte. Wie die Witwe auf Margret.

Als der Tee durchgezogen war, reichte Lourdes ihrem Besuch eine mit rosa Blumen bedruckte Tasse. Widerwillig nippte Margret daran. Sie wollte der Frau gegenüber, die ihren Ehemann verloren hatte, nicht unhöflich sein.

„Geht es dir wirklich gut, Lourdes? Es wäre absolut verständlich, wenn es nicht so wäre“, eröffnete sie das Gespräch. Im Gesicht von Roberts Frau rührte sich nichts. Um ehrlich zu sein, gewann Margret den Eindruck, dass sie nicht einmal verweint aussah. Da war keinerlei Trauer oder Schmerz auszumachen und dass, obwohl ihr Ehemann erst vor zwei Tagen unerwartet verstorben war.

Auch Lourdes genehmigte sich einen Schluck Tee, setzte die Tasse ab und lehnte sich mit verschränkten Armen gegen die Küchenzeile.

„Ganz im Ernst, Margret. Es ging mir noch nie besser die letzten Tage. Das meine ich so, wie ich es sage. Ich fühle mich frei. Endlich ist der Kerl weg. Nachher geht es noch zum Bingo mit ein paar Freundinnen.“

Lourdes' Worte klangen mehr als aufrichtig, passten aber überhaupt nicht zu der Situation, in der sich die Witwe gerade befand.

Margret konnte nicht fassen, was sie soeben gehört hat, und blinzelte wiederholt. „Aber Robert ist tot, Lourdes! Macht dich das denn nicht traurig?" Ihre Stimme verriet das Entsetzen, das sie in diesem Moment verspürte. Es wurde auch nicht besser, als sie das Grinsen und den höhnischen Gesichtsausdruck von Lourdes sah.

„Nein. Kein Stück. Um ehrlich zu sein, bin ich froh, wie es jetzt ist."

„Das meinst du nicht wirklich ernst. Du bist wahrscheinlich noch geschockt und ...", versuchte Margret Roberts Frau klarzumachen, wurde aber abgewürgt.

„Stopp, Margret!", rief Lourdes und sprach dann weiter. „Wenn ich das sage, meine ich das auch so. Es ist ein Segen, dass ich diesen Mann los bin. Ich kann dir gern sagen, warum. Unsere Ehe war die reinste Farce und Robert ein grausamer Ehemann. Er hat mich zwar nicht geschlagen, aber ich kann dir auch nichts Gutes über ihn erzählen. Alles drehte sich immer nur um ihn und sein Engagement für andere oder die Stadt. Allein dieses grässliche Haus, in das er mich hineinbugsiert hat, nachdem wir geheiratet hatten, ist Grund genug, um ihn zu hassen. Ich werde es schnellstmöglich verkaufen und mir etwas nach meinen Wünschen suchen. Im Bett war er so langweilig, faselte immer etwas von Zärtlichkeit und aufeinander eingehen. Seit Jahren hatten wir deswegen keinen Sex mehr, weil ich es nicht ausstehen konnte. Ständig wollte er tiefgründige Gespräche führen und mit mir neue Länder bereisen, die mich absolut nicht interessiert haben. Wenn er mich geliebt hätte, dann wäre er mehr auf mich eingegangen und hätte nicht erwartet, dass wir sein Leben leben."

Lourdes sprach voller Überzeugung. Die Witwe redete sich in Rage und ließ Margret an ihrer furchtbaren Ehe teilhaben.

Diese konnte wiederum nicht glauben, was sie da hörte. Empört schlug sie mit der Faust auf die Theke und sprang auf. Benjamin schreckte auf und schaute sich das Schauspiel aus größerer Entfernung weiter an.

„Jetzt hör aber mal auf! Hörst du dir überhaupt selbst zu, Lourdes?" Margret war nun richtig sauer. Wie konnte es diese Person vor wagen, so abfällig über Robert zu sprechen? Er war stets darum bemüht, dieser ätzenden Ehefrau ein angenehmes Leben zu gestalten und zugleich für andere da zu sein. „Robert war einer der Guten und du solltest dich schämen, so über ihn zu sprechen!"

Lourdes schnellte nun nach vorne und blickte Margret finster an. „Ich kann über ihn sprechen, wie ich will. Er war schließlich mein nichtsnutziger Ehemann, nicht deiner", giftete sie zurück. „Dein ach so hochgelobter und perfekter Robert war nicht der, für den du ihn gehalten hast. Das lass dir mal gesagt sein." Sie schnaufte abfällig und grinste Margret spöttisch an. „Zu dumm, wenn man die Wahrheit gesagt bekommt, oder?"

„Du bist wirklich so abscheulich, wie viele sagen, Lourdes. Ich habe es auf die nette Tour versucht, aber damit komme ich bei dir anscheinend nicht weiter, du niederträchtiges Biest. Jetzt ergibt wirklich alles einen

Sinn. Dass ich da nicht eher draufgekommen bin", blaffte Margret sie nun an.

„Was soll das denn jetzt wieder heißen?"

„Tu doch nicht so unschuldig, Lourdes! Du sackst eine ganze Menge Geld ein, jetzt, wo Robert tot ist! Dann willst du noch das Haus verkaufen." Nun hatte Margret das gleiche Lautstärkeniveau erreicht wie Lourdes. „Ich würde wetten, dass du ihn klammheimlich umgebracht und es wie einen Herzinfarkt aussehen lassen hast." Sie reckte das Kinn und bot der Witwe die Stirn, die sie für einen winzigen Augenblick entgeistert ansah, aber sofort wieder die Fassung wiederfand.

„Tickst du noch sauber! Das ist ja wohl die Höhe! Raus! Oder ich rufe die Polizei!", brüllte Lourdes sie an.

Margret schreckte zurück und war sich sicher, dass Roberts Frau es ernst meinte. Ehe sie sich Inspector Smith oder einem seiner Kollegen erklären musste, strich sie die Segel ein und räumte mit Benjamin das Schlachtfeld.

Kaum stand sie draußen, knallte Lourdes die Haustür hinter ihr zu. „Und wage dich ja nie wieder auf *mein* Grundstück, Margret Pagnum! Du wirst dann sehen, was du davon hast!", dröhnte aus dem Innern des Hauses zu Margret hinaus.

„Die hatte keine so gute Laune, was? Die mag ich noch weniger als diese reiche Frau", kommentierte Benjamin die eben abgelaufene Szene. Beide mussten lächeln, doch Margrets Gesicht kehrte schnell zu seiner normalen Miene zurück. Nachdenklich schaute sie ins Leere. Sie wusste, dass sie zu weit gegangen war. Lourdes auf diese Art und Weise zu provozieren, um herauszubekommen, ob die Witwe an Roberts Ermordung beteiligt gewesen war, erschien ihr schlichtweg dumm. Sie hätte sich vorher mit Elisabeth kurzschließen sollen und nicht einfach nach dem Walken aufbrechen.

Resigniert verließ sie den Vorgarten durch das kleine Törchen, wo sie noch vor vier Tagen mit Elisabeth und Robert zum Plaudern gestanden hatte. Nie wäre ihr in den Sinn gekommen, dass einer von ihnen kurze Zeit später nicht mehr unter ihnen weilen würde. Eine Träne rollte über ihre Wange. Sie versagte auf ganzer Linie und würde niemals den Mörder ihres Freundes finden. Schließlich war sie nur eine einfache Grundschullehrerin, die Kindern das Lesen, Schreiben und Rechnen beibrachte und keine Detektivin, die einen Mordfall lösen konnte. Was hatte sie sich nur dabei gedacht? Benjamin sah ihre Reaktion, wischte die Träne kommentarlos weg und legte ihr tröstend eine Hand auf die Schulter.

Plötzlich tauchte da eine Erinnerung vor ihr auf. Sie war ein kleines Mädchen gewesen und saß am kleinen Bach in der Nähe des Cottages. Sie weinte wegen eines Streits mit ihren Brüdern und spürte auf einmal eine warme Hand auf ihrer Schulter. Sie war von dicken Adern und Falten überzogen. Als sie sich umdrehte, schaute sie in die gütigen grünen Augen ihres Großvaters. Er wisse zwar nicht, weshalb sie so traurig wäre, aber er könnte ihr eines mit Sicherheit sagen: Egal, was andere dachten oder sagten, sie könne alles schaffen, wenn sie fest genug daran glaube.

Margret musste schmunzeln, als sie an diesen Moment zurückdachte. Genau das predigte sie selbst immer ihren Schützlingen, aber gerade jetzt stand sie da und zweifelte an sich. Tief einatmend straffte sie ihre Schultern und marschierte dann Hand in Hand mit ihrem Neffen erhobenen Hauptes nach Hause.

Auf dem Weg spielte sie das hitzige Aufeinandertreffen mit Lourdes immer wieder still in ihrem Kopf durch und rief sich deren Worte ins Gedächtnis. Egal, wie oft sie das tat, fand sie keine Lösung oder einen Hinweis, der ihr weiterhelfen konnte. Das Einzige, was sie sich fragte, war: Weshalb hat Lourdes sich nicht einfach scheiden lassen? Immerhin war die Ehe mit Robert laut ihrer Aussage furchtbar gewesen.

Das musste einen Grund gehabt haben und je mehr Margret darüber nachgrübelte, wurde ihr klar, dass es bestimmt um das Geld gegangen war. Womöglich war Lourdes doch für Roberts Tod verantwortlich.

Dieser Gedanke war gesät, aber noch nicht gepflanzt. Bevor sie wieder Hals über Kopf etwas Unvernünftiges tat, beschloss sie, erst nach Hause zu gehen, wo sie mit Benjamin eine weitere Idee besprechen wollte.

„Wie abgefahren ist das denn bitte, Tante Margret! Na klar bin ich dabei. Das wird voll krass." Benjamin war außer Rand und Band, als Margret ihm von ihrem Plan erzählte.

Sie hatte neue Motivation geschöpft und würde nun geschickter vorgehen, als sie es bisher mit ihrer zu impulsiven Art getan hatte. Lourdes hatte ganz beiläufig erwähnt, dass sie heute Abend zum Bingo wollte. Darin sah Margret im Augenblick ihre Chance, Gewissheit zu bekommen, ob die Witwe an Roberts Tod beteiligt gewesen war oder ihn sogar selbst verübt hatte. Sie würde sich Zugang in Lourdes' Haus verschaffen und nach

Hinweisen suchen. Freiwillig hätte sie die unfreundliche Witwe sicher nicht in ihren vier Wänden schnüffeln lassen.

Ihrem Neffen hatte Margret selbstverständlich in alle Einzelheiten eingeweiht, aber darauf hingewiesen, dass sie etwas nicht Legales tun würden. Es war schließlich besser, ihn vollends über alles zu informieren. Bis jetzt war er ihr ein guter Begleiter gewesen. Er würde sich schon nicht verplappern. Wie sagte er selbst: Er sei fast vierzehn und alt genug. Elisabeth hatte sie nichts erzählt. Sie war überzeugt, dass ihre ältere Freundin sie von ihrem Vorhaben abbringen würde. Und auf lange Diskussionen hatte sie noch weniger Lust.

Als es bereits dunkel war, erreichten sie das Grundstück von Lourdes Cain. Im Schwarz der Nacht lag das Cottage verlassen da und wirkte wie ein einsamer Geist. Kein Licht brannte und die vorderen Fenster starrten einen wie leere Augen an. Mit der Taschenlampe von Benjamins Handy gingen sie zusammen zur Haustür, neben der ein Blumenkübel stand. Von Robert wusste Margret, dass unter den Pflanzen ein Schlüssel hinterlegt war, falls er seinen eigenen mal vergessen sollte. Und sie hatten tatsächlich Glück. Anscheinend hatte Lourdes keine Ahnung von diesem Versteck.

Margret schloss auf und trat ein. Benjamin bedeutete sie, dass er gut versteckt Schmiere stehen und bei der kleinsten Auffälligkeit klatschen sollte, damit sie schnell das Weite suchen konnte.

Im Haus war es stockfinster, doch sie war mit den Wegen im Untergeschoss vertraut. Langsam schritt sie voran und gelangte zuerst in die Küche, in der sie alle Schränke durchsuchte. Um besser sehen zu können, hatte sie sich ein Stabfeuerzeug mitgenommen. Ihre kleine Taschenlampe konnte sie auf die Schnelle nicht finden. Es war zwar nicht die optimale Lösung, aber sie brauchte eine Lichtquelle bei ihrer Mission. Auch im Wohnzimmer und Gästezimmer fand sie nichts Außergewöhnliches, sodass sie ins Obergeschoss ging. Die Stufen der Treppe quietschten, während sie sich den Weg nach oben bahnte. Dort angekommen, überprüfte sie erst zwei weitere Zimmer und das Bad, wo sie ebenso wenig fündig wurde wie unten. Als sie allerdings ins Schlafzimmer kam, hatte sie eine Ahnung, am richtigen Ort zu sein.

Im sanften kleinen Licht ihres Stabfeuerzeugs erkannte sie eine schwache Vorstellung der Einrichtung. Beim Eintreten blickte sie direkt auf das frühere Ehebett, das penibel gemacht war. Keine einzige Falte konnte sie sehen. Daneben standen die Nachtschränkchen. Bevor sie diese inspizieren konnte, wurde ihre Aufmerksamkeit woanders hingelenkt. Links neben der Tür stand eine Kommode, in der die Cains wahrscheinlich Unterwäsche und Socken aufbewahrten. Es behagte Margret nicht, das zu tun. Sich illegal Zutritt in ein Haus zu verschaffen, war das eine, in Privatsachen schnüffeln etwas anderes. Doch sie überwand die Scheu. Rasch öffnete sie eine Schublade nach der anderen und wühlte in der Kleidung herum. Als sie die Hoffnung schon aufgegeben hatte, fündig zu werden, berührten ihre Fingerkuppen etwas kaltes Metallisches, sodass sie genauer nachsah. Eine kleine eckige Blechdose befand sich unter Schals und Handschuhen. Sie holte sie heraus und wollte sich aufrichten.

Beim Aufstehen entglitt ihr der Hausschlüssel, weil ihre Hände zu voll waren. Sie legte die Sachen kurz neben sich. Anschließend versuchte sie, den Schlüssel zu finden, gab aber auf, weil sie keine Ahnung, in welche Richtung er gefallen war.

Vorsichtig öffnete sie die Schachtel und fand allerlei handbeschriebene Zettel vor. Bei genauerem Hinsehen stellte sie fest, dass es sich um Briefe handelte. Die Schrift erkannte sie nicht, aber die Briefe waren alle an Robert adressiert und stammten definitiv von einer weiblichen Hand. Margret nahm die Schachtel an sich und packte sie zu den anderen Sachen. Sie musste sich schließlich beeilen. Viel Zeit blieb ihr nicht mehr, bis Lourdes zurückkommen würde.

Somit begab sie sich als Nächstes zu den Nachtschränkchen. In dem von Robert fand sie nichts, doch in dem von Lourdes wurde sie erneut fündig. Es waren weitere Briefe an Robert, wobei der oberste Margret stutzen ließ, war er so anders als die anderen. Er bestand lediglich aus einem Satz:

Dafür wirst du büßen!

Die Botschaft war eindeutig und klar. Sie klang wie eine Drohung. Sie fragte sich, warum gerade dieser Brief in Lourdes' Schublade lag, als sie mit einem Mal ein wildes Klatschen hörte. Das musste Benjamin sein, der sie warnen wollte.

Schnell stopfte sie die anderen Briefe mit in die Schachtel, verstaute sie in ihren Hosenbund und lief, so schnell sie konnte, nach unten. Ihre Schritte waren um einiges lauter als zuvor, aber die Zeit drängte.

Mitten auf der Treppe blieb sie abrupt stehen und ein Schrecken durchzog sie. Der Grund dafür war die Gestalt am Fuße der Treppe und Margret ärgerte sich über sich selbst, dass sie diese eine Sache vergessen hatte: der Dobermann der Cains. Knurrend hockte er da, stand aber nun auf und schaute sie grimmig an. Ganz sicher war er vorher im Garten gewesen und war durch den Krach, den sie veranstaltet hat, auf sie aufmerksam geworden und durch seine Klappe ins Haus gekommen.

Nur ein wenig Mondlicht drang durch die Fenster und ließ den Hund noch gefährlicher und bedrohlicher wirken. Margret kannte ihn und er sie, doch in ihrer komplett schwarzen Kleidung kam sie sich zwangsläufig wie ein Einbrecher vor. Starr vor Angst blieb Margret, wo sie war, und überlegte fieberhaft, was sie tun konnte. Draußen wurden die Klatschgeräusche immer panischer und schneller, bis sie plötzlich aufhörten.

„Benjamin!", rief Margret sofort, weil sie sich sorgte. Das wiederholte sie einige Male, ließ den knurrenden Hund vor sich aber nicht aus den Augen. Auf einmal hörte sie das Klimpern eines Schlüsselbundes und Margret wusste mit aller Sicherheit, dass Lourdes nach Hause kam.

Und sie sollte recht behalten. Kaum öffnete sich die Tür, wurde das Licht angemacht und der Dobermann bellte wie ein Verrückter, hatte er doch einen Einbrecher gestellt. Es dauerte nicht lange, da gesellte sich

Lourdes zu ihrem Vierbeiner und sah kurz darauf mit ihren eisblauen Augen finster zu Margret auf die Treppe.

Kapitel 10

„Also wirklich, Margret." Das war alles, was Elisabeth zu den Ereignissen der vergangenen Nacht zu sagen hatte, dabei sah sie ihre Freundin mit einem strafenden Blick an. Dass sie Margret nicht wie üblich Maggie oder Liebes nannte, verriet deutlich ihre Empörung. Margret konnte Elisabeth verstehen und sie überkam ein wenig Scham.

Nachdem Lourdes sie auf frischer Tat ertappt hatte, kontaktierte sie gleich darauf die Polizei. Zu Margrets Glück erschien der junge Smith, der sie zwar hart anging und zurechtwies, es aber dabei beließ. Ihr kam zugute, dass der neu zugezogene Inspector sich erst noch in Little Maine einfinden musste und bisher nicht ganz so streng agierte wie sein Vorgänger. Bei dem hätte Margret mit Sicherheit die Nacht in der Zelle verbringen müssen, um sich Gedanken über ihr Fehlverhalten zu machen. Das blieb ihr erspart und sie kam mit einem blauen Auge davon.

Immerhin hatte Margret kleinlaut eingestanden, dass es falsch gewesen wäre, ohne Erlaubnis der Hausherrin in deren Heim einzudringen, um ein Erinnerungsfoto des Verstorbenen zu bekommen. Eine bessere Ausrede war ihr in dem Moment nicht eingefallen. Sie schien aber auszureichen, da sowohl Inspector Smith als auch Lourdes sie mitleidig anschauten. Bei Roberts Witwe war es weniger einfühlsames Mitgefühl gewesen als vielmehr Abneigung für Margrets erbärmliches Auftreten.

So kam Margret mit einer Verwarnung davon und verließ schleunigst das Grundstück der Cains. Ihren Neffen hatte sie bei sich zu Hause angetroffen, wo sich dieser mehrfach entschuldigte, weil er in Panik davongelaufen war, als Lourdes zurückkehrte. Margret konnte ihm klarmachen, dass es die beste Entscheidung gewesen war, die er in dem Moment treffen konnte. Sie war froh, dass er nicht mit ihr die Standpauke abbekommen hatte.

Was wohl ihr Bruder und ihre Schwägerin sagen würden, wenn sie von diesem nächtlichen Ausflug erfuhren. Margret war sich sicher, dass Benjamin nicht so schnell wieder zu ihr kommen dürfte, da die Gefahr bestünde, dass sie ihn erneut zu kriminellen Handlungen anstiftete. Zum Glück war das Ganze nicht ausgeufert.

Trotzdem hatten die Ereignisse auch ihr Gutes, denn ohne diese waghalsige Aktion hätte die unnachgiebige Lehrerin nicht das gefunden, was sie gerade in den Händen hielt.

„Du hast ja recht, Beth. Aber sieh her, was ich beim Schnüffeln gefunden habe", erwiderte sie auf den Rüffel ihrer Freundin und gab ihr die kleine Eisenschachtel. „Darin befinden sich unzählige Briefe, die Robert von einer Frau erhalten hat. Zumindest gehe ich aufgrund der Handschrift davon aus."

Elisabeth nahm die Schachtel an sich und studierte ihren Inhalt kurz bevor sie ihr die Blättersammlung zurückgab. „Das sind eine Menge Briefe."

„Ganz genau. Und wir werden jeden Einzelnen davon lesen. Mein Gefühl sagt mir, dass sie uns ein Stück weiterhelfen werden, um Roberts Mörder zu finden."

„Was macht dich da so sicher? Bis jetzt waren deine Einfälle und Ideen nicht von besonders viel Effektivität gesegnet", gab Elisabeth zu bedenken.

„Da mag schon stimmen. Ich habe da so ein Gefühl und das enttäuscht mich selten."

„Und was sagt dir dieses Gefühl?" Elisabeth saß aufrecht mit übereinandergeschlagenen Beinen auf dem Sofa und betrachtete Margret mit Argwohn.

Auch Benjamin war mit von der Partie und hörte dem Gespräch der beiden neugierig zu. Er hatte es sich auf dem Boden bequem gemacht und wartete ab. Diese ganze Ermittlersache gefiel ihm immer mehr und er war gespannt, was als Nächstes kommen würde.

„Na ja. Wir wissen, dass Robert vergiftet wurde. Frauen nutzen häufig Gift, um jemanden umzubringen. Und vielleicht gibt es in diesen Briefen eine Antwort auf die Frage, wer diese Frau sein könnte, die aus Wut, Hass, Liebeskummer oder was auch immer einen Mord begangen hat", verlautbarte Margret und entnahm den untersten Brief, den sie laut vorlas.

Liebster Robert,
Ich sitze hier unter der Eiche, wo wir uns gestern zum ersten Mal getroffen haben und schwelge noch immer in dem Hochgefühl, das du mir gibst. Die Zeit, auch wenn sie nur von kurzer Dauer war, war wunderschön. Dich bei mir zu haben und deine Hand zu halten, erfüllte mich mit Wärme, und ich kann es kaum erwarten, dich bald wiederzusehen. Du weißt ja, wie du mich erreichen kannst ...

Kuss

„Kein Name, kein Datum", stellte Margret fest.

Benjamin sah sich das Schriftstück auch an und murmelte: „Ganz schön kitschig."

Dann las seine Tante lächelnd den nächsten Brief.

Liebster Robert,
ich danke dir vielmals. Der Ausflug zum Schloss und in das
Nachbarstädtchen war bezaubernd. Da wohne ich schon so
lange hier und habe es noch nie geschafft, mir diese wun-
derschönen Orte anzusehen. Schande auf mein Haupt ;-)
Was hältst du davon, wenn ich das Ziel unseres nächsten
Ausflugs aussuche und dir damit eine Freude bereite? Lass
mich wissen, wann du kannst, und ich gehe in die Planung.
Bis dahin wünsche ich dir alles Liebe.
Kuss

Auch hier gluckste Benjamin leise auf. In einem weiteren lasen sie:

Liebster Robert,
Es sind nun mehr als vier Tage vergangen, ohne dass ich
etwas von dir gehört oder gesehen habe, und ich frage mich,
warum? Beim letzten Mal hast du mir gesagt, dass deine
Gefühle für mich intensiver seien, als du es dir vorstellen
könntest. Ja, du sprachst sogar von Liebe und ich konnte
mein Glück kaum fassen. Mir geht es ähnlich. Ich liebe dich.
Liegt es an der Arbeit? Oder was ist der Grund für dein
Schweigen?
Ich warte sehnsüchtig auf dich.
Kuss

Liebster Robert,
ich kann es immer noch nicht glauben ;-))))) JA!
In Liebe und Kuss

Erneut fand sich kein Hinweis darauf, von wem diese
Briefe waren. Genauso erging es Elisabeth und den an-
deren beiden mit den weiteren Liebesbekundungen.
Sie gingen sie eine nach der anderen durch und so die
Entwicklung der Romanze verfolgten. Plötzlich gerie-
ten sie ins Stocken.

Hallo Robert,
Diesen Weg der Kommunikation zu gehen, finde ich zwar
ungewöhnlich, aber er hat auch etwas Nostalgisches. Das
gefällt mir. Ich würde mich freuen, unsere Treffen weiter
fortzusetzen, denn du gibst mir etwas, dass ich lange Zeit
nicht gefühlt habe: Leben.
Vielleicht treffen wir uns beim nächsten Mal weiter außer-
halb, nur um auf Nummer sicherzugehen. Dann unterhal-
ten wir uns in Ruhe über deine Pläne, Bürgermeister von
Little Maine zu werden.
Bis bald und viel Glück mit deinem Hausdrachen.

„Die Handschrift ist nicht dieselbe und auch das Papier. Das seht ihr doch auch so, oder?", fragte Benjamin
die zwei Frauen.

„Ja, tatsächlich! Die Worte klingen auch nach einer
anderen Person. Dem Inhalt nach zu urteilen und dem,
was wir zu wissen geglaubt haben, würde ich sagen,
dass dieser Brief hier von Constance Rutherford ist.
Warum sonst spricht sie über das Bürgermeisteramt

und von diesem Lebensgefühl", sagte Elisabeth und erhielt sofort Zuspruch von Margret, die bereits den nächsten Zettel aus der Schachtel pickte.

„Dann hat sie mir tatsächlich die Wahrheit im Café erzählt. Was für mich noch lange nicht heißt, dass sie aus der Schusslinie ist. Mal sehen, was unsere liebe Constance noch so alles erzählt."

Hallo Robert,
Ich kann es nicht leugnen. Du bist wahnsinnig gut im Bett ;-) Entschuldige diese vulgäre Art am Anfang meines Briefes, aber ich zehre noch immer von unseren letzten Schäferstündchen in dem Motel.
Ich will ganz ehrlich zu dir sein. Wenn du mich bitten würdest, Carl zu verlassen, täte ich es. William würde es verkraften. Er ist alt genug. Wärst du denn auch bereit, Lourdes sitzen zu lassen? Mir ist bewusst, dass du ein Mann von Anstand bist und sie nicht vor die Tür setzen würdest, aber seien wir mal ehrlich: Eure Ehe besteht doch nur auf dem Papier. Weshalb sonst triffst du dich mit mir? Denk mal darüber nach und wir sprechen bei einem guten Merlot weiter.
Bevor ich es vergesse. Stone sucht nach Dreckwäsche in deiner Vita. Pass also auf. Mit dem Mann ist nicht zu spaßen. Dem ist jedes Mittel recht. Wie ich dir bereits mehrere Male zugesichert habe: Meine Unterstützung hast du.
Bis bald

„Na, das sind ja ganz interessante Töne, die sie da von sich gibt", gestand Margret. „Sie hätte Carl wirklich für Robert verlassen, wenn er das Gleiche mit Lourdes getan hätte. Ich bin gerade sprachlos, Beth. Warum habe ich davon überhaupt nichts geahnt oder mitbekommen? Es fühlt sich gerade so an, als hätte es zwei verschiedene Roberts gegeben. Einmal den sozialen engagierten Robert und dann diesen Gigolo-Robert, der anscheinend mehrere Affären und eine miserable Ehe geführt hatte."

Elisabeth zuckte stillschweigend die Schultern.

„Also nach diesem Brief hier kann Constance nicht die Täterin gewesen sein, oder? Sie verbündet sie ja geradezu mit Robert, damit er die Wahl gewinnen kann", stellte Margret dann in den Raum.

„Oder sie hat nur so getan, als ob sie ihn unterstützen will und hat heimlich doch dabei geholfen, ihn kaltzumachen", warf Benjamin in die Runde und schaute die anderen erwartungsvoll an.

„So abgebrüht ist sie nicht, oder Beth? Aber trotzdem: was für ein abgekartetes Spiel. Ich sage ja immer, dass Politik ein mieses Geschäft ist."

Das Trio durchforstete weiter das Innere der Schachtel, bis sie zum oberen Viertel der Briefe kamen. Es handelte sich dabei um die Blätter, die Margret aus Lourdes' Schublade entnommen hatte. Das Briefpapier war wieder ein anderes, die Schrift ähnelte aber der aus den ersten Briefen. Auch war der Inhalt deutlich sachlicher. Möglicherweise waren sie später geschrieben worden. Oft war es ja so, dass sich die Schrift einer Person im Laufe der Jahre ein wenig veränderte. Generell blieb sie gleich, hier und da konnte es zu Abwandlungen kommen. Im Wesentlichen glichen sie den ersten Briefen. Die Schreiberin, die auch hier nicht mit Namen unterschrieb, beteuerte ihre Liebe, dankte Robert für die schöne Zeit und schien überglücklich zu sein. Margret glaubte zu erahnen, dass es die Briefe von Lourdes an ihren verstorbenen Mann aus besseren Zeiten waren.

Lieber Robert,
ich weiß, ich bin nicht einfach, aber du gibst mir das Gefühl,
so genau richtig zu sein. Bei dir kann ich sein, wie ich bin,
und du verurteilst mich nicht dafür. Zusammen haben wir
so viele tolle Dinge erlebt, dass ich es kaum in Worte fassen
kann. Sowieso bin ich nicht die geborene Romantikerin,
aber vor zwei Tagen hattest du mich dann ;-)
Als du vor mir auf die Knie gegangen bist, konnte ich mein
Glück nicht fassen. Wir werden den gemeinsamen Weg bis
ans Ende bestreiten!
Ich schreibe jetzt nicht bis bald, sondern kontaktiere dich
mal über dein Handy.

Es folgten nur noch zwei weitere Briefe dieser Art und auch Elisabeth war sich sicher, dass sie von Lourdes stammen mussten.

„Kaum zu glauben, dass Lourdes zu solch schönen Worten in der Lage ist beziehungsweise war", witzelte Margret.

Dieses Mal erntete sie keinen strafenden Blick von Elisabeth, sondern Zuspruch. Auch Benjamin musste lachen. So lasen sie alle Briefe durch. Lediglich die ersten blieben ein Geheimnis. Es gab keinen eindeutigen Hinweis darauf, ob diese tatsächlich auch von Lourdes oder einer anderen Frau waren. Davon gingen sie momentan eher aus.

Sie waren im Begriff, das Diebesgut der vergangenen Nacht zurück in die Schachtel zu packen, als ihnen ein weiteres Papier auffiel, das im Deckel verkehrt herum lag. In dem Moment, in dem Margret es umdrehte, überkam sie die Erinnerung, warum sie eigentlich alles mitgenommen hatte.

In ihren Händen hielt sie den Brief, der aus nur einem Satz bestand. Anders als die bisherigen Briefe hatte der Verfasser oder die Verfasserin – das ging daraus nicht hervor – Buchstaben aus Zeitungen genommen, um damit Worte zu bilden.

Dafür wirst du büßen!

Es war Elisabeth, die den Satz laut und deutlich vorlas. „Das ist definitiv keine Liebeserklärung, sondern eher das Gegenteil. Ansonsten hat die Person eine merkwürdige Art, ihre Zuneigung auszudrücken", stellte sie klar.

„Das denke ich auch."

„Wo noch mal sagtest du, hast du diese Briefe gefunden?"

„Diese hier in der Kommode. Und die anderen inklusive dem hier mit den Zeitungsbuchstaben in der Schublade von Lourdes' Nachttisch", antwortete Margret wahrheitsgemäß und riss die Augen auf. „Ob sie den geschrieben und ihn Robert als Drohung gegeben hat?"

„Das macht doch keinen Sinn. Warum sollte Lourdes diesen Wisch verfassen und bei sich in der Schublade verstauen? Da denkt dann doch jeder, dass sie etwas mit dem Mord zu tun hat", wies Elisabeth Margret zurecht, die schon wieder kurz davor stand, übers Ziel hinauszuschießen.

Frustriert warf sie sich ins Sofa und verschränkte die Arme. Ihre Hoffnung, in den Briefen einen eindeutigen

Hinweis zu finden, schwand dahin, je mehr sie darüber nachdachte. Das Einzige, was sie jetzt hatten, war dieser Drohbrief aus Schnipseln und die Gewissheit, dass Robert alles andere als ein Engel war. Ganz im Gegenteil: Er kam ihr eher wie ein spanischer Casanova vor. Margret gewann immer stärker den Eindruck, ihren engen Freund gar nicht gekannt zu haben, zumindest nicht in Gänze. „Und was machen wir damit, Beth?" Margret war sichtlich ratlos und wünschte sich, dass die weise und erfahrene Elisabeth Rat wusste. Allerdings hatte ihre Freundin nichts anderes für sie als eine Umarmung.

„Wir werden das Rätsel um den Verfasser noch lösen, meine Liebe. Zerbrich dir nicht weiter den Kopf. Es wäre das Beste, wenn wir uns einen Tee machen und du dann als gute Tante etwas mit Benjamin unternimmst."

Elisabeth hatte recht. Es nützte nichts, Trübsal zu blasen. Sie würde schon dahinterkommen und dann würde es ein Leichtes sein, den Mörder zu finden. Falls nicht, müsste sie vielleicht doch etwas tun, was sie eigentlich vermeiden wollte.

Kapitel 11

Obwohl sie den restlichen vergangenen Tag und Abend beschäftigt und damit auch abgelenkt war, weil sie und Benjamin sich an selbst gemachtem Sushi ausprobierten, ließen Margret die Briefe nicht los. Sie musste irgendein Detail übersehen haben oder sie fand einfach nicht das kleine Puzzleteil, das für das Gesamtbild fehlte.

Während Benjamin im Bad war und sich für den Freizeitpark fertigmachte, saß Margret mit ihrer dritten Tasse Tee an diesem Morgen draußen auf der Terrasse und hing ihren Gedanken nach. Es war zum Verrücktwerden, dachte sie sich. Weder ihre glorreichen peinlichen Auftritte bei Constance im Café noch der vermeidliche Anstandsbesuch bei Lourdes hatten sie weitergebracht. Selbst ihr Einbruch im Cottage der Cains wirkte gewissermaßen erfolglos, wenn man das aktuelle Resultat betrachtete.

Statt Antworten zu finden, taten sich immer weitere Fragen auf oder ihr wurde bewusster, dass man einen Menschen nie in Gänze kennen konnte. Jeder gab nur so viel von sich preis, wie er wollte, und dadurch blieben andere Dinge verborgen. Wie bei ihrem verstorbenen Freund.

„Ach Robert", seufzte Margret und hob den Blick von ihrer Tasse, in die sie unentwegt guckte. Sie schaute sich in ihrem Garten um, der in voller Blüte stand und

Gemütlichkeit ausstrahlte. Er war nicht perfekt, das wusste sie. Hobbygärtner würden peinlichst genau jede Pflanze zurechtschneiden und pflegen. Margret war nicht der Typ für solche Akribie in Sachen Gartenarbeit. Jeder, der ihr grünes Fleckchen zu sehen bekam, dachte an eine verwunschene Oase und das war doch viel mehr wert als ein exakt angelegtes Paradies. Auf diese Art handhabte sie es auch mit dem Leben an sich. Prinzipiell legte sie großen Wert auf Ordnung und Struktur, im selben Atemzug vertrat sie aber gleichzeitig die Ansicht, dass man so sein und leben sollte, wonach einem war.

„Ich wäre dann so weit, Tante Margret. Können wir los?" Benjamin stand in der Terrassentür und grinste sie wie ein Honigkuchenpferd an. Seine sonst strubbeligen blonden Haare sahen tatsächlich gekämmt aus und der Junge trug nach den vergangenen Tagen endlich eine andere Jeans in Dunkelblau, dazu einen roten dünneren Pulli.

Den heutigen Tag mit einem Besuch des Freizeitparks von Little Maine zu nutzen, war eine gute Idee von Margret gewesen. Endlich räumte sie ihrem Neffen die gemeinsame Zeit ein, die er verdient hatte. Zusammen fuhren sie in zahlreichen Fahrgeschäften und gingen sogar in die Geisterbahn. Nach einem Hotdog und reichlich Zuckerwatte verließen sie den Park und traten den Rückweg an.

Tatsächlich hatte Margret auf diesem Trip ein bisschen abschalten können. Sie gelangten auf den Marktplatz, wo sie von Weitem Doc Brown und Pamela in ein Gespräch vertieft vor dem Café entdeckte.

Je näher sie der Stelle kamen, wo Robert gestorben war, desto unruhiger wurde Margret auf einmal. Eine Horde Hummeln wütete in ihrem Bauch und drängte sie. Es war kaum auszuhalten, denn auch ihr Kopf spielte plötzlich verrückt. Sie schnappte sich Benjamins Hand und zog ihn mit sich. Der Junge wusste nicht, wie ihm geschah und rannte mit, sofern man den schnelleren, tapsenden Gang seiner Tante so nennen konnte.

Wenig später betraten sie die Polizeidienststelle von Little Maine. Von außen integrierte sich das Gebäude in das Stadtbild, im Innern fand man einen hochmodernen Stil vor. Margret steuerte direkt auf den Empfangstresen zu, an dem Rose McCallun seit jeher Stellung bezog und sie begrüßte.

„Hallo Margret. Schön, dich mal wiederzusehen. Ich hoffe, es ist alles in Ordnung oder was verschafft uns die Ehre?", fragte die Mittfünfzigerin mit von Zigaretten und Gin behandelter Stimme.

Rose war naturschön. Kein Püppchen oder so, doch für ihr Alter und ihren Genussmittelkonsum wirklich gut in Schuss, ging es Margret durch den Kopf. „Ja, hallo, Rose. Soweit alles gut." Sie sah sich suchend um. „Ist Inspector Smith zufällig da? Ich würde gern einmal mit ihm sprechen." Erwartungsvoll schaute Margret zur Empfangsdame, die ihr aufmunternd zulächelte.

„Du hast Glück. Er ist gerade von seiner Tour zurück. Müsste in seinem Büro sein. Geh einfach hier links am Tresen vorbei und dann geradeaus. Die vorletzte Tür rechts ist es. Kannst du nicht verfehlen", erklärte sie Margret und wandte sich im Anschluss an Benjamin. „Und du bist?"

„Das ist mein Neffe Benjamin. Er findet die Arbeit der Polizei total spannend.“

„Ah, verstehe. Und statt hier auf deine Tante zu warten, hast du garantiert Lust, in ein Polizeiauto zu steigen und dir unsere Arrestzelle anzugucken, oder?“

Die Augen des Jungen strahlten und er begleitete Rose.

Margret nahm den beschriebenen Weg und klopfte kurz darauf an der Tür, neben der das Schild *Inspector Nicolas Smith* angebracht war. Kaum hatte sie die Hand gesenkt, drang seine Stimme nach draußen und bat sie herein.

Das Büro drückte ganz klar aus, welchen Rang der Neuling in der Dienststelle hatte. Es war nicht sonderlich groß und besaß nur ein kleines Fenster, das den Blick in den Hinterhof freigab. Wohl konnte man sich da nicht fühlen. Die Ausstattung des Raumes war das Gegenteil. Weiße Wände, Deckenspots und Mobiliar, das nicht nur funktional war, sondern auch durch sein Design überzeugte. Für Margret wäre es dennoch kein Arbeitsplatz gewesen. Die persönlichen Dinge wie Fotos in Rahmen, Pflanzen oder ein Bild an der Wand fehlten ihr.

„Oh, hallo. Wenn das nicht unsere neuentdeckte Kleinkriminelle Miss Pagnum ist.“

So freundlich und höflich sie den jungen Polizisten bisher gefunden hatte, umso frecher empfand sie seine Begrüßung. Sie lief rot an. Nicht vor Wut, sondern aus Scham. „Danke, ich habe verstanden, dass es falsch war, Inspector. Könnten wir diesen Teil für einen Moment vergessen?“, bat sie ihn und blieb dabei ganz kleinlaut.

Inspector Smith schien seinen Fauxpas zu bemerken und stand hastig auf. Seine Unterlagen auf dem Schreibtisch gerieten dabei etwas durcheinander. „Entschuldigen Sie. Aber ich konnte mir den Spruch nicht verkneifen, als ich Sie hereinkommen sah. Ich dachte, das käme witzig rüber. Kommen Sie bitte herein."

Das klang schon mehr nach dem Grünschnabel, den Margret kannte. Sie schloss die Tür und setzte sich ihm gegenüber an den Tisch, an dem auch er wieder Platz nahm. Margret musste an sich halten. Der Mann vor ihr war zwar Polizist, aber er wirkte unbeholfen, so wie er jetzt dasaß und mit seinem Stift herumspielte. Sie fragte sich ernsthaft, wie dieser schlaksige Kerl die Polizeischule erfolgreich hatte abschließen können. Vielleicht ließ sie sich aber auch zu sehr von seiner nervösen, tapsigen Art täuschen und er war eigentlich ganz tough.

„Was kann ich für Sie tun?"

„Es geht um Mr. Cain", fing sie an, und schon beim Aussprechen des Namens schaute Inspector Smith ihr skeptisch ins Gesicht.

„Miss Pagnum. Was ist denn jetzt wieder? Sie wissen doch, dass der Fall geschlossen wurde."

„Das weiß ich, Inspector. Aber ich habe das Gefühl, dass etwas an der ganzen Sache nicht stimmt. Könnte es nicht sein, dass etwas anderes seinen Tod verursacht hat?", warf sie fragend in den Raum und tat unwissend.

„Und was soll das gewesen sein, Miss Pagnum?" Dabei lehnte er sich zurück und verschränkte die Arme. Den Blick von zuvor behielt er bei.

„Mord", sagte sie kurz und schmerzlos. Sofort hatte sie die Aufmerksamkeit des Inspectors bei sich. Nicht etwa geschockt, sondern vielmehr, weil er jetzt laut lachen musste.

„Wie kommen Sie bitte da drauf?" Ungläubig schüttelte er den Kopf. „Wer sollte denn jemanden wie Mr. Cain umbringen wollen und vor allem, wie?"

Damit war zu rechnen gewesen, dachte sich Margret. Wie schon am Todestag selbst war der Inspector so gar nicht von ihrem Einwand angetan. Für ihn stand fest, dass Robert eines natürlichen Todes gestorben war. Sie musste sich also vorsichtig herantasten. „Ich habe da so eine Theorie."

„Hier ist zwar noch einiges an Arbeit zu erledigen, aber irgendwie bin ich ja neugierig, was Sie zu sagen haben."

Statt sich über die freche Aussage zu ärgern, sammelte sich Margret und stellte ihre Sicht der Dinge dar. „Gehen wir einmal rein hypothetisch davon aus, dass Robert Feinde hatte. Und Sie als Inspector sollten wissen, dass jeder von uns Leute kennt, die einem nicht wohlgesonnen sind. Diese könnten einem *sagen*, dass sie einen warum auch immer nicht leiden können oder Rache wollen. Oder aber sie *schicken* einem eine Nachricht, die der Betroffene nicht ernst nimmt und dadurch noch mehr Groll auf sich zieht. Damit der Mord nicht auffällt, nutzt man Gift." Margret beendete ihren Vortrag und setzte sich aufrechter hin, die Hände im Schoss.

Die Sekunden vergingen zäh wie Stunden, ehe der Inspector sich aus seiner Haltung löste und seinen Kopf auf seine Rechte stützte. „Bei allem Respekt und aller Höflichkeit, Miss Pagnum. Das klingt wirklich alles ziemlich hypothetisch und vage. Und auch irgendwie abstrus. Da müssen Sie mir doch recht geben." Er machte eine kleine Pause, wobei seine Augen sich kurz verengten, so als würde er über etwas nachdenken. „Oder verschweigen Sie mir etwas? Waren Sie vielleicht gar nicht wegen eines Fotos bei Mrs. Cain ins Haus eingedrungen?"

Inspector Smith sah sie durchdringend an und suchte nach etwas in ihrem Blick, das sie verraten würde. Margret hielt ihm stand. Das war ihre Chance, zumindest einen ihrer Hinweise mit ihm zu teilen. Sie wägte ab und antwortete.

„Wenn ich Ihnen sagen würde, dass ich einen Zettel mit einer Drohung im Nachttisch der Witwe Cain gefunden hätte, würden Sie mir dann glauben oder mich ernstnehmen? Alles natürlich rein hypothetisch, versteht sich."

„Mit Theorien ist uns nicht geholfen. Ist es denn so gewesen?"

„Vielleicht?" Es klang mehr wie eine Frage, so wie sie es sagte.

„Miss Pagnum. Hören Sie. Wenn Sie etwas zu sagen haben, das in dieser Angelegenheit weiterhilft, sagen Sie es. Sie vertrödeln hier gerade meine Zeit, die ich für weitaus Besseres nutzen könnte als mir, verzeihen Sie mir die Wortwahl, Ihren theoretischen Klatsch anzuhören. Kommen Sie wieder, wenn Sie sicher sind. Und nun würde ich Sie bitten, mich meine Arbeit machen zu lassen."

Sein Ton war um einiges deutlicher und schärfer geworden, was Margret zeigte, dass sie an diesem Punkt nicht weiterkam. Sie hätte sich den Mund fusselig reden können, am Ende wäre sie in Zwangsjacke abgeführt worden und darauf konnte sie verzichten.

Sie stand auf, nickte dem Inspector zu und verließ das Büro, um mit Benjamin nach Hause zu gehen. Dort würden sie den Grill anwerfen, um sich mit ein paar Köstlichkeiten nach getaner Arbeit zu belohnen.

Auch wenn sie es noch nicht fertiggebracht hatte, Inspector Smith von ihren Entdeckungen zu erzählen, so war zumindest ein Samen des Zweifels in seine vorherrschende Überzeugung gestreut worden. Vielleicht ergab sich die kommenden Tage eine bessere Möglichkeit.

Als Nächstes würde sie sich auf jeden Fall Lourdes und die Briefe der Unbekannten genauer vornehmen. Ganz so einfach gab sie sich nicht geschlagen.

Kapitel 12

Eigentlich fand das wöchentliche Taubenfüttern jeden Mittwoch statt. Doch aufgrund der unvorhersehbaren Ereignisse am Samstag und spontanen Recherchen danach musste es heute einen Tag später nachgeholt werden.

Normalerweise war Margret sehr routiniert und zuverlässig, was Pläne anging, aber der Besuch im Park und bei der Polizei hatten ihre üblichen Abläufe ein wenig durcheinandergebracht.

Das Frühstück verlegten Benjamin und seine Tante heute in *Pam's bakery*, dessen Inhaberin der Junge zum Dank für den Kuchen am Montag ein Bild gemalt hatte. Elisabeth begleitete die beiden, musste aber im Anschluss daran in die Bank. Nach einem genüsslichen Plausch, bei dem Margret es vermied, ihre letzten Aktivitäten preiszugeben, gingen sie alle ihrer Wege. Margret steuerte mit Benjamin den Stadtpark an.

Das Wetter zeigte sich heute eindeutig von seiner tristen Seite. Der Himmel war zugezogen und die letzten Nebelschwaden verflüchtigten sich auch endlich zur Mittagszeit. Dennoch wirkte alles wie zu früher Morgenstunde an einem Herbsttag. Margret und Benjamin durchquerten das Tor am Eingang und spazierten zunächst eine Runde durch die Anlage. Mit sehr viel Hingabe hatten die Landschaftsgärtner hier ein Idyll geschaffen, das dicht bewachsen und zu dieser Jahreszeit besonders schön aussah. Der englische Landschaftsgartenstil war deutlich auszumachen. Anders als die französisch geprägten Barockgärten mit ihren groß angelegten geometrischen Blumenbeeten fand man hier kaum Blühpflanzen. Statt alles exakt zu beschneiden und zurechtzulegen, konnte die Natur bieten, was sie hatte. Dadurch gewann man den Eindruck, in ein Landschaftsgemälde einzutauchen und darin umherzuwandern.

Als sie nahezu das gesamte Areal durchquert hatten, führte Margret Benjamin zu ihrem Lieblingsplatz. An einem der kleineren Teiche des Stadtparks stand eine alte Holzbank, auf der sich bereits viele Verliebte mit Schnitzereien verewigt hatten. Wann immer sie hier war, konnte Margret abschalten und durchatmen. Außerdem liebte sie es, die Enten und Tauben mit altem Brot zu füttern, obwohl das nicht gern gesehen war.

Während sie in alle Richtungen die Mitbringsel an die Vögel verteilten, hörte Margret plötzlich etwas. Es war ein Rascheln, das aus den Büschen hinter ihnen kam. Sie drehte sich langsam um. Das Geräusch wurde heftiger und steuerte auf sie zu, weshalb Margret in Habachtstellung ging, bereit abzuhauen, falls es etwas Gefährliches war. Auch Benjamin bemerkte, dass seine Tante angespannt war, und sah in die gleiche Richtung wie sie. Zum Rascheln gesellten sich ein Schnaufen und Schlurfen. Wie in Zeitlupe entfernten sich die beiden von der Holzbank, um eventuell einen Vorsprung zu haben, wenn womöglich ein wilder Dachs aus dem Gebüsch stürmen sollte.

„Was ist das, Tante Margret?“, fragte Benjamin, als plötzlich etwas Großes aus dem Dickicht geschossen kam und zu Boden knallte.

Margret und Benjamin sprangen erschrocken einen Schritt zur Seite, verharrten dann aber überrascht, als sie sahen, dass vor ihnen ein Mann lag. Margret entspannte sich und grinste.

„Was ist das denn für ein Freak?“ Benjamin musterte den Fremden.

Margret antwortete nicht, wusste aber, wer da vor ihnen lag. Der Landstreicher George war in ganz Little Maine bekannt und alles andere als eine Gefahr. Schon seit Margret ihre Großeltern hier besucht hatte, war George in aller Munde gewesen. Ächzend rappelte sich der Streuner auf und stellte sich in voller Größe hin. Er überragte sie um einiges und versprühte einen säuerlichen Geruch. Seine letzte Dusche musste eine Weile zurückliegen. George strich seine zerlumpte und dreckige Kleidung, ein alter blauer Anzug mit ehemals weißem Hemd, glatt und beäugte die beiden. Niemand sagte etwas.

„Hallo George. Wie geht’s dir?“, durchbrach Margret die Stille als Erste.

„Du kennst diesen Mann?“ Benjamin klang überrascht und entsetzt zugleich.

„Ja, klar, Benji. George kennt hier jeder. Stimmt doch, oder George?“ Margret richtete den Blick auf den älteren Mann. Dessen konzentriertes Gesicht wich einem Lächeln, das aus wenigen kaputten Zähnen bestand, aber aufrichtig und ehrlich war. „So ist es, Maggie.“ Er machte eine kleine Pause. „Und wer ist dieser junge Mann da?“

„Das ist Benjamin, mein Neffe. Der Junge von John. Er besucht mich für ein paar Tage, um unser schönes Little Maine kennenzulernen. Und da wir es gestern nicht geschafft haben, hierher zu kommen, holen wir das gerade nach."

„Ah, so ist das. Freut mich, dich kennenzulernen", grüßte er Benjamin und reichte ihm seine mit Dreck verkrustete Hand, die der Junge erst nach Margrets Ermunterung ganz schnell schüttelte. Danach stellte er sich ein Stückchen weiter weg. Ein wenig musste Margret darüber schmunzeln. In London gab es unzählige Obdachlose, denen der Junge garantiert über den Weg lief. Doch hier kam ihr Neffe direkt mit einem in Kontakt und wusste nicht, wie er damit umgehen sollte. Wieder etwas, das ihn vielleicht im Leben weiterbringen würde.

„Ich habe dich gestern schon vermisst, musst du wissen. Du bist schließlich jeden Mittwoch hier, Maggie. Ich kenne doch meine Pappenheimer", fügte George hinzu und stieß ein kehliges Lachen aus, das von einem trockenen Husten begleitet wurde. Er setzte sich auf die Bank und sprach weiter. „Entschuldigt übrigens diesen Überfall eben. Ich dachte, ihr seid jemand anderes und wollte lauschen. Dabei bin ich ins Straucheln geraten."

„Alles gut. Wir leben ja noch", witzelte Margret. „Wen hattest du denn eigentlich antreffen wollen?"

„Na, den Bürgermeister und eine seiner Verehrerinnen. Die kommen auch immer an diese Stelle und machen dann rum, wenn du verstehst, was ich meine", umschrieb der sonst offenherzige George und warf einen flüchtigen Blick auf Benjamin.

„Du meinst Bürgermeister Stone? Das hast du bisher nie erwähnt, wie kommt's?" Die Information über den Regierenden der Stadt überrollte sie geradezu, sodass sie nachhaken wollte.

„Na, weil ich es nicht wichtig fand. Mit dir rede ich lieber über andere Dinge. Aber ja, ganz genau den meine ich. Verstehe das einer. Da wäre ich eine deutlich bessere Partie", sagte er und grinste in sich hinein.

Es war als Scherz gemeint, doch Margret hätte der Aussage durchaus zugestimmt. Sie kannte den Landstreicher immer nur so, wie er jetzt war. Sie hatte allerdings gehört, dass er früher ein sehr attraktiver Mann gewesen war, der durch Fehlinvestitionen in diese Lage gekommen war. Charakterlich war er Stone um Meilen voraus, dachte sie sich.

„Jeden Dienstag, Donnerstag und Samstag kreuzt der hier so wie ihr zwei am Vormittag auf und begegnet dann einer seiner Damen."

„Gleich mehrere? Was du nicht sagst. Wer ist es denn?" Margrets Neugierde war geweckt, sie liebte Tratsch.

Ihr Neffe stand daneben und schaute zwischen den beiden Erwachsenen hin und her. George lehnte sich aufrecht zurück. Dann guckte er verschmitzt in den Himmel und hielt sich den Zeigefinger auf die Lippen. „Ich weiß ja nicht, ob ich das verraten sollte", tat er unschuldig.

Margret wusste, worauf er hinauswollte. Sie zückte ihre Brieftasche und gab ihm zehn Pfund, damit er sich etwas zu Essen kaufen konnte. In Schnaps würde er es nicht investieren, das wusste sie aus den letzten Jahren.

„Ich sehe, wir verstehen uns, Maggie." George nahm den Schein dankend an und stopfte ihn in sein von Dreck steif gewordenen Holzfällerhemd. Dann klopfte er auf den Platz neben sich auf der Bank, wo sich Margret hinsetzte. Benjamin blieb lieber stehen und betrachtete das Schauspiel vor sich.

„Und?" Margret sah George fragend an. „Wer sind die Damen, die der Kerl regelmäßig trifft?"

„Also der Bürgermeister ...", begann er und schüttelte den Kopf. „Ich mag den Kerl ja nicht. Ist 'n hochnäsiger Typ, der meint, man müsse mich aus Little Maine entfernen. Ich würde das Stadtbild verschandeln, wie er sagt." Erneut schüttelte er den Kopf. „Jedenfalls trifft der sich immer mit den gleichen Frauen. Und auch das verstehe ich nicht, wenn man sich so anguckt, wer das so ist."

„Nun sag schon, George."

„Schon gut, schon gut. Da hätten wir einmal diese eingebildete, stinkreiche Tussi Constance. Der oder ihrer Familie gehört, glaube ich, das Schloss. Die ist jeden Dienstag hier. Und Donnerstag kommt so eine Lourdes. Wirkt tough und irgendwie streng. Ein halber Kerl, wenn du mich fragst. Am Samstag schlägt die Mitchell auf. Barbara heißt die. Ist deutlich älter als der Stone. Ich hab das Gefühl, der will nur das Geld von der Alten."

„Nicht dein Ernst?" Margret starrte den Landstreicher mit offenem Mund an und konnte nicht glauben, was sie da hörte.

„Und ob. So wahr ich hier sitze. Das geht schon eine ganze Weile so. Die treffen sich, reden ein bisschen und wenn sie sich sicher sind, dass keiner sie sehen kann, dann nutzen sie hier deine Bank noch für ganz andere

Sachen." Bedeutungsvoll warf George einen Blick auf Benji.

Das war das Stichwort. Margret stand direkt auf und schaute angewidert auf das Möbelstück. Allein die Vorstellung von Stone mit einer der Frauen genügte ihr bereits. „Bah!", stieß sie aus.

George lachte und grunzte dabei. „Ich weiß nicht, ob du von der Tatsache, dass sie es mit Stone machen, angeekelt bist oder daran, dass es auf dieser Bank passiert."

„Das bedingt sich", gab sie zu. „Ich glaube, wir haben genug gehört, George. Danke dir und wir sehen uns bestimmt kommenden Mittwoch." Damit nahm sie ihre Sachen und verließ zusammen mit Benjamin den Stadtpark.

„Der ist echt strange gewesen, Tante Margret. Also dieser George. Ist der auch einer deiner Freunde?"

So wie Benjamin danach fragte, behagte ihm das Bild nicht, dass sie regelmäßig mit einem Landstreicher zu tun hatte. Stadtkind eben, dachte sie sich.

„Er ist kein enger Freund wie Robert, aber ich mag ihn. George ist einer der wenigen ehrlichen Menschen, die ich hier im Ort kenne. Und ja, er ist besonders", beantwortete sie Benjamins Frage.

Ihre nächste Anlaufstelle aus dem Ferienprogramm, das Margret sich für ihren Neffen überlegt hatte, sollte die Suppenküche sein. Auf dem Weg dorthin kam die sonst nicht auf den Mund gefallene Lehrerin nicht damit klar, was ihr soeben von George offenbart wurde. Der Bürgermeister von Little Maine, verheiratet und Vater von vier Kindern, die sie alle schon unterrichtet hatte, hielt sich mehrere Liebschaften. Sie war sich sicher, dass seine liebste Frau Conny nichts davon wusste, was ihr leidtat. Vor allem überraschten sie die Namen der Damen, die ein Schäferstündchen mit dem untersetzten Mann pflegten. Constance Rutherfords Image sank in Margrets Augen noch tiefer als ohnehin schon. Anscheinend hatte sie nicht nur eine Liaison mit Robert gehabt, sondern gleichzeitig ein Verhältnis mit Stone. Wenn das herauskam, wäre sie geliefert, ging es Margret durch den Kopf und sie hatte kurz einen bösen Gedanken. Es rumzuposaunen war jedoch nicht ihre Art. Dann Lourdes, die ja eigentlich mit Robert verheiratet war. Die Einzige, die neu im Bunde erschien, war Barbara Mitchell, eine alleinstehende und sehr vermögende Witwe. Was diese drei Frauen an Stone reizte, vermochte Margret sich nicht vorstellen. Ihr würde nie im Traum einfallen, eine derartige Beziehung zu diesem Mann zu pflegen, dessen Ego definitiv den Eiffelturm überragte. Das Ganze kam ihr ziemlich suspekt vor, was sich wenig später ändern sollte.

Kapitel 13

„Wo genau gehen wir jetzt eigentlich hin, Tante Margret?", fragte Benjamin, der sich nach einigen Minuten, als sie den Park verlassen hatten, anscheinend von seiner Begegnung mit dem liebenswerten George erholt hatte.

„In die Suppenküche von Little Maine", erklärte sie ihm kurz, woraufhin er sie fragend ansah. „Ich bin jede Woche dort, musst du wissen, und helfe, das Essen auszugeben. Nicht jeder hat so ein Glück wie du und ich. Und für solche Leute gibt es diesen Ort, wo kostenlos warmes Essen ausgeteilt wird."

„Aber die sind nicht alle so wie dieser George, oder?" In seiner Stimme lag so etwas wie Unbehaglichkeit. Der Landstreicher hatte bleibenden Eindruck hinterlassen.

„Nein. George ist ein Unikat. So jemanden gibt es kein zweites Mal. Ich bin mir sicher, dass du Spaß haben wirst."

Kurz darauf erreichten sie ihr Ziel. Die Suppenküche aus Little Maine befand sich in einem Nebengebäude des Gemeindehauses, in dem man eine kleine Mensa eingerichtet hatte – ein roter Klinkerbau mit Satteldach, der in den späten Neunzigern errichten worden war.

Einige Wartende standen bereits vor den Türen des Hauses und grüßten die beiden freundlich. Margret und Benjamin gingen hinein, begrüßten Pater Grey und gingen geradewegs in die Küche, wo sie auf Lucinda trafen.

„Da seid ihr ja", empfing sie Margrets Kollegin, die hier wie sie selbst ehrenamtlich tätig war. Lucinda war Ende zwanzig und hatte schulterlange braunes Haar, das sie meist zu einem Pferdeschwanz gebunden trug. Hauptberuflich arbeitete sie eigentlich als Sekretärin des Bürgermeisters. Mit dessen Assistentin kam sie auf keinen grünen Zweig. Wie sagte Lucinda immer so schön: Wenn der liebe Gott sich jemals einen schlechten Scherz erlaubt hatte, dann dabei, als er der Menschheit Constance aufgehalst hat.

Wie Margret war Lucinda zudem eine der Zugezogenen, hatte sich aber schnell und gut in der Stadt eingelebt und integriert. Dass sie den Posten der Sekretärin bekommen hatte, führte Margret darauf zurück, dass Lucinda jung und hübsch war. Ihre Intelligenz hatte Stone mit Sicherheit nicht gesehen, so viel war für sie nach den Erkenntnissen im Stadtpark sicher.

„Ja, wir wurden ein wenig von George aufgehalten", entschuldigte sich Margret und machte sich mit Benjamin daran, das Geschirr an den passenden Platz zu stellen, während Lucinda sich um das Besteck kümmerte. Anschließend holten sie zusammen mit dem Küchenpersonal das Essen aus der Küche, das sie in die vorgesehenen Behälter packten, um es warm zu halten.

„Ach. Der gute alte George. Dem geht's hoffentlich gut. Ich habe ihn gestern noch gesehen, wie er dabei war, sich ein Nachtlager aufzuschlagen", erklärte Lucinda und öffnete dann die Tür, woraufhin die Leute von draußen hereinströmten. Margret erklärte Benjamin, wie viel er immer in die Nachtischschälchen füllen durfte, bevor er diese den Gästen zu geben hatte, sobald sie bei ihm an der Theke vorbeikamen. Aus dem Augenwinkel beobachtete sie anschließend selig, dass es ihm Spaß machte, anderen eine Freude zu bereiten.

„George machte auf mich einen ganz zufriedenen Eindruck“, gab Margret zurück, während sie die Teller befüllte. „Du wirst übrigens nicht glauben, was er mir eben erzählt hat“, tat sie geheimnisvoll.

„Vielleicht nicht, aber ich bin mir ziemlich sicher, dass du es mir gleich unter die Nase reiben wirst, Maggie.“ Lucinda zwinkerte ihr zu und wischte ihre Hände an dem Handtuch ab, das sie an ihrem Gürtel befestigt hatte. Sie sollte recht behalten.

„Dein lieber Chef betrügt seine Frau“, haute Margret die Neuigkeit raus und schürzte dabei die Lippen.

Lucinda warf die Kelle in die Schale. „Wusste ich es doch“, flüsterte sie, als sie merkte, dass die Leute wegen des Kellenwurfs zu ihr starrten. „Erzähl. Mit welcher Frau hat Stone etwas am Laufen?“

„Du solltest wohl lieber fragen, mit welchen Frauen.“ Margret zog die Brauen hoch und biss sich auf die Unterlippe.

Lucinda stand mit offenem Mund da und kam erst zu sich, als ein Gast, eine junge Frau, an die Scheibe des Spuckschutzes klopfte. Schnell bediente Lucinda sie und wandte sich dann wieder an Margret. „Unfassbar.“

„Und du wirst nicht erraten, wer alles mit Stone zugange ist.“

„Auch das wirst du mir hoffentlich jetzt sofort sagen.“

„Constance Rutherford, Lourdes Cain und Barbara Mitchell“, gestand Margret und wartete gespannt die Reaktion ihrer Kollegin ab.

Statt wieder lauthals etwas von sich zu geben, blieb Lucinda ruhig und grinste in sich hinein. „Das wundert mich jetzt nicht", sagte sie schließlich und klang ziemlich abgeklärt.

„Echt nicht? Also ich kann das ja nicht nachvollziehen. Die eine ist eine Liga zu hoch, die andere ein Drachen und die Letzte viel zu alt", ließ Margret Lucinda an ihren bisherigen Gedanken teilhaben.

„Die werden sicher alle ihre Gründe haben beziehungsweise hat jeder etwas davon", versuchte Lucinda Margret zu erklären.

„Und was wäre das? Ich kann mir kaum vorstellen, dass Stone ein wahnsinnig guter Liebhaber ist. Dass er seinen Spaß haben wird, kann ich eher glauben", kommentierte Margret und bediente die letzten Gäste, denen Benjamin den Nachtisch reichte. Es machte sie stolz zu sehen, mit welchem Einsatz er mithalf. Da jetzt niemand mehr kam, räumten sie die Reste zurück und machten sich daran, den Thekenbereich zu säubern.

„Der Typ ist echt widerlich. Hätte ich die Chance, woanders genauso gut zu verdienen, würde ich im Rathaus hinschmeißen. Dieser Schmierlappen macht einem immer anzügliche Komplimente, versucht mit einem zu schäkern, und ganz unbeabsichtigt streift er einen im Vorbeigehen. Natürlich kennt er seine Grenzen. Nicht, dass es heißt, er würde jemanden sexuell belästigen. Auch wenn es einem so vorkommt, geht es ihm bei diesen Treffen mit den Frauen nicht um den Spaß. Das kannst du mir glauben. Die Schäferstündchen sind ein Extra in seinen Augen." Lucinda ließ kein gutes Haar am Bürgermeister.

Das sollte Außenstehenden zeigen, wie fehl am Platz dieser Mann in diesem Posten ist, dachte Margret, konzentrierte sich aber wieder auf das, was Stone zu den Affären bewegte.

„Und was ist es dann?", hakte sie nach.

„Geld. Was sonst. Wie heißt es so schön: Geld regiert die Welt. Und was möchte unser lieber Bürgermeister am allerliebsten?", wandte sich Lucinda an Margret und stellte ihr diese rhetorische Frage. „Ganz genau. Er will wieder regieren. Aber dafür braucht er Geld, das er nicht hat. Unter uns, der gute Stone hat extreme Geldsorgen. Man munkelt, dass er dem Glücksspiel nicht abgeneigt sei oder Unsummen an der Börse verzockt hat. Fällt jetzt der Groschen?"

Das tat er tatsächlich und Margret nickte stumm, während sie die ersten Tische abwischten.

„Alle Frauen, die du gerade genannt hast, stinken nach Geld. Constance ist quasi die Gelddruckerei aus Little Maine, so viel hat die. Lourdes führt ein eigenes erfolgreiches Unternehmen und Barbara kann sich nach dem Tod von zwei Männern auch nicht über Armut beklagen. An Stones Stelle hätte ich diese drei auch ins Visier genommen", giftete Lucinda und zwinkerte erneut.

Margret verarbeitete die Flut an Informationen und leitete Benjamin parallel an, wie er beim Aufräumen vorzugehen hatte.

Die letzten Gäste gingen bald wieder, sodass die beiden Frauen einen Tee zubereiteten und sich mit dem Jungen in den Hinterhof des Gemeindehauses setzten. Dieses kleine Refugium war ein grünes Paradies, das von verschiedenen bunten Sträuchern umgeben war.

Im Zentrum standen zwei Bänke an einem Tisch. Hinten links befand sich ein Springbrunnen, der vor sich hinplätscherte.

„Und wie geht es dir sonst so?", fragte Lucinda.

Margret ahnte, dass sie damit auf den Tod von Robert ansprach. Ihre Kollegin wusste, dass sie ihm nahegestanden hatte und dass sein unerwartetes Ableben mit Sicherheit seine Spuren hinterlassen hätte. Diese Empathie rührte Margret. „Es ist, wie es ist. Ich kann auch nichts daran ändern. Also fast nichts."

„Wie meinst du das?", fragte die Sekretärin des Bürgermeisters und sah sie mit ihren grün-grauen Augen an.

Einen längeren Moment haderte Margret mit sich, was und ob sie Lucinda etwas erzählen sollte. Schlussendlich kam sie zu der Erkenntnis, dass sie es konnte, da sie ihr vertraute.

„Robert ist nicht einfach an einem Herzinfarkt gestorben, sondern man hat ihn umgebracht. Da bin ich mir ganz sicher."

Lucinda glitt ihre Tasse vor Schreck aus der Hand, die glücklicherweise unversehrt auf dem Tisch landete. Überrascht schaute sie in Margrets Richtung. „Du willst mich auf den Arm nehmen! Was bringt dich auf diese Idee?" Sie wirkte geschockt und neugierig gleichzeitig.

„Ich habe da so ein paar Hinweise gefunden. Genaueres kann ich dir noch nicht sagen, dafür fehlt mir noch ein bisschen."

„Heftig", sagte Lucinda und klang wie Benjamin. „Na komm schon. Vielleicht kann ich dir weiterhelfen?", bettelte Lucinda förmlich, nachdem sie den Schrecken vom Anfang überwunden hatte. „Ich habe dir auch von Stone erzählt."

Da musste Margret ihr zustimmen und schilderte ihr ganz knapp, was sie bisher wusste.

„Das ist ja eine krasse Story. Wer will denn bitte Robert Cain vergiften?"

„Genau diese Frage stelle ich mir ununterbrochen, komme aber zu keiner klaren Antwort. Es muss jemand sein, dem Robert ein Dorn im Auge war." Kaum hatte sie das gesagt, fiel es ihr wie Schuppen von den Augen. Ihr Gesicht hellte sich auf und sie lächelte Lucinda freundlich an. „Wäre es zufällig möglich, dass du mir die Unterlagen über Stones Geldprobleme ganz schnell heimlich zukommen lassen könntest? Vielleicht heute noch. Ich würde mich auch bei dir revanchieren. Auf alle Fälle backe ich dir einen Kuchen und über alles Weitere sprechen wir dann noch. Du hast mein Ehrenwort." Margret faltete betend die Hände und sah ihre Kollegin wie ein Hundewelpe an.

„Da verlangst du echt 'ne Menge von mir", antwortete die Sekretärin des Bürgermeisters und blies Luft an der Mundseite aus. Lucinda dachte einen Moment nach und lächelte Margret dann mit Verschwörerblick an. „Allein, um dem Dicken mal eins auszuwischen, mache ich es. Vielleicht bekommt er ja sein Fett weg."

Kapitel 14

„Das ist richtig lecker", stieß ihr Neffe hervor.

Statt nach Hause zu gehen, hatte Benjamin vorgeschlagen, dass sie sich ein Eis holten und sich irgendwo abseits des Marktplatzes hinsetzen könnten. Margret war von seinem Vorschlag ein wenig erstaunt. Sie dachte, er würde lieber wieder mit diesem Tablet oder seinem Handy spielen wollen. Umso schöner, dass sie weitere Zeit draußen verweilen konnten.

„Tante Margret?", fragte Benjamin und leckte dabei an seinem Waffeleis.

Sie hatten sich hinter der Kirche ein Fleckchen gesucht, um dort in Ruhe die kühle Leckerei zu genießen. Es war nicht die Seite, die zum Friedhof zeigte, sondern die, von der aus man in die Ferne blicken und die saftig grüne Landschaft bestaunen konnte.

Margret löste ihren Blick vom Panorama und schaute ihn an. „Was hältst du davon, wenn wir meinen Urgroßeltern gleich ein paar Blumen vorbeibringen. Dad sagt, dass du das regelmäßig machst. Du bist quasi die Einzige, die sich um das Grab der beiden kümmert, und ich fände es cool, mal den Friedhof zu sehen."

Das stimmte. Nicht einmal die eigenen Kinder, also ihre Eltern, erachteten es als nötig, die letzte Ruhestätte von Margrets Großeltern zu besuchen, geschweige denn zu pflegen. Margret hingegen hatte immer ein inniges Verhältnis zu Ian und Lorna gehabt, weswegen sie ihr auch das Haus vererbt hatten. Scharf war sonst niemand darauf gewesen. Für die anderen war das Cottage ein Ort vergangener Zeiten, um den es sich nicht lohnte zu streiten. Die einzige Bedingung, die Margret gestellt wurde, war die der Grabpflege gewesen, wozu sie sich bereit erklärt hatte. Dass nun ausgerechnet Johns Sohn Interesse bekundete, freute sie. Natürlich erhoffte sich ihr Neffe etwas Schauriges zu erleben, was am helllichten Tag wohl eher nicht der Fall sein würde.

„Das können wir gern machen. Und dann geht's nach Hause. Würde dir ein Filmabend mit Beth gefallen? Wir könnten uns einen Krimi angucken. Nichts Schlimmes, du sollst ja später schlafen können."

Benjamin lachte herzlich. „Du bist echt witzig. Ganz ehrlich, Tante Margret. Ich habe schon weitaus krassere Filme als deine Schwarz-weiß-Krimis gesehen. Außerdem versuchst du gerade, einen Killer zu finden, der einen deiner besten Freunde umgebracht hat. Und ich helfe dir sogar dabei. Mach dir um mich keine Sorgen."

Wie es zuvor Lucinda getan hatte, zwinkerte ihr Neffe ihr in diesem Moment schelmisch zu. Das ließ auch Margret jetzt in sich hinein lächeln.

„Na gut, du unerschrockener Held. Dann lass uns mal Blumen für deine Urgroßeltern besorgen und danach machen wir uns einen spannenden Abend zu Hause. Immerhin wirst du Sonntag wieder abgeholt."

„Ja, leider", erwiderte Benjamin sofort darauf.

Als sie wenig später den Blumenladen von Little Maine betraten, waren sie die einzigen Kunden. Mildred Bloom betrieb dieses schnuckelige Geschäft mit sehr viel Hingabe. Das sah man an jedem Quadratmillimeter. Wie ihre Großeltern und Eltern zuvor investierte die leidenschaftliche Blumenhändlerin all ihr Herzblut in die Kunst der Floristik.

Das Läuten der Tür ließ Mildred nach vorn kommen. Die Frau Anfang dreißig hatte rotblondes Haar, das sie zu einem Zopf geflochten trug. Ihrer Arbeit entsprechend hatte sie eine grüne Gärtnerschürze über ihr geblümtes weißes Kleid und die rostbraune Strickjacke angezogen.

„Einen schönen guten Tag, Margret", grüßte sie Margret freundlich und nickte Benjamin zu. Dabei blinzelte sie vermehrt. Eine ihrer Marotten, die sie nicht ablegen konnte. „Was kann ich für euch tun?" Dann wieder das Blinzeln.

„Eigentlich das Übliche wie sonst auch. Wir besuchen Ian und Lorna, aber dieses Mal soll der junge Mann die Blumen aussuchen. Ich nehme ja sonst immer das Gleiche." Margret schickte Benjamin zu Mildred, die ihn mit sich nahm.

Während sie gedanklich abschweifte, dachte sie erneut über Bürgermeister Stone und seine Affären nach und weshalb er diese mit großer Sicherheit hatte: Das liebe gute Geld. So ein Wahlkampf finanzierte sich schließlich nicht von selbst. Und so viel Werbung, wie Stone für sich und sein Programm machte, lag es nahe, dass diese überaus große Summen verschlang. Warum also nicht einige der wohlhabendsten Ladys anzapfen. Wenn Margret es richtig sah, war Stones Plan aufgegangen, denn die Werbetrommel wurde fleißig gerührt. Allerdings – und das wusste sie von ihrer Bekannten Kate, die bei der *Little Mainer Post* arbeitete –

waren die Umfragewerte für Stone nicht so gut. Genau diese Tatsache ließ ein Flämmchen Hoffnung in ihr aufkommen. Immerzu hatte sie überlegt, wer ein überzeugendes Motiv gehabt haben könnte, um Robert umzubringen. Bislang nahm sie immer an, dass es eine Frau war, die aus Hass, Eifersucht oder so gehandelt hatte. Wieso dachte sie nicht in eine andere Richtung?

Vielleicht war es Philipp Stone. Was läge näher, als einen Konkurrenten im Wahlkampf aus dem Weg räumen zu wollen? So waren gleich mehrere Probleme beseitigt. Kein Rivale bedeutete keinen teuren Wahlkampf mehr und zudem bessere Umfragewerte. Allerdings hatte das Ganze auch einen Knackpunkt. Und der lag darin, dass sich Margret bei all ihrer Fantasie nicht ausmalen konnte, wie Stone es gelungen sein sollte, Robert zu vergiften.

Ehe sie sich tiefer in ihre Gedanken vergraben konnte, holte sie das Läuten der Ladenklingel aus ihren Überlegungen heraus. Margret sah zum Eingang und musste ein zweites Mal hinschauen, weil sie es erst nicht glauben konnte. Philipp Stone höchstpersönlich stand dort in kleinem Abstand zu ihr und grinste aufgesetzt und falsch – ganz der Politiker. Nach Lucindas Erzählungen und all den Entdeckungen der letzten Tage fand sie ihn nun noch erbärmlicher.

„Schönen guten Tag, Miss Pagnum. Ich hoffe, Sie sind wieder wohlauf und konnten sich ein wenig nach dem bedauerlichen Vorfall neulich erholen?", eröffnete Little Maines Bürgermeister die Konversation. Wie bestellt und nicht abgeholt stand er in einem abermals zu engen anthrazitfarbenem Anzug wie ein Pinguin da und glotzte sie interessiert an.

„Hallo, Bürgermeister. Danke der Nachfrage, es geht mir um einiges besser.“

„Das freut mich zu hören“, sagte er.

Es klang jedoch nicht wirklich ehrlich und Margret setzte noch nach. „Obwohl ich zugeben muss, dass ich die ganze Sache mit Roberts plötzlichem unerwarteten Ableben sehr eigenartig finde. Aber das ist wahrscheinlich nur mein persönliches Empfinden, oder?“

Sie hoffte, etwas in Stones Gesicht zu lesen, das ihr einen Anhaltspunkt dafür lieferte, dass sie mit ihrer Theorie richtig lag. Sie musste aber feststellen, dass sich nichts in dem Mann vor ihr rührte. Keine einzige Emotion schien von ihm auszugehen und kein Muskel bewegte sich. Stattdessen sagte er ganz beiläufig: „Es war für uns alle ein Schock. Little Maine hat einen wertvollen Bürger verloren.“

Margret nahm ihm kein Wort ab. Es stank für sie zum Himmel. Bevor sie jedoch zu ihrem nächsten Schlag ausholen konnte, kehrten Mildred und Benjamin mit einem Bündel zusammengesuchter Blumen zurück.

„Oh, Herr Bürgermeister“, kam es freudig über Mildreds Lippen, als sie Little Maines Oberhaupt erblickte und wieder unkontrolliert blinzelte. „Ihre Bestellung ist schon fertig. Wenn Margret nichts dagegen hat, kassiere ich Sie eben schnell ab und kümmere mich dann um den Strauß der beiden“, sagte sie und guckte dabei fragend in Margrets Richtung.

„Meinetwegen“, entgegnete diese und zuckte die Schultern. Es war ihr egal.

Mildred verschwand für einen Moment in das hintere Zimmer und kehrte mit einem opulenten Strauß

Lilien zurück, den sie Stone überreichte. Dieser bedankte sich und schien ein wenig Röte im Gesicht zu haben, als Margret ihn ansah, während er die Blumen entgegennahm und zahlte. Zusätzlich zum Strauß gab Mildred ihm eine einzelne Blüte, die er sich in eines der Knopflöcher des Jacketts steckte. Dann verabschiedete er sich und war so schnell wieder verschwunden, wie er gekommen war.

„Ach, er ist einfach goldig", himmelte Mildred plötzlich den Mann an, den Margret nicht unbedingt zu ihren Lieblingen zählen würde. „Jede Woche holt er drei Sträuße. Dienstags Tulpen, donnerstags Lilien und samstags Rosen. Und passend dazu hat er immer eine der jeweiligen Blumen an seinem Anzug stecken. Man kann die Frau Bürgermeisterin wahrhaftig beneiden. Welcher Ehemann ist schon so aufmerksam und verwöhnt seine Angetraute so großzügig?" Die Blumenverkäuferin schwärmte weiter.

Wenn sie wüsste, dachte sich Margret und sagte: „Ja, Conny kann sich wirklich glücklich schätzen." Anschließend bezahlte sie den von Benjamin ausgesuchten Blumenstrauß und sie verließen den Laden.

Der Friedhof lag nicht weitab vom Marktplatz. Nur knapp fünfhundert Meter hinter der Kirche auf der gegenüberliegenden Straßenseite, befand er sich hinter einer sandsteinernen Mauer.

Little Maines letzte Ruhestätte war nicht wie andere Friedhöfe. Auch dort hatte man sich Gedanken dazu gemacht, wie man diesen Ort gestalten konnte, sodass er ins Stadtbild passte. Statt Tristesse strahlte er eine wohlige Wärme aus und lud zum Verweilen ein. Nachdem man durch das von einem Bogen umrahmte große Tor kam, gelangte man in eine verwunschene Parkanlage. Obwohl die Weiden und andere Bäume symmetrisch angelegt waren, wirkte es trotzdem wild und frei wie im Stadtpark. Alles war gepflegt. Über weiße Schotterwege flanierte man zwischen den Gräbern, die ihrerseits mit viel Hingabe gestaltet worden waren. Inmitten des Friedhofs stand ein runder Springbrunnen, um den fünf Bänke kreisförmig angeordnet waren. An ruhigeren Stellen hatte man Pavillons erbaut, an denen sich Efeu oder andere Rankgewächse hochzogen. Alles wirkte sauber und ordentlich, sodass man nie ein Gefühl der Unbehaglichkeit empfand. Margret legte den Arm um die Schultern ihres Neffen und sie gingen zum Grab der Großeltern, wo Benjamin die Blumen niederlegte. Nach einer Schweigeminute löste sich der Junge von ihr und wollte sich noch ein bisschen umschauen.

So hatte Margret wieder Zeit, in sich zu gehen. Durch die Begegnung mit Philipp Stone waren die Erzählungen von George bestätigt worden. Auch Mildred untermauerte mit ihrer Schwärmerei für den Bürgermeister die Tatsache, dass dieser regelmäßig drei Sträuße an festen Tagen abholte. Allerdings waren diese für seine Affären und nicht für Mrs. Stone, was den knubbeligen Mann weiter in Margrets Ansehen sinken ließen, sofern das überhaupt noch möglich war.

Diese Welle und Masse an neuen Informationen überfluteten sie geradezu. Sie wusste nicht mehr, wo ihr der Kopf stand. Darum löste Margret sich von ihren Gedanken und suchte Benjamin, um den Heimweg anzutreten.

Kapitel 15

Als Margret und Benjamin gegen halb acht den gewohnten Weg zum Cottage entlanggingen, brannte in den meisten Häusern bereits das Licht, da der Himmel wolkenverhangen war. In Little Maine ging alles seinen routinierten Gang. Wahrscheinlich saßen die Familien zu dieser Zeit beisammen, aßen zu Abend oder ließen den Tag ausklingen. Margret mochte diese leichte Eintönigkeit. Sie schenkten ihr das Gefühl von Ruhe und Sicherheit.

Sie bogen nach Verlassen der Neubausiedlung auf den Feldweg ein, den sie bisher immer gegangen waren und lauschten den letzten Gesängen der Vögel. In der früher eingesetzten Dämmerung konnte man gerade noch durch das Geäst der Bäume schauen. Vereinzelt spendeten Laternen etwas Licht zur Orientierung, doch der Großteil der Umgebung war bereits in verschiedene Grautöne getaucht. Keiner der beiden fürchtete sich, immerhin waren sie in Little Maine und nicht in einer Großstadt. Plappernd und kichernd folgten sie ihrem Weg, als plötzlich ein knackendes Geräusch zu vernehmen war, sodass sie abrupt anhielten.

„Ist das wieder dieser George, Tante Margret?" Benjamins Blick huschte hin und her, er suchte genauso wie sie den Ursprung dieses nicht in die Umgebung passenden Lautes, die eigentlich von einer fröhlichen Melodie erfüllt war.

„Ich denke nicht. George ist immer im Stadtpark", erklärte sie ihm.

„Ich habe Angst. Lass uns schnell weitergehen." Dem Jungen war nicht wohl.

Auch ihr behagte die Lage nicht. Sie beobachtete jeden Winkel um sie herum. Die vorher wohlig warme empfundene Luft fühlte sich plötzlich kalt und klamm an. Da sie nichts ausfindig machen konnte, nahm sie Benjamin an die Hand, um weiterzugehen.

Mit schnelleren Schritten setzten sie ihren Weg fort und sahen immer wieder nach hinten, von woher sie das Knacken vermuteten. Es war nichts zu sehen. Stattdessen bildete sich Margret ein, Schritte zu hören. Sie waren ganz leise und rhythmisch, doch sie waren da. Es war ihr unmöglich, auszumachen, aus welcher Richtung sie kamen. Das verleitete sie, zügiger zu gehen. Ihr Herz schlug wild und Benjamins nasskalte Hand in ihrer zeigte ihr, dass auch er sich Sorgen machte, jedoch nichts sagte.

Die Abstände zwischen den Laternen wurden größer und das Schwarz nahm zunehmend mehr Raum ein. Es war nicht mehr weit bis nach Hause, doch noch waren sie nicht am Ziel, was das Ganze nicht besser machte. Das Gefühl, verfolgt zu werden, stieg weiter an und ließ die leicht aufkommende Angst ebenso in Margret wachsen. Die Schritte kamen erschreckend nahe. Ihre Augen huschten nach links. Nach rechts. Nach hinten und dann nach vorne. Da schoss völlig unerwartet etwas von der Seite aus einem Gebüsch herbei.

Benjamin schrie erschrocken auf, als es auf einmal knallte.

Es war kein akustischer Knall, sondern vielmehr ein gefühlter, bei dem man mit etwas oder jemanden zusammenstieß. So wie Margret gerade, und zwar mit einer Person, die sie am allerwenigsten in diesem Moment hier erwartet hätte.

„Um Himmels willen! Lourdes! Du hast uns fast zu Tode erschreckt!", stieß Margret lauthals aus und rappelte sich unbeholfen auf. Sie warf der frischen Witwe einen finsteren Blick zu und klopfte ihre Kleidung ab.

„Tut mir leid", gestand Cains Frau und zeigte tatsächlich so etwas wie Reue in ihrem Gesicht. Dieser Ausdruck verflüchtigte sich schnell und ihre steinerne Miene kehrte zurück, die man von ihr gewohnt war. „Wir müssen reden." Es war keine Bitte, sondern vielmehr eine Aufforderung, die keinerlei Widerrede duldete. Irgendwie schien es ihr ernst zu sein, aber Margret erinnerte sich an ihre letzte Begegnung.

„Ich wüsste nicht, was wir noch zu bereden hätten, nachdem du mich so freundlich hinausgebeten hast, Lourdes."

„Verübeln kann man es mir nicht, nachdem, was du mir an den Kopf geworfen hast", konterte Roberts Witwe barsch. Sie war erregt und besann sich darauf, tief ein- und auszuatmen. „Bitte", sagte sie dann knapp. Die harte Geschäftsfrau legte den Kopf schief, ihr Blick blieb allerdings eingefroren und kalt.

Margret, die gleichzeitig dabei war, Benjamin zu trösten, überlegte kurz, ob sie dieser Frau einen weiteren Moment ihrer Zeit schenken sollte. Prinzipiell hätte sie Nein gesagt, doch ihre Neugierde, warum gerade Lourdes Cain mit einer Bitte auf sie zukam, überwog. „Also schön. Was gibt es so Wichtiges, dass du meinen Neffen und mich in der Dämmerung verfolgst, um mit mir zu reden?"

Sie reckte das Kinn und versuchte, der deutlich größeren Frau stark entgegenzutreten. Benjamin stand nah bei ihr und beruhigte sich im Arm seiner Tante.

„Die Polizei war bei mir. Also dieser Inspector Smith. Er wollte wissen, ob ich mir vorstellen könnte, dass Robert Opfer einer Gewalttat gewesen sein könnte. Sprich Mord. Du hast nicht zufällig deine Finger da im Spiel gehabt?" Ihre Stimme sprang zwischen Sorge und Vorwurf hin und her, verriet jedoch keinerlei Zittern, Unsicherheit oder Angst.

„Wieso sollte ich damit etwas zu tun haben?", tat Margret unschuldig.

„Mhhh", murmelte Lourdes abfällig. „Na, immerhin hast du mir vorgeworfen, ich hätte meinen Mann des Geldes wegen umgebracht und bist in meiner Abwesenheit in mein Haus eingebrochen."

„Und deswegen tigerst du in der Dunkelheit herum und überrennst uns, statt einfach bei mir zu klingeln? Wie ich der Polizei schon sagte, wollte ich nur ein Erinnerungsfoto von Robert haben."

„Völliger Quatsch, Margret", wehrte Lourdes die Frage ab und fand zu ihrer gewohnt bissigen Art zurück. „Halte mich nicht für dumm. Ich bin keiner deiner kleinen Schüler. Glaubst du wirklich, ich hätte nicht bemerkt, dass meine Briefe aus meinem Nachttisch fehlen?"

Das ließ Margret hellhörig werden und ihr Blick schnellte zu dem von Lourdes, die sie nach wie vor grimmig anstarrte. „Ach, sind die also alle von dir gewesen? Das ist ja äußerst interessant." Ihr Gehirn ratterte bereits wieder und sie fügte einzelne Puzzleteile zusammen.

„Natürlich waren die von mir. Von wem denn sonst?", hakte Lourdes streng nach und funkelte Margret weiter an.

Roberts Witwe hatte keinen Schimmer, dass ihr verstorbener Mann anscheinend mehrere Liebschaften gepflegt hatte. Und Margret würde einen Teufel tun und es ihr direkt unter die Nase reiben. Verstohlen sah sie kurz zur Seite und kräuselte die Lippen. Das schien Lourdes zu provozieren und sie kam einen Schritt auf sie zu.

„Du weißt doch etwas. Sag schon. Oder ...", warnte sie Margret mit erhobenem Zeigefinger.

„Oder was, Lourdes? Willst du mir drohen? So wie deinem Mann? Damit wäre ich vorsichtig", keifte Margret zurück. Sie verfiel wieder in ihr altes Muster und musste sich zügeln. Nicht, dass die Situation erneut eskalierte. Wie zwei Löwinnen, die um die Beute für ihre Jungen rangen, stierten sie sich an.

„Ich habe den Drohbrief gefunden. Die Polizei würde den sicherlich gern haben. Der lag auch in deinem Nachttisch. Bei *deinen* Briefen."

Lourdes Augen wurden so groß wie Tischtennisbälle und ihr stand der Mund für den Bruchteil einer Sekunde offen, ehe sie zu alter Haltung zurückfand. „Der ist nicht von mir", sagte sie schließlich geradeaus. „Ich weiß nicht mehr, wann es war, aber eines Tages lag dieses Teil in unserer Post. Kein Empfänger, weshalb ich den Umschlag geöffnet und diese aufgeklebten Schnipsel gesehen hatte. Ich hatte es für den schlechten Witz eines unzufriedenen Kunden von mir gehalten und den Brief deswegen in meine Schublade gelegt. Robert sollte sich nicht unnötig Sorgen machen. Du weißt ja selbst, wie er bei so etwas reagiert hätte. Und nach Drama war mir so gar nicht zumute. Ich habe dir von unserem Eheleben erzählt, wie du weißt."

Ihre Worte klangen aufrichtig und ehrlich oder sie war eine gute Lügnerin, was Margret nicht ausschloss. Hatte sie sich am Ende mit Stone zusammengetan, um ihren Ehemann loszuwerden? Es hätte sich für beide gelohnt. Sie würde ordentlich erben und das Haus verkaufen. Mit diesem Geld würde sie ihrem Lover aushelfen können und der könnte ihr sonst was versprochen haben. Allerdings sah Margret ein, dass das womöglich arg an den Haaren herbeigezogen war.

Dann kam ihr ein anderer Gedanke und sie merkte, dass Lourdes gar nicht so weit gedacht hatte wie sie. Auch für den Fall, dass es dämlich war, wagte sie sich vor. „Hatte Robert Feinde? Ich meine, gab es denn jemanden, der nicht dir, sondern vielmehr ihm diesen Brief geschickt hatte?"

Lourdes ließ die Frage ein wenig auf sich wirken und begriff, worauf Margret hinauswollte. „Willst du etwa behaupten, dieser Brief war gar nicht an mich gerichtet, sondern eine Warnung oder Drohung an Robert?" Lourdes sah sie mit in Falten gezogener Stirn an. Den Hohn in ihrer Stimme konnte sie nicht verbergen. Genauso wie Inspector Smith hielt Roberts Frau sie für eine Fanatikerin, die sich nicht mit der Realität abfinden wollte.

Statt etwas zu entgegnen, presste Margret die Lippen aufeinander und nickte.

„Mach dich nicht lächerlich, Margret. Wer sollte so etwas tun? Mal ganz im Ernst. Jeder in Little Maine konnte diesen immerzu positiven Mann leiden. Dem würde doch niemand etwas antun …“, sagte Lourdes und ebbte ab.

Ihr Blick ging in die Ferne. Sie wirkte auf einmal nachdenklich und ihrer Mimik nach zu urteilen, überlegte sie schwer. Dann sah sie Margret wieder an. „Wie dem auch sei. Da ist nichts. Da war auch nichts und da wird auch in Zukunft nichts sein. Hast du mich verstanden?“ Margret guckte sie an, sagte nichts. „Und jetzt würde ich dir vorschlagen, mit diesem Unfug aufzuhören. Sonst zeige ich dich doch noch wegen Einbruchs und Diebstahls an. Kommt sicher nicht so gut, wenn eine von Little Maines Grundschullehrerinnen angezeigt ist.“

Es war der Witwe ernst, sodass Margret einfach nickte, um endlich Ruhe von dieser Frau zu haben.

Sie lösten sich voneinander und so unerwartet, wie sie aufeinandergestoßen waren, so schnell gingen sie ihrer Wege. Doch ehe sie sich zu weit entfernt hatten, verharrte Margret, Benjamin noch immer umarmt, und sah nach, ob ihre plötzliche Begegnung schon weg war. Da erblickte sie Roberts Frau noch. „Lourdes!“, rief sie, sodass sich die Angesprochene umdrehte. „Du wolltest gar nicht mit mir reden, stimmt’s? Das war nur eine Ausrede“, sagte Margret klar und deutlich an Lourdes gewandt, die ihre Äußerung müde abwinkte und kopfschüttelnd davon spazierte.

Margret war sich sicher, dass diese ätzende Frau nicht nach Hause oder zu ihr wollte. Vielmehr freute sich Lourdes auf den Strauß Lilien, den Margret heute

Nachmittag bei Mildred zu Gesicht bekommen hatten. Anscheinend hatten das Liebespaar sein Treffen in die Abendstunden verlegt und sie waren der Umherschleichenden dummerweise über den Weg gelaufen.

Kapitel 16

Als sie wenig später am Cottage ankamen, wartete Elisabeth bereits vor der Haustür und stützte sich an ihrem Gehstock ab. Wegen des Aufeinandertreffens mit Lourdes hatte Margret vollkommen die Zeit vergessen, weshalb sie nun einige Minuten zu spät waren. Aus der Entfernung pfiff und winkte sie ihrer älteren Freundin zu, die die Geste erwiderte. Bei ihr angelangt, suchte Margret den Schlüssel und öffnete ihnen die Tür.

„Das müssen wir dir erzählen, Beth", schnaufte Margret nach dem langen Fußmarsch, als sie sich mit Wangenküsschen begrüßt hatten.

Direkt darauf begab sie sich in die Küche, stellte Teewasser auf und brachte ein paar Snacks zum Couchtisch. Der Mix aus Nüssen, Chips, Schokolade und Gemüsesticks war definitiv nicht die ausgewogenste Kost, die man ein Abendbrot nennen konnte. Doch Margret wollte und musste dringend alles loswerden, was sie heute zusammen mit Benjamin erlebt hatte. Drum schilderte sie Elisabeth in allen Einzelheiten, was sie von George im Stadtpark erfahren hatten. Auch, dass sich diese Informationen bei Mildred im Blumenladen tatsächlich bewahrheitet hatten. Den Zwischenfall mit Lourdes sparte sie sich für den Schluss auf.

„Ach du liebe Güte. Kein Wunder, dass ihr zwei so durch den Wind seid", kommentierte Elisabeth das Erzählte.

„Du hättest mal die Augen von dieser Frau sehen müssen, Beth. Die war voll gruselig und echt fies", kam es von Benjamin. Margret und Elisabeth mussten lachen und der Junge stieg mit ein. Nach einer Weile wurden sie wieder ruhig und starteten den Film. In guter alter Manier war auch dieser Krimi in Schwarz-weiß. Ein Klassiker, wie Margret ihrem Neffen erklärte: *Mord im Orientexpress*, einer von ihren Lieblingen. Genüsslich knabberten sie die Snacks weg und schauten gebannt auf den Fernseher. Nach Ende des Films war Benjamin eingeschlafen, weshalb Margret ihn sanft weckte, um ihn nach oben in sein Zimmer zu bringen. Beim Hinterhergehen musste sie wieder feststellen, was für ein guter Junge er war. Sie genoss es sehr, ihn hier zu haben.

Wieder unten angekommen, hatte Elisabeth in der Zwischenzeit alles weggeräumt – selbstverständlich nur nach nebenan in die Küche – und ihnen einen Rotwein eingegossen. Margret setzte sich zu ihr auf die Couch.

„Also, meine Liebe. Wie geht es jetzt weiter?"

Die Frage war berechtigt, wenn Margret ganz ehrlich zu sich sein sollte. Im Grunde genommen war sie kaum vorwärtsgekommen. Stattdessen hatte sie neue Fässer geöffnet und in Wespennester gestochen. Sie genehmigte sich einen großen Schluck des Bordeaux, den ihre Freundin aus dem Regal gewählt hatte. Deren Vorliebe für Frankreich wurde dadurch wieder einmal mehr bestätigt.

„Ich weiß es doch auch nicht, Beth. Allmählich glaube ich, dass ich womöglich wirklich falschgelegen habe und mir diesen Mord nur wünsche, um einen Schuldigen für Roberts Tod zu haben."

„Was sind denn das für Töne?", fragte Elisabeth überrascht. Sie stellte ihr Glas ab und verschränkte die Arme. „Das klingt so gar nicht nach meiner Maggie, die vorlaut und unverbesserlich ist. Die Maggie, die ich kenne, gibt niemals so schnell auf", stellte sie klar. Danach wurde ihr Blick weicher. „Wo liegt das Problem?"

Margret schluckte. Dann setzte sie an. „Dass ich viele Indizien habe und trotzdem keinen Schritt vorankomme. Da denk ich, ich hätte eine Idee und dann kommt irgendetwas dazwischen oder etwas wird widerlegt. Mal ganz davon abgesehen, dass die Polizei mir nicht zuhören will und denkt, ich verrenne mich da in etwas."

„Noch mal. *Meine* liebe Margret Pagnum steckt nicht so schnell den Kopf in den Sand. Dass die Polizei dir gar kein Gehör schenkt, stimmt auch nicht. Anscheinend denkt dieser Inspector Smith über deine Theorie nach oder warum sonst ist er bei Lourdes gewesen?" Elisabeth beugte sich zu Margret und lächelte. „Lass uns noch einmal alles aufschreiben und sehen, was wir so haben", ermunterte sie ihre Freundin weiter.

Gemeinsam notierten sie jedes noch so kleine Detail, das sie wussten. Parallel checkte Margret ihre E-Mails und hatte doch glatt schon die Unterlagen von Lucinda erhalten! Ihre Kollegin aus der Suppenküche war schlau gewesen, bemerkte Margret, denn sie hatte anscheinend alles abfotografiert und über ihre private E-Mail an sie geschickt. Als sie mehrere Blätter Papier vollgeschrieben hatten, betrachteten sie ihr Werk.

„Da haben wir Roberts Frau Lourdes, die eine erhebliche Summe von der Lebensversicherung ihres verstorbenen Ehemannes erhält und sowieso kein gutes Haar an ihm lässt. Das verhasste Haus wird sie zeitnah veräußern. Dazu hat sie auch noch eine Affäre mit Stone am Laufen und droht dir dich anzuzeigen, wenn du weiterhin Nachforschungen anstellst, vor allem, was diesen Drohbrief angeht, den sie angeblich für an sich adressiert gehalten hat", fasste Elisabeth zusammen und sah Margret dabei an.

„Also ein Motiv hätte sie definitiv und als seine Ehefrau hatte sie viele Möglichkeiten, ihm das Gift unterzumischen", stellte Margret fest. „Aber irgendwie bin ich mir nicht sicher. Was denkst du denn über Constance?"

„Little Maines reiche Schönheit ist für mich diejenige, die am wenigstens infrage kommt, wenn ich ehrlich sein soll. Zum einen hatte sie ein Techtelmechtel mit Robert und zum anderen denke ich, dass sie trotz ihrer Kälte und dem Kalkül, die sie an den Tag legt, nicht aus Gier oder Rache jemanden umbringen könnte. Das würde sie andere für sich tun lassen."

Margret musste zugeben, dass es Sinn ergab. Sie konnte dieses reiche Miststück zwar nicht leiden, aber zu einem Mord war Constance auch ihrer Ansicht nach nicht in der Lage. Zumindest, wenn alles stimmte, was sie Margret im Café gesagt hatte.

„Bleibt also nur noch unser werter Bürgermeister, der aller Wahrscheinlichkeit nach seinen größten Konkurrenten ausgeschaltet haben wollte, um einen klaren Sieg einzufahren", konstatierte Elisabeth.

„Das sehe ich auch so. Außerdem hat er mit der Frau von Robert ein Verhältnis und vielleicht wollte er sie ganz für sich. Womöglich weiß Stone von dem Geld der Versicherung und wittert seine Chancen. Und Lourdes ist ihm schließlich nicht abgeneigt, wie wir von George erfahren haben. Womöglich stecken die zwei unter einer Decke und sie hat sich vorhin nur unwissend gegeben, was den Drohbrief anging. Der könnte ja von Stone sein und sie hat ihn nach einem ihrer Dates mit nach Hause genommen, um ihn noch Robert zu zeigen. Eventuell hat sie es ja auch getan und Robert hat sich über den Brief lustig gemacht", sprach Margret nun endlich die Gedanken aus, die sie nach der Begegnung mit Lourdes gehabt hatte.

„So könnte es abgelaufen sein, Aber …", überlegte Elisabeth und hielt inne. Sie blätterte die Aufzeichnungen durch und fand, was sie suchte. „Aber dann macht der Inhalt des Briefes keinen Sinn. *Das wirst du büßen.* Das klingt für mich, als hätte Robert etwas getan, was jemand anderem Steine in den Weg gelegt oder anderweitig geschadet hat. Hier klingt es nicht nach einer Drohung, um seinen Mitstreiter einzuschüchtern. Und wir haben da ja noch die Briefe von dieser Unbekannten."

Die hatte Margret vollkommen vergessen. Die von Liebe durchtränkten Bekundungen einer Frau, mit der Robert ebenfalls etwas gehabt hatte. „Meinst du, dass diese Briefe von der Fremden mit der Drohung zusammenhängen könnten, Beth?"

„Entweder das oder Stone ist wirklich unser gesuchter Mann. Vielleicht stecken auch alle unter einer Decke? Oder es gibt noch jemanden, den wir bisher gar nicht auf dem Radar haben?"

Es war frustrierend. Sie hatten es scheinbar mit einer reichen Lügnerin, einem von Hass und Gier getriebenen Liebespaar oder zwei weiteren Unbekannten zu tun. Margret leerte ihr Glas in einem Zug. Deprimiert stellte sie das Glas ab und begleitete Elisabeth zur Tür, da sie in den vergangenen Minuten mehrfach gegähnt hatte.

Nach dem Abschied räumte Margret auf und kam nicht umhin, nachzudenken. Sie kannte diesen Ort besser als ihre Heimat London. Hatte sie zumindest gedacht. Die vergangenen Tage hatten ihr gezeigt, dass dem anscheinend nicht so war. Durch ihre Recherche erfuhr sie nach und nach mehr über Little Maines Bewohner, die sie geglaubt hatte zu kennen. Es war zum Verzweifeln, sagte sie sich und stellte das Geschirr in die Maschine, die sie dann einschaltete. Nach einem Schluck Wasser machte sie sich bettfertig und starrte grübelnd an die Decke ihres Schlafzimmers. Trotz der Hürden, die es noch zu meistern galt, schöpfte sie neuen Mut. Elisabeth hatte recht. Sie war Margret Pagnum – so einfach würde sie nicht aufgeben! Immerhin hatten sie Berge von Informationen gesammelt und irgendwo in diesem Wust verbarg sich die Antwort, die nur von ihnen gefunden werden wollte.

Kapitel 17

„Wow! Das ist echt voll cool!" Benjamin kam aus dem Staunen nicht mehr heraus und das aus gutem Grund: Little Maine Castle war eine wahre Augenweide. Schon allein aus der Entfernung beeindruckte es und erst recht, wenn man davorstand. Malerisch thronte es auf dem Hügel und wirkte im Sonnenlicht majestätisch. Die sechs Wachtürme waren alle in tadellosem Zustand und demonstrierten die Macht, die dieses Gebäude früher einmal gehabt haben musste. Seit über siebenhundert Jahren beherrschte es die Landschaft in dieser Gegend. Lange Zeit eine angelsächsische Festung, diente sie in der Zeit der Rosenkriege als Unterschlupf für Anhänger der Yorks. Im Laufe der Jahrhunderte war sie als Sommerresidenz oder Zufluchtsort genutzt worden. Erst im neunzehnten Jahrhundert hatten dort dauerhaft Dukes und andere Adelige gelebt und regiert, bis diese sie aufgrund von Finanzproblemen verloren hatten und das Schloss fortan verlassen war. Einige Jahrzehnte später brachte es die Familie Rutherford in ihren Besitz. Dadurch legitimierte sie sich lange Zeit einen erheblichen Einfluss auf die Region, wo in der Mitte des vorletzten Jahrhunderts Little Maine offiziell gegründet und erbaut wurde.

Wie Margret bereits einige Tage zuvor angekündigt hatte, machten Margret, Benjamin und Elisabeth zusammen diesen Ausflug zu einer der Sehenswürdigkeiten der Stadt. Dieses Mal waren sie allerdings nicht zu Fuß gegangen. Elisabeth war mit ihrem E-Bike den beiden anderen, die auf der wilden Lucy saßen, hinterhergefahren. So mussten sie lediglich den Weg zum Schloss aus eigenen Kräften zurücklegen, was Margret ganz lieb gewesen war. Die vergangenen Tage hatten es in Sachen Bewegung in sich gehabt. Nicht nur das, sie waren auch von zahlreichen Fragen und Rätseln geprägt gewesen, doch um diese würde sich die muntere Lehrerin nach ihrem Ausflug kümmern.

Da Freitag war, konnten sie kostenlos das Schlossgelände betreten. Um mehr Reisende zu locken, die dann womöglich auch die Straßen und Gassen der kleinen Stadt durchstöbern würden, hatte sich die Familie Rutherford darauf eingelassen, einen Tag gratis Zugang zu ermöglichen. Und da Margret Constance keinen müden Penny in den Rachen werfen wollte, hatte sie sich diesen Tag für den Ausflug hierher ausgesucht. Selbstverständlich hätte sie auch Eintritt bezahlt, nur um Benjamin eine Freude zu bereiten.

Staunend standen sie nun vor dem imposanten Schlosstor, das zeitgleich als Hängebrücke diente. Die meterhohen Mauern beeindruckten nicht nur ihren Neffen, sondern auch Elisabeth und sie, obwohl sie den Bau alter Zeiten schon so lange kannten. Gemeinsam durchschritten sie das Tor und gelangten in den Innenhof, der Einblick in das frühere Alltagsleben der Menschen gab. Neben einem Brunnen fand man Ställe für Vieh und Pferde vor und auch eine schlosseigene Schmiede, die zu großen Teilen erhalten und aufgearbeitet worden war. Anhand eines Lageplans machten die drei einen Rundgang durch das Schloss, in dem ein Raum den anderen übertraf und Benjamins Augen immer größer wurden.

Die Abwechslung tat gut, stellte Margret fest. Zwar konnte sie nicht vollends abschalten, aber ihr Kopf kam ein wenig zur Ruhe. Sie erinnerte sich an einen anderen Ausflug, den sie mit Robert hierher gemacht hatte und lächelte. Er fehlte ihr.

Am Ende ihrer Tour kamen sie zum Bergfried, dem höchsten Gebäude von Little Maine Castle. Mit fast dreißig Metern ragte er in die Höhe. Die drei erreichten nach einem anstrengenden Treppenmarsch das obere Ende des Turms, von wo aus man in alle Himmelsrichtungen einen atemberaubenden Blick genoss. Little Maine wirkte von hier winzig, aber immer noch wunderschön. Nichts von dieser Idylle ließ erahnen, dass erst vor wenigen Tagen dort unten auf dem Marktplatz Robert Cain durch Fremdeinwirken zu Tode gekommen war. Und auch wenn ihr niemand Glauben schenken wollte, war Margret davon überzeugt, herauszufinden, wer dafür verantwortlich war.

„Tante Margret, komm mal her!", rief Benjamin sie zu sich, als er an einer der Mauern oben auf dem Bergfried stand.

„Was ist denn?", fragte sie, während sie gemächlich zu ihm trottete. Sie ahnte, worin das enden könnte, als sie sah, dass der Junge sein Handy aus der Tasche holte.

„Machst du ein Foto von mir mit der Stadt im Hintergrund? Ist ganz einfach. Du musst nur auf den dicken weißen Knopf drücken", erklärte Benjamin ihr und reichte ihr sein Smartphone.

Selbst besaß Margret ja keines dieser Dinger und war dementsprechend unbedarft in der Handhabung des Gerätes. Benjamin posierte lässig an der Mauer und sie knipste ihn einige Male. Es funktionierte.

„Und jetzt ein paar im Querformat. Dreh dafür das Handy seitlich!", rief er ihr aus der Entfernung zu.

Sie folgte etwas holprig und zittrig seinen Anweisungen, wusste aber nicht wirklich, wie sie das Telefon richtig halten sollte, und verrenkte dabei fast ihre ungeübten Finger. Das Handy fühlte sich unhandlich an und sie hatte Mühe, es nicht fallen zu lassen.

„Bist du bereit?", fragte sie ihn schließlich, als sie das Smartphone halbwegs sicher in ihren Händen hielt. Der Junge nickte und Margret war dabei, auf den besagten weißen Knopf zu drücken. Allerdings traf sie eine andere Stelle, sodass sich plötzlich der Bildschirm veränderte und sie das Gerät vor Schreck beinahe zu Boden donnern ließ.

„Ohohoh", stammelte sie aufgeregt. In letzter Sekunde konnte sie das Telefon gerade noch davor bewahren, ein tragisches Ende zu nehmen, und umklammerte es fest mit ihren dicklichen Fingern. Sie hatte keinen blassen Schimmer, was passiert gewesen war, aber irgendwie zeigte das Display mehrere Fotos. Margret war sicher, in eine Art Fotogalerie gesprungen zu sein. Da sie die privaten Bilder ihres Neffen nichts anzugehen hatten, versuchte sie diese wieder zu verlassen, um das gewünschte Foto im Querformat zu machen.

„Alles gut, Tante Margret? Oder soll ich dir helfen?", erkundigte sich der Junge.

„Nein, nein. Passt schon", erwiderte sie schnell und unternahm mehrfach den Versuch, durch Drücken und Wischen zur Kamera zurückzugelangen. Schließlich machte Benjamin immer solche Bewegung, wenn er mit dem Gerät hantierte.

Und plötzlich unterbrach sie ihr Tun, weil sie etwas sah. Es war nichts Weltbewegendes und doch erregte es ihre Aufmerksamkeit. Konzentriert schaute Margret genauer hin, und es begann in ihrem Kopf erneut zu rattern. Sie brauchte die Hilfe ihres Neffen. „Benjamin? Magst du vielleicht doch einmal herkommen? Ich habe hier, glaube ich, etwas gemacht, was nicht richtig ist." Der Junge kam zu ihr.

„Was ist denn passiert?"

„Kann man das auch größer machen?", wollte sie wissen und gab ihm sein Handy.

Benjamin nahm es entgegen und bejahte ihre Frage. Dann vergrößerte er das Foto und reichte es ihr wieder. Nun konnte Margret alles genauer sehen.

Es handelte sich um ein Foto vom Backwettbewerb. Benjamin hatte während der gesamten Veranstaltung Bilder vom Event gemacht, um eine Erinnerung daran zu haben. Auf dem vorliegenden Foto sah man die Backstationen, an denen sich die Kandidaten aufgestellt hatten. Um sie herum scharrten sich die Menschen, damit sie alles ganz genau mit ansehen konnten. Alles erstrahlte in knalligen Farben und war gestochen scharf, auch der Teil, der am meisten Margrets Beachtung geschenkt bekam. Neben den Backstationen stand jemand, den man immer und überall sah, wenn es um große Ereignisse ging und der es sich nicht nehmen lassen würde, stets abgelichtet zu werden. Ob bewusst oder unbewusst. Hier traf Letzteres zu. Philipp Stone unterhielt sich angeregt mit dem Moderator Luis Porter. Aber das war es nicht, was Margret stutzen ließ. Vielmehr war es ein Knopfloch in seinem Jackett und das, was darin steckte.

„Beth. Schnell! Komm mal", krächzte sie und klang aufgeregt. Ihre Freundin folgte ihrer Bitte und ließ sich zeigen, was Margret gerade gesehen hatte.

„Denkst du auch, was ich denke?", fragte sie Elisabeth gleich, als diese bei ihr war. Nach kurzer Überlegung nickte diese und Margret fühlte sich in ihrer Annahme bestätigt. „Dann weiß ich, wo wir jetzt hingehen."

Nur knapp eine halbe Stunde nach ihrer Entdeckung öffnete sich die Tür und es läutete im Laden von Mildred Bloom, die gerade dabei war, einige Sträuße zu binden. In einer der hinteren Ecken stand Pamela und suchte neue Schnittblumen für das Café aus. Auch Conny und Jackie sowie andere Kunden waren im Geschäft und stöberten umher. Mildred legte die Arbeit nieder und schaute zum Eingang.

Margret hatte alles aus Lucy herausgepresst, was ihre treue Gefährtin zuließ, um auf schnellstem Wege zu der herzlichen Blumenhändlerin zu kommen. Nachdem sie das Foto genau betrachtet hatte, war ihr ein kleines Detail aufgefallen, das sie an das Gespräch mit George, dem Landstreicher am gestrigen Tag erinnerte. Mehr als ausführlich hatte er ihnen erzählt, was dienstags, donnerstags und samstags bei ihrer Lieblingsbank vonstattenging, wenn sie selbst nicht dort war. Auch wenn es ihr schwerfiel, die unmoralischen Treffen des Bürgermeisters zu akzeptieren, so waren diese durch

Mildred bestätigt worden. Deshalb war sie nun genau die Richtige, an die sich Margret wenden musste.

„Hallo ihr drei. Schön, euch direkt wiederzusehen", begrüßte die Blumenverkäuferin sie zuvorkommend. „Wie kann ich euch helfen? Ich hoffe, es ist alles mit dem Strauß von gestern in Ordnung?", fragte sie dann.

„Guten Tag, Mildred. Mit den Blumen ist alles bestens", versicherte Margret ihr und grüßte auch Pamela und die anderen Bekannten, die kurz zu ihnen überschauten und winkten. Sodann fuhr Margret fort. „Aber du kannst tatsächlich helfen. Zumindest hoffe ich das."

„Dann lasst mal hören", sagte Mildred und stellte sich aufrechter hin, die Hände vor sich gefaltet.

„Du hast doch gestern gesagt, dass Bürgermeister Stone immer die gleichen Blumensträuße an bestimmten Tagen holt, oder?", begann Margret und bemerkte den kritischen Blick der Verkäuferin. Sie musste aufpassen, sich nicht zu verdächtig zu machen. Mildred könnte meinen, dass sie zu viel über das Privatleben des Bürgermeisters erfahren wolle. Aber sie hatte eine Idee, um diesen Eindruck wettzumachen. „Ich finde diese Tradition richtig schön", gestand sie offenherzig.

„Oh ja. Das ist es", stimmte Mildred zu und lächelte sie wieder blinzelnd an.

„Das mag jetzt vielleicht komisch klingen ...", stammelte Margret und war bemüht, ein wenig beschämt zu wirken, „aber ich würde das auch gern so machen. Also für mich selbst. Allerdings weiß ich nicht mehr, welche Blumen er immer genommen hat."

Mildred lachte auf. „Haha. Ach so. Das kann ich dir sagen. Tulpen, Lilien und Rosen. Wunderschöne Blumen, wenn du mich fragst."

„Mhhhh", machte Margret nachdenklich und die Blumenverkäuferin blickte sie fragend an. „Ach. Ich dachte, er nimmt eine andere", sagte sie ein wenig enttäuscht und lenkte das Gespräch in die gewünschte Richtung.

„Ja?", hakte Mildred nach.

„Ja, irgendwie schon. Die hier finde ich auch richtig hübsch und würde davon gerne einen Strauß haben, wenn es geht. Schau mal." Dann bat sie Benjamin, das entdeckte Foto zu öffnen, um es anschließend der Verkäuferin zu zeigen. Diese betrachtete das Bild ebenso genau wie Margret und bekam mit einem Mal kurz große Augen. Danach schaute sie sie mit einer Mischung aus Entschuldigung und Fürsorge an. „Tut mir leid. Aber diese Blume führe ich nicht."

„Nicht? Warum denn?"

„Was der Bürgermeister da in seinem Jackett trägt, ist Blauer Eisenhut. Eine extrem giftige Pflanze, die ich mir selbst nicht unbedingt zur Dekoration ins Haus stellen würde. Sie ist zwar wirklich schön, aber hat es auch in sich. Ich hatte sie damals im Sortiment, bis das Kind einer Kundin mehrere Blüten gegessen hat und mit Krämpfen und Atemnot ins Krankenhaus gebracht werden musste. Seitdem gibt es sie nicht mehr bei mir zu kaufen", erklärte Mildred ihnen.

„Das muss schrecklich für dich gewesen sein, meine Gute", bekundete Elisabeth ihr Mitgefühl.

Mildred presste die Lippen aufeinander und nickte zustimmend. Dieser Vorfall nagte anscheinend immer noch an der guten Seele, ging es Margret durch den Kopf.

„Dann weiß ich schon mal Bescheid. Ich überlege mir in aller Ruhe zu Hause, welche dritte Blumensorte ich mir stattdessen aussuchen werde. Vielen lieben Dank für deinen kompetenten Rat. Ich wäre ja fast in mein Unglück gelaufen, wenn ich meine Pläne einfach umgesetzt hätte", sagte Margret und verabschiedete sich von der Blumenhändlerin und von Pamela.

„Gern doch. Ich bin gespannt, für was du dich entscheiden wirst."

So traten die drei hinaus und blieben einige Meter weiter entfernt stehen. Dass sie Mildred so schamlos angeschwindelt hatte, um an Informationen zu kommen, tat Margret nun gewissermaßen leid. Gleichzeitig war sie auf einmal ganz hibbelig und nervös. Es war ihr kaum möglich, Ruhe zu bewahren, so sehr brannte es ihr unter den Fingernägeln. Sie beugte sich zu den Beth und Benjamin.

„Meine Lieben, ich denke, ich weiß, womit Robert umgebracht worden ist", flüsterte sie.

Kapitel 18

„Ich weiß ja nicht, ob du da ein wenig übers Ziel hinausschießt, meine Liebe", wandte Elisabeth ein, nachdem Margret ihnen ihre Theorie erläutert hatte. Benjamin empfand die Schlussfolgerungen seiner Tante als durchaus logisch.

Durch das Foto, das sie zufällig in der Mediathek von Benjamins Handy angewählt hatte, und die Auskünfte der liebenswerten Mildred war Margret endlich zu einer sinnvollen Erklärung für Roberts Tod gekommen. „Wieso übers Ziel hinaus? Es ergibt jetzt alles Sinn", wehrte sie sich. „Stone will die Wiederwahl um jeden Preis gewinnen und nutzt Gift in Form dieses Blauen Eisenhuts, um Robert auszuschalten. Dadurch gewinnt er die Wahl, kann mit Lourdes durchstarten und sackt zudem noch eine Menge Geld ein. Der Drohbrief ist wahrscheinlich nie bei ihm angekommen, wenn Lourdes ihn ständig in ihrem Nachttisch hatte. Und als Bürgermeister besitzt Stone viel Einfluss. Ich kann mir sogar vorstellen, dass er Doc Brown irgendwie instruiert oder erpresst hat, nach außen sagen zu lassen, dass ein natürlicher Tod vorlag", fasste sie ihre neuen Schlussfolgerungen zusammen.

„Ich finde, dass Tante Margret recht hat. Dieser Bürgermeister ist ein komischer Typ. Der hat bestimmt Dreck am Stecken."

Elisabeth nahm die verteidigenden Worte Benjamins mit einem Schmunzeln auf und sah dann zu Margret. „Es wäre doch ganz schön dumm oder extrem selbstgefällig, sich die Mordwaffe so provokativ ans Revers zu heften.“

„Beth, bitte. Wir reden hier von Stone und nicht von einem intelligenten Mann mit hohem IQ.“

„Mal angenommen, das stimmt, Maggie. Wie willst du Bürgermeister Stone überführen?“ Elisabeth runzelte die Stirn. „Das wird sicher kein einfaches Unterfangen.“

„Auch dafür habe ich eine klasse Idee. Sie ist zwar unkonventionell, aber gerissen. Und damit sie umsetzbar ist, müssen wir uns schleunigst ans Werk machen. Uns rennt nämlich die Zeit davon. Folgt mir einfach“, erwiderte Margret und lief voraus. Benjamin und Elisabeth eilten ihr im Entenmarsch hinterher.

Genüsslich zog Barbara Mitchell an ihrer Zigarre und ließ den Blick über ihren herrlich angelegten Garten schweifen. Bhavin, ihr indischer Gärtner, leistete hervorragende Arbeit. Sowieso machte er der Bedeutung seines Namens, der Lebende, alle Ehre, wenn man sich in diesem Refugium umsah. Wie einen schnuckeligen Park mit Bänkchen, Springbrunnen und einem niedlichen Pavillon hatte er ihn umgestaltet. Selbst hatte sie kein Händchen für so etwas.

Sie stieß winzige Rauchwölkchen aus und lehnte sich entspannt mit ihrem Whiskey in der Hand in den Liegestuhl zurück, als es läutete. Ein wenig genervt stellte sie das Glas zurück auf den Tisch und begab sich zur Haustür ihres Anwesens, das sie allein bewohnte. Sie öffnete die Tür und wurde im wahrsten Sinne des Wortes überrascht.

„Maggie?", nuschelte sie mit der Zigarre im Mund, als sie die Grundschullehrerin erkannte, die mit zwei weiteren Leuten im Schlepptau vor ihr stand: einen blonden Jungen, den sie auf dreizehn oder vierzehn schätzte und Elisabeth Moon. „Was treibt euch denn hierher?"

„Hallo Barbara. Sorry, dass wir so unerwartet auftauchen. Aber hättest du vielleicht einen Moment für uns?", entgegnete Margret und hoffte, dass die wohlhabende Witwe sich ihrer annahm.

„Ich wollte mich gerade mit einem Sundowner im Garten treiben lassen, aber meinetwegen. Kommt rein", antwortete sie mit ihrer prägnanten, rauchig kratzigen Stimme und lächelte ihnen entgegen.

Man mochte über Barbara Mitchell denken und sagen, was man wollte, aber im Grunde war sie eine wirklich sympathische Frau Ende fünfzig, die das Leben nach zwei verstorbenen Ehemännern in vollen Zügen genoss und andere mit einbezog.

Sie durchquerten den mit weißem Marmor gefliesten Flur, in dem mehrere antike Vasen standen, und gelangten ins Wohnzimmer, das im Bauhausstil modern gestaltet war. Auf dem Couchtisch sah sie einen Strauß roter Rosen, die langsam die Köpfe hängen ließen.

„Der Raum hier ist ja fast so groß wie dein ganzes Haus, Tante Margret", staunte Benjamin laut, was den anderen ein Lachen entlockte.

Von dort ging es auf die Terrasse. Hier nahmen alle an einem Tisch Platz, während die Hausherrin Wasser organisierte und ihnen sogar Kekse anbot, die sie dankend ablehnten.

„Also Maggie, wo drückt der Schuh?", fragte Barbara, die Margret irgendwie vom Typ her immer an Molly Brown aus *Titanic* von James Cameron erinnerte. Allerdings hatte Barbara weißes kurzes Haar und bevorzugte eher Kostüme und Anzüge statt langer Roben und Nerz. Das heutige Modell war Schwarz-Violett, zu dem sie flache weiße Sandalen von Versace trug. Das Outfit schmeichelte ihrer kantigen, groben Figur und hob ihre weiblicheren Züge hervor. Sie paffte an ihrer Zigarre und schlug dabei ein Bein über das andere. Dann genehmigte sie sich einen Schluck ihres Getränks und richtete ihre Augen interessiert auf Margret.

„Ich mach es kurz und sage, wie es ist. Du bist mir aber nicht böse, okay?" Margret wollte auf Nummer sichergehen und nicht schon wieder von jemandem vor die Tür gesetzt werden. Bei Barbara musste sie sich im Regelfall keine Sorgen machen, denn die ältere Frau war in allem ziemlich entspannt. Außerdem hatte sie wie Margret selbst ein loses Mundwerk und scheute sich nicht davor, den Leuten direkt ins Gesicht zu sagen, was sie von ihnen hielt. Getreu dem Motto *Ich habe schon einige Jahre auf dem Buckel und muss nicht allen gefallen.* Das mochte Margret so an ihr.

„Sei unbesorgt. So schnell schockt mich nichts, Kleines." Barbara grinste und zwinkerte dabei.

Also holte Margret einmal tief Luft und legte los. „Wir wissen von deiner Affäre mit Stone. Ihr trefft euch jeden Samstag im Stadtpark bei der kleinen Bank am Teich, wo er dir jedes Mal Rosen schenkt." Margret warf einen Blick über die Schulter ins Wohnzimmer zu den Blumen. „George hat mir das erzählt, als er uns am Donnerstag unbeabsichtigt aus dem heiteren Nichts überrascht hat." Sie biss sich auf die Unterlippe und wollte fortfahren, wurde aber von der toughen älteren Frau abgehalten.

„Du meinst Landstreicher George?"

„Ganz genau. Er sieht euch immer und wollte dieses Mal belauschen, was das Paar so erzählt. Nur waren stattdessen Benjamin und ich dort."

„Moment mal. Dafür kommst du her, um mir das zu sagen?", fragte sie und brach in schallendes Gelächter aus. „Gott, du bist ja süß", kommentierte Barbara und paffte. „Ich treffe Philipp samstags. Kein Wunder, dass er euch überrumpelt hat."

„Da ist noch etwas anderes", gestand Margret und sah Barbara unschuldig entgegen.

„Ich höre." Barbara griff nach ihrem Getränk.

„Du bist nicht die Einzige, mit der sich Stone trifft. Dienstag ist Constance dran, Donnerstag Lourdes und Samstag du. Ich bin mir sicher, dass er das nur des Geldes wegen tut und nicht, weil er Gefühle für eine von euch hegt. Er steckt nämlich bis zum Hals in der Klemme, was seine Finanzen angeht, musst du wissen."

Da hob Barbara die Hand. „Halt", sagte sie knapp, setzte das Glas ab und stand auf. Sie ging umher. Margret ahnte schon Böses, konnte sich aber alsbald wieder beruhigen, da Barbara amüsiert lachte und gelassen weitersprach. „So ist das also", überlegte sie. „Ich dachte es mir schon. Immerhin bestand er auf den Samstag als festen Tag." Dann warf sie Margret einen milden Blick zu. „Es ist sehr ehrenhaft von dir, dass du mir das von Stone unbedingt mitteilen wolltest, um mich zu schützen. Aber ich kann dich beruhigen, Maggie. Dieser kleine Narr ist nichts weiter als ein netter Zeitvertreib für mich, wenn du verstehst, was ich meine", gestand sie schelmisch. „Von mir hat er noch keinen Penny gesehen. Ich hatte ihm zwar in Aussicht gestellt, seinen Wahlkampf zu unterstützen, jedoch nur, wenn er mir schwarz auf weiß versichert, dass Little Maine keine Touristenhochburg wird. Bis dato hat er sich diesbezüglich schwergetan. Aber er gibt nicht auf. Er ist verzweifelt und scheint die Kohle zu brauchen. Gut für mich." Dann blieb sie stehen und wandte sich direkt an Margret, indem sie sich zu ihr hinunterbeugte. „Dafür hättest du anrufen können und nicht den langen Weg von deinem Cottage auf die andere Seite der Stadt machen müssen." Sie ging kurz in sich. „Pah, Philipp Stone, du kleiner Pisser."

„Das ist noch nicht alles."

„Na, jetzt bin ich aber neugierig. Was kommt denn noch?", gab Barbara offen zu und verschränkte die Arme, die Zigarre im Mund.

„Es ist so, dass ich recht sicher bin, dass Stone in etwas verwickelt ist, ich aber keine Chance habe, ihn zur Rede zu stellen. Er steckt da in etwas drin, das mich angeht und wütend macht. Genaueres kann ich dir nicht sagen. Ich beziehungsweise wir wollten dich fragen, ob du euer regelmäßiges Treffen morgen uns überlassen könntest. Das Einzige, das du tun müsstest, ist, dass du euer Date noch mal bestätigst und stattdessen ich hingehe, um ihn mir vorzuknöpfen."

Barbara schaute nun doch verdutzt und schwieg wieder eine Weile.

Margret kam sich dümmlich vor. Was dachte sie sich eigentlich, was sie hier tat und verlangte. „Natürlich ist es vollkommen in Ordnung, wenn du nicht zustimmst", setzte sie schnell hinterher.

Barbara griff nach ihrem Whiskey und trank ihn in einem Zug leer. Dann stellte sie das Glas entschlossen auf dem Tisch ab und stieß danach einen zufriedenen Laut aus. „Klar, ich bin dabei. Der kleine Depp soll seine Lektion bekommen, dafür, dass er neben mir noch zwei andere Frauen hatte. Danach werde ich mir wahrscheinlich jemand anderen für gewisse Stunden suchen müssen, aber wir Frauen sollten zusammenhalten, statt uns die Augen auszustechen. Na gut, bis auf Constance, die kann ich nicht leiden", antwortete sie auf Margrets Bitte. Die konnte ihr Glück kaum fassen und umarmte ihr Gegenüber. „Ist ja schon gut. Du musst mich ja nicht gleich erdrücken, Maggie." Erneut lachte sie rau und drückte ihre Zigarre aus. „Wenn die Sache geklärt ist, würde ich aber schon gern wissen, um was es gegangen ist, ja?" Einen Moment überlegte Margret, fand es dann allerdings nur fair, Barbara diesen Wunsch zu erfüllen und nickte. Sie gaben sich die Hand und besiegelten die Abmachung.

„Mal etwas anderes. Werdet ihr im Oktober wieder das Herbstfest an der Schule veranstalten? Falls ja, würde ich mich gern erneut als Sponsorin und Helferin anbieten. Das letzte Mal hat richtig Spaß gemacht, mit den Knirpsen zu feiern."

Und so sprachen sie noch ein bisschen über das bevorstehende Schulfest und dessen diesjähriges Thema. Im Anschluss daran verließen Margret und die anderen Barbaras Anwesen, um in die Ausarbeitung ihres Schlachtplanes zu gehen.

Kapitel 19

Die Abenddämmerung hatte bereits eingesetzt und zog wie ein bedrohlicher Schatten über das sonst so idyllische Little Maine hinweg. Die drei wollten sich mit Lucy und dem E-Bike auf den Weg zum Cottage machen. Das vor ihnen in der Dunkelheit liegende Städtchen erschien ihnen auf einmal wie ein Horrorfilm. Außer den dreien war niemand mehr auf den Straßen und bis auf das Läuten der Kirchturmuhr war nichts zu hören. Halb zehn.

Sie hatten die Zeit völlig aus den Augen verloren, da die Unterhaltung mit Barbara so amüsant gewesen war.

Schon überquerten sie nach knappen fünf Minuten den Marktplatz, der gespenstisch dalag. Nur vereinzelt waren Leuchtreklamen auszumachen oder ein kleines Licht brannte einsam vor sich hin. Das dahinterliegende Neubaugebiet machte einen ganz ähnlichen Eindruck auf Margret, die die Umklammerung Benjamins fester um sich zu spüren glaubte. Ein derartiges Unwohlsein hatte sie noch nie verspürt. Sie schob es auf den Vorfall des gestrigen Abends, als Lourdes sie aus dem Nichts überfallen und sie zur Rede gestellt hatte. Das Wortgefecht war nach Margrets Empfinden unentschieden ausgegangen, wobei sie sich weiterhin nicht sicher war, ob Lourdes Stone nicht doch irgendwie beim Mord geholfen haben konnte. Zumindest die Sache mit dem Drohbrief ließ Margret keine Ruhe.

Sie setzten ihren Weg stillschweigend fort und ließen die Schatten der Bäume, die wie lange Finger nach ihnen zu greifen schienen, hinter sich. Dass ihr geliebtes Little Maine auf einmal so ängstigte beziehungsweise ihr so düster vorkam, gefiel Margret ganz und gar nicht. Das war ein Grund mehr, weshalb sie die Angelegenheit mit Robert bald geklärt haben wollte. Sie sehnte sich nach Ruhe und Frieden. Margret schüttelte kurz den Kopf, um wieder klar zu werden, und spürte die kalte Luft ihre Wangen streifen.

Nach der Siedlung bogen sie in eine Kurve, die Margret verriet, dass es nicht mehr weit bis nach Hause war.

Plötzlich zuckten sie zusammen, als unerwartet aus dem Nichts ein Wagen auf sie zuraste. Das Auto fuhr ohne Licht mit hoher Geschwindigkeit auf sie zu. Sein Motor brummte und klang wie der Schrei eines gefährlichen Tieres, das auf sie zustürmte. Aus knapp einem halben Kilometer Entfernung ließ der Fahrer das Fernlicht zweimal aufleuchten und blendete sie. Ihre Augen schmerzten. Margret sah zur Seite, wodurch sie ins Schlingern gerieten. Benjamin gab wimmernde Laute von sich und krallte sich förmlich an seiner Tante fest. In Margret schoss Panik hoch. Sie wusste nicht, ob sie im Schleudern rechtzeitig zur Seite ziehen konnte, da das Aufheulen des Motors bedrohlich nahe zu sein schien.

Ohne großartig nachzudenken, riss sie den Lenker von Lucy plötzlich nach rechts, in der Hoffnung, Schlimmeres zu vermeiden.

„Beeeeeth! Nach reeeeechts!", schrie sie dabei ihrer Freundin zu, konnte aber nichts mehr hören, da sie die Kontrolle über ihre Vespa endgültig verlor und auf einmal das Gefühl hatte zu fliegen. Das Einzige, woran sie denken konnte, war Benjamin. Dann wurde es absolut schwarz um sie.

Erst als sie ein unangenehmes Rütteln packte, wurde es langsam wieder klarer um sie herum. Grelles Licht traf auf ihre Augen, sodass Margret instinktiv einen Arm vor ihr Gesicht hob, um es abzuwehren.

„Sie kommt zu sich", sagte jemand, dessen Stimme von Sorge getränkt war.

Margret war sich nicht ganz sicher, hatte aber den Eindruck, dass es Benjamin war. Da durchzog es sie wie ein Blitz, und sie wollte sich aufrichten. Wie in einem rasanten Actionfilm zogen schnelle Bildabfolgen vor ihrem inneren Auge vorbei. Dunkelheit, ein ungutes Gefühl, danach eine Kurve, blendende Scheinwerfer, ein Wagen und dann war da das Schwarz.

Benjamin saß hinter ihr. Sie wollte unverzüglich nach ihm sehen. Jedoch musste sie einsehen, dass es nicht ging: Ihr Kopf dröhnte zu sehr. Fürs Erste gab sie sich geschlagen.

„Benjamin?", fragte sie flüsternd.

„Ja. Ich bin hier, Tante Margret." Er nahm ihre Hand in seine und streichelte sie.

Erneut startete sie den Versuch, aufzustehen, wurde aber von zwei weiteren Händen daran gehindert. „Ganz ruhig, Miss Pagnum. Sie sollten noch einen Augenblick liegen bleiben", drang eine männliche Stimme zu ihr durch. Sie klang vertraut.

„Benjamin? Benjamin!", wiederholte sie immer wieder und wurde energischer. Alles in ihr hatte Angst, dass es dem Jungen schlecht ging.

„Benjamin ist wohlauf. Er hat nicht mal eine Schramme abbekommen. Ein Glückspilz", erklärte ihr die tiefe Männerstimme, die sie jetzt als die von Doc Brown identifizieren konnte.

„Ganz genau. Mir geht's super. Dich hat es dafür mehr erwischt", bestätigte ihr Neffe.

Mehr und mehr erlangte sie volles Bewusstsein und rappelte sich mit der Hilfe von Doc Brown ins Sitzen auf. Elisabeth stand mit Jackie etwas entfernt und unterhielt sich. Auch sie schien bei bester Gesundheit zu sein. Ansonsten war es nach wie vor dunkel. Lediglich die Scheinwerfer eines Autos erhellten die Umgebung.

Auto!

Im Nu war Margret wieder bei Sinnen und wandte den Blick auf Doc Brown, der bei ihr war und ihren Blutdruck maß. „Was ist passiert? Alles, an das ich mich erinnere, ist, dass ein Wagen auf uns zugerast kam und nur ein paar Meter vor uns mit Fernlicht zweimal aufgeleuchtet hat", sagte sie dann und klang noch etwas benebelt.

„So in der Art haben es uns auch Miss Moon und ihr Neffe geschildert."

Nicht Brown antwortete ihr, sondern eine andere Person, die Margret bis jetzt nicht wahrgenommen hatte. Inspector Smith war ebenfalls anwesend und stand zu ihrer Linken etwas abseits. Der lauchige Polizeibeamte blickte sie besorgt an.

„Erinnern Sie sich noch an etwas anderes? Zum Beispiel, welche Marke das Auto hatte? Oder konnten Sie eventuell den Fahrer erkennen?"

„Natürlich ..." Margret konnte den bissigen Ton nicht lassen. Sie verstand die Fragen nicht. Sie würde ja wohl sonst nicht wissen wollen, was genau vorgefallen war.

„Hätte ich auch selbst darauf kommen können. Sie stehen wahrscheinlich noch völlig neben sich. Entschuldigen Sie", gab der Inspector kleinlaut zurück und steckte seinen Notizblock wieder weg.

Doc Brown löste die Manschette von Margrets Arm und erhob sich. „Ihre Werte sind stabil, Miss Pagnum. Trotzdem wäre es sinnvoll, wenn Inspector Smith oder jemand anderes Sie nach Hause bringt. Laufen sollten Sie die restliche Strecke definitiv nicht. Wir wollen ja nicht noch einen weiteren Unfall riskieren", sagte er scherzhaft.

Der Witz kam bei Margret nicht so gut an. Sie funkelte ihn böse an. Dann drehte sie sich wieder zu Smith. „Und was ist mit meiner Lucy?"

Der Inspector musste erst einige Sekunden überlegen, wen oder was sie meinte, bis ihm ein Licht aufging. „Ihre Vespa werde ich zu Ihnen bringen. Aber die Lady hat es ein wenig abbekommen", erklärte Smith mit mitfühlendem Blick. Jeder in Little Maine wusste, wie sehr Margret ihr giftgrünes Gefährt liebte und pflegte. Umso furchtbarer fühlte es sich nun für sie an zu wissen, dass es auch Lucy erwischt hatte. Wie ein begossener Pudel schaute sie zu Boden und nickte.

„Tut mir leid. Das wird wieder", versuchte Smith sie zu trösten. „Jetzt bringe ich Sie aber zu Ihrem Cottage.

Jackie und der Doc nehmen Miss Moon und Ihren Neffen mit", fügte er hinzu und half ihr zusammen mit dem Arzt auf.

So, als hätte sie zwei Flaschen Wein intus, torkelte sie unsicher zum Wagen und stieg ein. Kaum, dass dieser sich in Bewegung setzte, kam Margret ein wenig zur Ruhe und dachte nach.

Es dauerte nur zwei Minuten, bis sie das Grundstück erreicht hatten und Doc Brown ihr ins Haus half. Vorsichtig setzte er sie auf dem Sofa ab und war im Begriff zu gehen, da hielt Margret ihn am Arm fest und starrte ihn mit festem Blick an.

„Sie sind ein Lügner", zischte sie ihn. „Ich weiß Bescheid."

Der Arzt guckte die erst vor Kurzem gestürzte Margret an und wollte so tun, als wüsste er nicht, was sie meinte. Allerdings bemerkte sie so etwas wie einen Schatten der Unsicherheit im Gesicht des Mannes vor sich, der sie jetzt fürsorglich anlächelte.

„Ich weiß nicht, wovon Sie sprechen, Miss Pagnum. Das kommt sicherlich von Ihrem Sturz. Morgen haben Sie bestimmt vergessen, was Sie heute gesagt haben. Am besten wäre es, wenn Sie kurz zur Kontrolle vorbeikommen, damit ich eine Gehirnerschütterung ausschließen kann", meinte er und verabschiedete sich von allen. Jackie begleitete ihn.

Margret sah ihnen konzentriert nach. Da stimmte etwas nicht.

Sie lehnte sich zurück und atmete tief durch, wobei sie einen Seufzer ausstieß.

In dem Moment traten Elisabeth und Inspector Smith zu ihr und setzten sich ebenfalls hin. „Geht's langsam wieder, meine Liebe?"

Margret schloss die Augen und nickte zustimmend, ehe sie sie wieder öffnete. Dann vernahm sie Schritte hinter sich.

„Tante Margret. Guck mal, hier. Der lag bei der Fußmatte." Benjamin kam zu ihr und reichte ihr einen weißen Umschlag, auf dem nichts notiert war. Ruhig lag das Kuvert in Margrets Hand. Sie legte die Stirn in Falten und öffnete es. Was zum Vorschein kam, ließ sie noch skeptischer schauen. Der Inhalt bestand aus einem weißen Blatt Papier, das sie aufklappte, bis sie mit einem Mal den Atem anhielt. Es vergingen einige Sekunden, die sich wie Stunden anfühlten, bis sie das Stück Papier an Smith reichte.

Dieser nahm es entgegen, studierte es und las dann laut vor:

HALT DICH DA RAUS UND STECK DEINE NASE NICHT ÜBERALL REIN.
DAS WIRD DIR SONST NICHT GUT BEKOMMEN.

„Das ist eine Drohung, Miss Pagnum", stellte Smith besorgt in den Raum. Wie ein Schuljunge saß er da in seiner etwas zu weiten Uniform.

„Was Sie nicht sagen, Inspector. Da wäre ich nie im Leben darauf gekommen", höhnte Margret ihm entgegen.

„Maggie", mahnte Elisabeth sanft von der Seite und kniff sie in den Oberarm.

„Ist ja gut. Entschuldigen Sie, Inspector. War nicht so gemeint", gestand Margret ihr Fehlverhalten und rieb sich die Stelle, wo Elisabeth sie gezwickt hat.

„Erklären Sie mir bitte, was es damit auf sich hat", drängte Smith sie jetzt. Er klang deutlich energischer, als man es von dem jungen Polizisten gewohnt war. Das Blatt Papier mit der Nachricht in der Hand, fuchtelte er damit wild hin und her. Seine Mimik ließ keinen Zweifel zu, dass er von ihr eine Antwort erwartete. Er legte den Kopf schief und fixierte sie. „Wären Sie so freundlich und rücken mit der Sprache raus?"

„Wie Sie wollen, Herr Inspector", entgegnete Margret und setzte sich auf. Sie nahm ihm das Schriftstück aus der Hand, schaute es sich alibimäßig noch einmal an und ließ es auf den Couchtisch fallen. „Das ist eine Warnung von Robert Cains Mörder an mich", erläuterte sie in Kürze und beließ es dabei. Ihm erneut ihre Gedankengänge zu erklären, damit er begriff, was hier vor sich ging, hatte sie keine Lust mehr.

Inspector Smith setzte sich aufrecht hin und verschränkte die Arme. „Fangen Sie schon wieder damit an, Miss Pagnum? Robert Cain hatte einen Herzinfarkt, auch wenn Sie das bezweifeln. Was steckt wirklich hinter dieser Nachricht?"

„Ich kann es gerne wiederholen. Diese Botschaft stammt von Roberts Mörder."

Smith verzog entnervt das Gesicht und sah sie ungläubig an. Es war nicht auszumachen, ob er sie am liebsten wachrütteln oder ihr eine Standpauke halten wollte. Margret ließ ihm auch keine Zeit dazu, darüber nachzudenken, und schoss direkt weiter.

„Tun Sie doch nicht so. Ganz abwegig finden Sie die Sache mit dem Mord doch auch nicht. Immerhin sind Sie zu Lourdes Cain gefahren und haben sich nach möglichen Feinden von Robert erkundigt."

Der Inspector schaute sie verdutzt an. „Ja, ganz genau. Ich bin im Bilde. Die liebe Lourdes kam nämlich gestern Abend zu mir beziehungsweise hat sie mich und meinen Neffen mitten in der Dunkelheit geradezu überfallen. Sie war von Ihrem Besuch nicht gerade angetan und hat mir dafür die Schuld gegeben." Margret war buchstäblich schnippisch und erhielt einen erneuten Stupser von Elisabeth. Sie schaltete einen Gang zurück, entschuldigte sich dieses Mal allerdings nicht.

„Also ... Ich ... Ähm ...", stammelte der Inspector. „Das habe ich nur Ihretwegen gemacht, Miss Pagnum. Immerhin ist es meine Pflicht als Polizist die Belange der Bürger zu überprüfen. Das heißt aber nicht, dass ich Ihre Theorie von einem Mord an Mr. Cain teile", rechtfertigte er sich mit rot angelaufenen Wangen.

„Und wie erklären Sie sich dann bitte dieses Blatt Papier?", setzte Margret ihm entgegen und deutete auf den Tisch.

„Genau das möchte ich gern von Ihnen wissen, Miss Pagnum. Anscheinend sind Sie eine Person, die ihre Nase des Öfteren in die Angelegenheiten anderer Leute steckt und dadurch den Unmut auf sich zieht. Gibt es außer Mrs. Cain noch jemanden, dem Sie womöglich zu nahegetreten sind?" Auch Smith fiel es zunehmend schwerer an sich zu halten, ihm gelang es in der Tat besser als Margret.

„Nur der Person, die mich heute Nacht beinahe um-
gefahren hat. Wahrscheinlich hat derjenige mir auch
diesen Zettel zukommen lassen und wir haben ihn
knapp verpasst."

Smith grunzte abfällig.

Wie zwei Kampfhähne stierten sie sich an, sodass Elisabeth das Bedürfnis hatte, dazwischen zu gehen. „Nun
reicht es mir aber mit euch beiden!", mischte sich die
sonst besonnene ältere Dame ein. „Du solltest mehr
Respekt gegenüber einem Polizeibeamten aufbringen",
maßregelte sie Margret, „und Sie, Herr Inspector, sollten vielleicht mal die Sorgen der Leute ernster nehmen
und sie nicht wie fanatische Idioten behandeln. Ich
denke, es wäre das Beste, wenn wir es für heute Abend
auf sich beruhen lassen und morgen weitersehen. In
Ordnung?", fragte Elisabeth, obwohl klar war, dass sie
keine Widerworte akzeptieren würde.

Die beiden Streitlustigen gaben klein bei und verabschiedeten sich voneinander.

Inspector Smith blieb im Türrahmen stehen und
wandte sich noch einmal an Margret.

„Diese Nachricht nehme ich sehr wohl ernst, Miss Pagnum. Das letzte Wort ist dazu noch nicht gesagt."
Dann ging er und die drei sahen ihm noch einen Moment verblüfft nach.

Auf dem Weg ins Bett war Margrets Ehrgeiz noch
mehr entfacht, am nächsten Tag dem ganzen Spuk ein
Ende zu bereiten.

Kapitel 20

Gedankenverloren stocherte Margret in ihrem Porridge herum, sie verspürte keinen richtigen Appetit. Auch wenn sie sonst eine unerschrockene Persönlichkeit war, die nichts so leicht aus der Bahn werfen konnte, so nagte die vergangene Nacht noch ein wenig an ihr. Sie war heilfroh, dass Benjamin nichts passiert war und er das Ganze so locker wegsteckte. Anders als sie.

Allmählich beschlich sie das Gefühl, dass sie die richtige Spur verfolgte, denn warum sonst sollte jemand sie umfahren und ihr diese Nachricht zukommen lassen. Wie die Drohung, die laut Lourdes angeblich nicht an Robert gerichtet gewesen war, war auch diese mit Buchstaben aus Zeitungen zusammengesetzt worden. Das konnte kein Zufall sein. Sie war davon überzeugt, dass Lourdes ihr dreist ins Gesicht gelogen hatte, als es um den Drohbrief ging. Margret konnte sich aber keinen Reim darauf machen, warum. Entweder war Lourdes tatsächlich in den Mord an Robert involviert oder sie hatte vor etwas oder jemand anderem Angst. Beides war durchaus denkbar und möglich.

„Alles okay bei dir, Tante Margret?", fragte Benjamin und schaute sie ein bisschen besorgt an. „Du siehst so nachdenklich aus."

„Da magst du wohl recht haben, mein Lieber. Ich grüble hin und her, wie die ganzen Sachen zusammenhängen und ob ich oder wir irgendetwas übersehen haben könnten. Dabei bin ich mir so ziemlich sicher, dass wir heute unsere Antworten auf all das bekommen werden", erklärte sie ihm.

„Das hoffe ich auch. Ich kannte diesen Robert zwar nicht, aber es ist schon heftig, was ihm passiert ist. Wie machen wir das eigentlich später im Stadtpark?", hakte Benjamin nach.

Da wurde sich Margret wieder bewusst, dass sie den eigentlichen Schlachtplan für das Treffen mit Stone gestern wegen des Unfalls nicht mehr besprochen hatten. Für sich selbst hatte sie alles klar, nur er hatte noch keinen Schimmer. Dementsprechend holte sie es nun nach und schilderte ihm in allen Einzelheiten, was sie sich überlegt hatte, um den Bürgermeister zu überführen. Elisabeth würden sie heute unbeteiligt lassen wollen. Sie sollte sich nach dem vergangenen Tag lieber ein wenig erholen, auch wenn sie nicht zu Schaden gekommen war. Außerdem hätte sie doch nur wieder versucht, Margret einige ihrer Ideen auszureden. Und das wollte die sture Lehrerin auf jeden Fall vermeiden.

Anschließend aß sie tatsächlich noch ein wenig von ihrem Frühstück und machte sich fertig.

Margret und Benjamin waren gerade dabei, sich ihre Jacken anzuziehen, da klingelte das Telefon. Sie nahm ab.

„Margret Pagnum", meldete sie sich.

„Guten Morgen, Schätzchen." Die kratzige Stimme war unverkennbar. „Ich bin's, Barbara."

„Oh, guten Morgen. Alles gut? Hast du es dir doch anders überlegt?" Margret überkam eine kleine Welle der Panik, die kurz darauf wieder abebbte.

„Nicht doch. Barbara Mitchell steht zu ihrem Wort. Das weißt du. Ich rufe nur kurz durch, um dir zu sagen, dass Philipp unsere Zeit auf sechs Uhr abends vorverlegt hat. Irgendetwas wegen der Arbeit, meinte er."

„Alles klar. Danke dir."

„Gern geschehen. Und nun zeig's diesem Mistkerl. Wir hören uns."

Die robuste Witwe legte direkt wieder auf, sodass Margret nichts zum Abschied erwidern konnte und nur noch das Tuten im Hörer vernahm.

Nach dem Telefonat mit Barbara verließen Benjamin und sie das Haus und machten sich auf den Weg zur Praxis von Doc Brown, der sie am vergangenen Abend zur Kontrolle gebeten hatte.

Da ihre geliebte Lucy durch den Unfall zu Schaden gekommen war, bestritten sie den Marsch in die Stadt zu Fuß. Ein Taxi zu rufen, kam für Margret nicht infrage. Wie sähe es denn aus, wenn sich die eh unsportliche und übergewichtige Grundschullehrerin auch noch mit dem Auto überall hinbringen ließe? Das Getratsche wäre enorm. Da kam lieber Lucy öfters zum Einsatz, wenn Margret irgendwo hinmusste. Wirkte auch schnittiger. Und so eilig hatten sie es am heutigen Morgen nicht.

Der sonnendurchtränkte Himmel ließ auf einen milden schönen Tag hoffen, aber in Südengland konnte man nie wissen, was das Wetter für Launen hatte. Margret und Benjamin schlenderten entspannt die kleineren Pfade entlang, sodass der Junge Neues zu sehen bekam. Dass sie kein hohes Tempo anzogen, lag auch an der Prellung, die Margret am Oberschenkel erlitten hatte. Es war nichts Dramatisches, doch hinderte es sie daran, zügiger zu gehen.

Wenig später erreichten sie den Marktplatz und gingen auf direktem Wege auf die Praxis zu.

„Einen schönen guten Tag, wünsche ich“, trällerte Jackie ihnen entgegen, als sie die zwei eintreten sah. Sie grüßten ebenfalls. „Ich hoffe, Ihnen geht es um einiges besser als gestern“, erkundigte sie sich dann.

Margret nickte und begab sich an den Tresen, wo sie mit gesenkter Stimme zur Arzthelferin sprach. Vorher huschten ihre Augen durch die Räumlichkeiten der Praxis, sodass sie sich davon überzeugen konnte, ob weitere Patienten da waren. Bloß eine ältere Frau saß im Wartezimmer und ignorierte alles um sich herum.

„Jackie, ich muss dich noch einmal wegen der Sache neulich sprechen.“

Die Arzthelferin geriet gleich in Panikmodus und gestikulierte wild mit den Händen. „Seien Sie still. Wir hatten eine Abmachung, schon vergessen?“, fragte Jackie leise und machte ein ängstliches Gesicht.

Margret konnte es ihr nicht verübeln, aber sie musste die Hilfsbereitschaft der jungen Frau ein weiteres Mal in Anspruch nehmen.

„Ich benötige irgendwie eine Kopie davon“, überging Margret den bittenden Hilferuf von Jackie, die sonst quirliger war. Sie blickte über ihre Schulter zum Wartezimmer, um sicherzugehen, dass die andere Patientin weiterhin in einer der Zeitschriften las, und fuhr dann flüsternd fort. „Benjamin könnte gleich ein Foto vom Monitor machen, wenn ich beim Doc bin."

Jackie schüttelte vehement den Kopf.

„Bitte. Nur noch dieser eine Gefallen", flehte sie die Arzthelferin an. Diese versuchte zwar, hart zu bleiben, gab schließlich durch ein Nicken klein bei. Kurz darauf öffnete sich eine der Türen und Doc Brown bat den nächsten Patienten herein. Die ältere Frau stand auf und nach ihr konnte Margret zu ihm gehen.

„Wie geht es Ihnen denn heute, Miss Pagnum? Haben Sie Schmerzen oder Schwindel?", erkundigte sich der Arzt, nachdem sie Platz genommen hatte.

„Nein, nichts dergleichen", antwortete sie und schaute Brown etwas länger an. Er stand auf und untersuchte sie.

„Sieht alles so weit gut aus. Ihre gestrige Benommenheit ist definitiv auf den Unfall zurückzuführen. Ich denke, dann wäre es das für dieses Mal", sagte er und erhob sich, um für Margret die Tür zu öffnen. Allerdings verharrte sie auf ihrem Platz und schaute ihm nur hinterher. Ihr Blick fraß sich förmlich in ihn hinein, was den Arzt nervös zu machen schien. Seine Hand ließ die Klinke wieder los. „Ist noch etwas?" Er klang unsicher.

„Ja."

„Und das wäre?"

„Warum haben Sie gelogen?"

„Ich weiß nicht, was Sie meinen, Miss Pagnum."

„Das wiederum weiß *ich* schon." Margret machte eine kleine Kunstpause und guckte herausfordernd zu Brown. „Robert Cain."

„Wieder die gleiche Leier. Werden Sie es denn gar nicht müde?", entgegnete er ihr. „Sein Tod war eine klare Sache und daran lässt sich auch nichts ändern." Er wurde ernster und ließ Margret nicht aus den Augen. Sie ihn ebenso wenig. Dabei fragte sie sich, weshalb der Arzt weiterhin an seiner Lüge festhielt.

„Wenn ich Sie also bitten dürfte, ich habe noch zu tun, Miss Pagnum." Sogleich stand sie auf und ging zur Tür. „Weiterhin gute Besserung", warf Brown ihr noch nach, sie sagte nichts. Da der Doc absolut nicht bereit war, die Wahrheit zu sagen, baute sie inständig auf Benjamin und Jackie. Ihr Neffe hob den Daumen, als er seine Tante sah. Der erste Teil ihres Plans hatte also funktioniert. Beim Verlassen der Praxis beschäftigte Margret weiterhin die Lüge des Arztes. Sie fragte sich ernsthaft, aus welchem Grund dieser eine falsche Diagnose stellte, obwohl er es besser wusste.

Erst tat sich nichts auf ihr Klingeln, und sie hatten sich schon abgewandt, um wieder zu gehen, als die Tür einen Spalt geöffnet wurde und Lourdes' Gesicht zum Vorschein kam.

„Oh, du bist doch da." Margret sah Lourdes offen und erwartungsvoll an. Nach allem, was in den letzten Tagen zwischen ihnen vorgefallen war, grenzte es an Selbstmord, freiwillig zu Roberts Witwe zu gehen. Darüber war Margret sich im Klaren, sie wusste aber keinen anderen Weg.

„Ich würde mich gern noch einmal mit dir unterhalten, wenn das keine Umstände macht."

Der Türspalt wurde etwas größer und die Witwe sah sie mit eisigen Augen an. „Ich weiß nicht, was wir zwei noch zu bereden hätten."

„Das sehe ich anders." Margret tat selbstsicher, obwohl sie dies keineswegs war. Um das zu bekommen, was sie jetzt wollte, blieb ihr keine andere Option, als so zu sein. Prompt nach dem Besuch der Arztpraxis hatte sie sich das Dokument von Benjamin zeigen lassen. Darauf war ganz deutlich nachzulesen, dass Robert keines natürlichen Todes gestorben war und dass man giftige Substanzen vorgefunden hatte. Diese Wahrheit direkt vor Augen zu haben, brachte sie dazu, Lourdes einen weiteren Besuch abzustatten. Margret war zuversichtlich, dass sie dieses Mal mehr Glück bei ihr haben würde.

Margret konnte den inneren Kampf, den Lourdes anfocht, an ihrem Gesicht ablesen. Sie wusste, dass Lourdes sie am liebsten zum Teufel gejagt hätte, aber ihre Neugierde, was sie, Margret, jetzt wieder im Schilde führte, schien genauso stark, wenn nicht sogar ein wenig stärker zu sein.

Schließlich schloss Roberts Frau die Tür und man konnte hören, wie sie das Vorhängeschloss betätigte und den beiden dadurch Zutritt gewährte.

„Also gut, kommt rein. Aber ich warne dich, Margret. Eine weitere Beschuldigung und die Polizei ist schneller hier, als du gucken kannst."

Margret nickte und sie folgten ihr in die Küche. Der Raum sah genauso so aus wie vor wenigen Tagen. Allerdings wirkte er düsterer. Den Grund dafür fand Margret kurz darauf. Auf der Küchentheke lagen einige Unterlagen des Bestattungsinstituts und Ausdrucke von

Todesanzeigen. Wahrscheinlich war Lourdes deswegen nicht in der Lage, den Kampfmodus einzuschalten und hatte sie deshalb hereingebeten. Auch an der Eisernen Lady ging Roberts Tod nicht einfach vorbei. Es bildete sich ein Kloß in Margrets Hals, weil Lourdes ihr irgendwie leidtat. Sie waren zwar keine Freundinnen, doch in solchen Situationen verspürte sie stets Mitgefühl. Zu gut konnte sie sich daran erinnern, wie es war, als sie im Alleingang die Beerdigung ihrer Großeltern organisiert hatte und wie schwer ihr dies gefallen war. All die Leute, die etwas von einem wollten, die unzähligen Kondolenzbekundungen und der Papierkram machten einem ganz schön zu schaffen. Mental und emotional.

„Ich hoffe, wir kommen nicht ungelegen, Lourdes?" Margret ließ den Blick demonstrativ zwischen den Unterlagen und der Hausherrin hin- und herwandern. Sie sah, wie sich der Gesichtsausdruck der Witwe für einen kurzen Moment veränderte. Lourdes wirkte traurig – etwas, das man so gut wie nie von ihr zu sehen bekam. Zwei Sekunden später war der Moment aber vorüber.

„Ach, das. Muss ja schließlich gemacht werden. Wieder so eine Unannehmlichkeit, mit der Robert mich selbst im Tod noch belästigt."

Das klang kalt und war absolut grässlich, dachte sich Margret, doch sie biss sich auf die Zunge.

„Also, was willst du?"

Margret ließ sich einen Augenblick Zeit, in dem sie kurz darüber nachdachte, ob sie die Fragen wirklich stellen sollte, die ihr unter den Nägeln brannten. Und vor allem, wie sie diese am besten ausdrücken sollte, ohne erneut von Lourdes angegriffen zu werden. Im schlimmsten Fall würde die Frau sie wieder anschreien und tatsächlich die Polizei rufen. Und Margret wollte nicht riskieren, das Treffen mit Stone zu verpassen. Trotzdem gab sie sich einen Ruck.

„Bevor ich darauf komme, wollte ich mich dafür entschuldigen, wie es die letzten Male zwischen uns gelaufen ist. Ich wollte dich nicht aufregen oder dir etwas Böses. Es ist nur so, dass mich das Ganze nicht loslässt." Diesen Schritt musste Margret gehen, um zumindest ein bisschen Vertrauen aufzubauen. Leicht fiel ihr das nicht, doch für Robert musste sie über ihren Schatten springen und ihre verletzliche Seite zeigen.

„Margret ... Komm zum Punkt." Lourdes verschränkte genervt die Arme, während Margret nervös mit ihren Fingern im Schoß hantierte. Benjamin stand hinter ihr und hörte aufmerksam zu. Außerdem wappnete er sich vor einem möglichen Tobsuchtsanfall dieser Frau.

„Also letztes Mal, als wir uns über diese Nachricht unterhalten haben und das alles aus dem Ruder gelaufen ist, hast du kurz abwesend gewirkt. Da war um die Frage gegangen, wer Robert vielleicht nicht leiden konnte."

Und erneut huschte dieser Ausdruck über Lourdes' Gesicht, verschwand aber sofort wieder. „Das musst du dir eingebildet haben."

„Sicher?", hakte Margret nach.

„Ja, ganz sicher", betonte Lourdes strenger. „Und jetzt würde ich dich bitten zu gehen. Wie du selbst festgestellt hast, habe ich eine Beerdigung zu organisieren, auf die ich so gar keinen Bock habe." Sie löste sich aus ihrer Haltung und war im Begriff vorzugehen.

„Wovor hast du solche Angst?“, warf Margret schnell hinterher. Lourdes stoppte, hielt einen Moment inne, schüttelte kaum merklich den Kopf und ging weiter.

„Da ist doch etwas, Lourdes. Das merkt man.“ Keine Reaktion.

Margret sah ein, dass hier kein Durchdringen bei der Frau war. Es war zwar nicht eingetreten, was sie befürchtet hatte, aber klare Antworten erhielt sie ebenso wenig. Am liebsten hätte sie ihr gesagt, dass sie von ihrem Verhältnis mit Stone wusste, doch das hätte garantiert das Treffen heute Abend gefährdet.

Sie folgten Lourdes zur Tür.

„Also gut“, sagte Margret. „Schade, ich hatte gehofft …“

„Schönen Tag noch“, entgegnete Lourdes und im nächsten Augenblick fiel die Tür vor Margrets und Benjamins Nase ins Schloss.

„Ich mag die ja nicht wirklich. Ihr Mann ist tot und die weint nicht mal“, kommentierte Benjamin.

Margret stimmte ihm durch ein Streicheln seiner Schulter zu.

Ein, zwei Atemzüge starrte sie noch auf das Gesteck, das an der Tür hing, dann wandte sie sich ab. Lourdes hatte ihr zwar nichts wirklich gesagt, ihr aber trotzdem weitergeholfen, denn in zwei Punkten war sie sich sicher. Bei beiden Fragen hatte Lourdes reagiert und dadurch verraten, dass etwas nicht stimmte.

Kapitel 21

Nach dem erneuten Besuch bei Lourdes Cain saßen Margret und Benjamin etwa eine halbe Stunde am Springbrunnen am Marktplatz und beobachteten die Menschen, die hier umherliefen oder im Café einkehrten. Margret richtete den Blick lange auf die Stelle, an der Robert vor einer Woche wie ein durchgebrochener Ast eingeknickt und gestorben war. Sie ging alles durch, was sie bisher herausgefunden hatte, und machte sich ein paar Notizen in ihrer Kladde, die sie stets in ihrer Handtasche hatte.

Schließlich hörte sie das Knurren ihres Magens und auch das von Benjamins. Ihr fiel auf, dass sie seit dem spärlichen Frühstück nichts zu sich genommen hatten, was jetzt ein flaues Gefühl in ihrem Bauch heraufbeschwor. Damit es nicht schlimmer wurde, musste dem schnellstens entgegengewirkt werden.

„Was hältst du davon, wenn wir uns etwas zu Essen organisieren? Vielleicht einen Burger?"

„Da bin ich dabei", entgegnete ihr Neffe und sprang direkt auf.

In *Billy's Diner* ließen sie sich etwas mehr Zeit, da sie nicht zu früh am Treffpunkt sein wollten. Danach bummelten sie noch kurz durch die Geschäfte.

Mittlerweile war es wenige Minuten vor sechs und sie waren im Stadtpark eingetroffen. Die Sonne schien in unterschiedlichen Orangetönen am Horizont und wies darauf hin, dass auch dieser Tag bald zu Ende sein würde. Genauso wie am Morgen hörte man nun am Abend das Gezwitscher der zahlreichen Vögel hier im Park.

Schon während sie auf dem Weg zum vereinbarten Treffpunkt waren, merkte Margret, dass es sie kribbelte. Sie hatte keine Angst davor, Stone anzutreffen. Vielmehr verspürte sie Nervosität davor, wie er reagieren würde, wenn er sie und nicht Barbara zu sehen bekäme.

Gemeinsam mit Benjamin bog sie um die letzte Kurve, die zum kleinen Teich führte und zeigte ihm stumm den Platz, an dem er sich mit seinem Handy postieren sollte. Wie auf Watte schlich er dort hin. Margret richtete noch einmal ihre Jacke und überprüfte den Inhalt in ihrer Handtasche, ehe sie am letzten Baum hervortrat.

Mit dem Rücken zu ihr gewandt, erblickte sie den Bürgermeister von Little Maine. Wie zu erwarten war, hielt er einen üppigen Strauß roter Rosen in der rechten Hand und Margret musste Mildred im Stillen ein Kompliment für ihre fabelhafte Arbeit machen. Stone trug keinen Anzug, sondern ganz ungewohnt für ihn eine Jeans und einen Strickpullover. Aber auch dieses Outfit wirkte ziemlich knapp.

War es ihr vorher noch nicht aufgefallen, so konnte Margret in diesem Moment erkennen, dass sich das Haar des Mannes kreisförmig lichtete. Er träumte vor sich hin und schaute weiter in Richtung Sonne.

Mit einem Räuspern machte sich Margret bemerkbar und schritt näher auf ihn zu. Er wandte sich zu ihr. Als hätte jemand im wahrsten Sinne des Wortes eine

Bombe hochgehen lassen, entglitt Stone alles aus seinem Gesicht. Den Strauß versuchte er flugs hinter sich zu verstecken. Mit offenem Mund und großen Augen stand er da und schien zu überlegen, was er sagen sollte.

„Guten Abend, Bürgermeister", nahm Margret ihm diese Bürde ab. Es musste peinlich genug für den Mann sein, hier in dieser Montur und einem Strauß Blumen angetroffen zu werden.

„Miss Pagnum? Was machen Sie denn hier?", kam es stotternd über seine Lippen.

„Sie haben sicher mit Barbara Mitchell gerechnet, stimmt's?" Margret konnte sich ein Grinsen nicht verkneifen. Das Überraschungsmoment war absolut auf ihrer Seite und sie kostete es in vollen Zügen aus.

Stones Miene wirkte besorgt, wurde dann aber kontrollierter. „Unsinn. Wie kommen Sie denn darauf? Ich warte hier auf meine Frau und würde Sie bitten, wieder zu gehen." Sein Ton wurde fester und er reckte das Kinn, um selbstsicher zu wirken.

„Ach, ist das so? Ich habe Conny lange nicht gesehen. Sie würde sich bestimmt auch freuen, kurz mit mir zu plaudern", stichelte sie weiter.

„Das wäre uns heute nicht recht. Schließlich haben auch wir ein Privatleben, Miss Pagnum."

„Dann rufen Sie sie doch eben an und fragen, ob es in Ordnung wäre, wenn ich auf sie warte. Sonst kann ich das auch gerne machen", flunkerte sie und tat so, als würde sie ihr eigenes Handy in der Handtasche suchen.

„Neiin!", rief Stone erschrocken. Er nahm ein paar tiefe Atemzüge und besann sich. Dann richtete er den Blick auf Margret. „Schon gut. Sie haben ja recht. Ich warte tatsächlich auf Barbara." Die Röte in seinem Gesicht war mehr als deutlich zu sehen und er schaute betreten zur Seite. „Woher haben Sie eigentlich Kenntnis davon?", fragte er kleinlaut.

„Von George, wenn Sie es genau wissen wollen. Er war es auch, der mir von Ihren Treffen mit Constance dienstags und Lourdes donnerstags erzählt hat. Und dabei ist der liebenswerte Landstreicher doch überflüssig und gehört beseitigt, wie Sie ihm zu verstehen gegeben haben. Ich für meinen Teil sehe das nicht so. Außerdem glaube ich, Ihre Frau würde sich auch brennend dafür interessieren, was ihr Ehemann außerhalb der eigenen vier Wände so treibt und vor allem: mit wem."

Margret hatte Oberwasser und das wusste sie. Stone würde einen Teufel tun und jetzt einfach das Feld räumen – zu groß war seine Sorge, dass sie tatsächlich zu Conny gehen würde.

„Bitte … Tun Sie das nicht, Miss Pagnum", sagte er und sah sie flehend an. „Es wäre das Ende meiner Ehe und wahrscheinlich auch meiner Karriere, wenn das rauskommt."

Was für ein ekelhafter Typ, dachte sich Margret. Sie drohte ihm seine Seitensprünge seiner Frau mitzuteilen, und er machte sich ernsthaft Sorgen um seine Karriere. So sehr sie sich auch über diesen Mann und seine Einstellung ärgerte, umso mehr versuchte sie, bei sich und ihrem Plan zu bleiben. Stone schien zu bemerken, dass sie überlegte, ob sie seiner Bitte nachkommen oder Conny reinen Wein einschenken sollte.

Sie stand knapp drei Meter von ihm entfernt, konnte aber die Schweißperlen auf seiner Stirn erkennen.

Seine Hand um den Strauß verkrampfte sich und die Finger der anderen spielten nervös herum. Sein Kiefer malmte und man konnte dem Mann anmerken, dass Panik in ihm aufstieg.

„Sagen Sie mir, was Sie wollen, und ich tue alles", stieß er dann hervor, als er ihr Schweigen nicht länger ertrug. Er atmete schwer und stierte Margret an.

„Das kann ich mir denken, dass Sie alles tun würden, um Ihren Allerwertesten zu retten, Bürgermeister."

Stones Miene wurde fragend.

„Wie bei Robert Cain", gab sie ihm schließlich zu verstehen. Sein Gesicht wurde ernster und er wollte widersprechen, da hob Margret die Hand. „Vergessen Sie's. Ich weiß es. Ich weiß *alles*. Und es ist so armselig, dass Sie so weit gegangen sind, nur um in diesem dämlichen Amt zu bleiben."

„Also bitte ...", versuchte Stone sich zu wehren, kam aber nicht weiter zu Wort.

„Seien Sie still oder ich gehe direkt zu Conny", drohte sie ihm. Er schwieg und guckte zu ihr. „Nicht nur, dass Sie Ihre wundervolle Frau betrügen. Sie haben außerdem noch eine Affäre mit der Frau Ihres Kontrahenten. Sowieso haben Sie sich die reichsten Frauen der Stadt geangelt, um Ihren Wahlkampf zu finanzieren. Ist es nicht so? Aber um auf Nummer sicherzugehen, haben Sie dafür gesorgt, dass Sie garantiert als Sieger aus der Wahl hervorgehen und haben Robert vergiftet. Sie waren sogar so freundlich, ihm einen Drohbrief zu schicken. Den hat der Arme wohl ignoriert oder wegen seiner Frau gar nicht zu Gesicht bekommen, sonst wäre er noch unter uns. Als schönen Nebeneffekt werden Sie Lourdes und ihr dickes Erbe aus der Versicherung auch mit einkassieren." Margret musste kurz zu Atem kommen. Das alles wühlte sie ziemlich auf.

„Nun sind Sie wohl von allen guten Geistern verlassen worden. Robert Cain hatte einen Herzinfarkt!"

„Ganz richtig. Der wurde allerdings durch Vergiftung ausgelöst. Hier, sehen Sie selbst." Margret zog einen Ausdruck des Dokuments, das sie von Jackie bekommen hatten, hervor, den sie mit Benjamin in einem Copyshop gemacht hatte. Es mochte kein kluger Schachzug sein, aber sie wollte endlich Antworten haben.

Stone studierte das Blatt. „Woher haben Sie das?"

„Das tut nichts zur Sache", blaffte sie ihn an und nahm das Blatt wieder an sich. „Sagen Sie mir lieber, ob es das wirklich wert war, einen Mann umzubringen?"

„Ich bin das nicht gewesen ... Wirklich ... Glauben Sie mir doch." Philipp Stone war sichtlich verzweifelt und rang nach Worten. Den Strauß ließ er zu Boden fallen und raufte sich das schütter werdende Haar.

„Papperlapapp. Tun Sie nicht so unwissend. Es hat lange gedauert, bis ich dahintergekommen bin, aber ich habe Ihre fiese Masche durchschaut." Erneut fasste Margret in ihre Tasche und zog das Foto hervor, das sie bei Benjamin in der Fotogalerie entdeckt hatte. Sie reichte es dem Bürgermeister, der es entgegennahm und kurz betrachtete.

„Und was soll das jetzt?" Stone wagte sich mit dieser Frage nur ganz vorsichtig hervor.

„Sie haben wirklich keine Ahnung?" Margret zog eine Braue hoch und zog die Lippen kraus.

„Ich verstehe wirklich nicht, worauf Sie hinauswollen, Miss Pagnum."

„Dieses Bild hier beweist, wie Sie es getan haben. Schauen Sie sich ganz genau Ihr Jackett an. Na, macht es klick? Da haben Sie in Ihrem gerissenen Plan wohl etwas vergessen, was? War es Überheblichkeit? Oder Dummheit? Es würde beides zu Ihnen passen." Sie stemmte ihre Hände in die Hüften und holte zum letzten Schlag aus. „Die entzückende Mildred hat mich darauf gebracht. Und bevor Sie sie belangen möchten, rate ich Ihnen davon ab. Sie vergöttert Sie nahezu. Jedenfalls findet sie es so schön, dass Sie von jedem Blumenstrauß passend eine Blume in das Knopfloch stecken. Und nun schauen Sie mal, was wir da an einem Samstag nicht vorfinden, Bürgermeister."

Stone wirkte wie von einem Lastwagen überrollt, betrachtete das Foto aber erneut.

„Und? Erkennen Sie Ihren Fehler? Da steckt keine rote Rose. Das ist Blauer Eisenhut. Und der ist extrem giftig. Auch das weiß ich von Mildred. Ich frage mich nur, wie Sie es geschafft haben, dass Robert davon eine passende Menge zu sich genommen hat. Das war sicherlich schwierig, oder?"

„Giftig sagen Sie?" Stone wirkte voll neben der Spur und fasste sich an Hals und Gesicht. „Ich kann es nur noch einmal wiederholen. Ich habe Mr. Cain nichts angetan. Diesen Blauen Eisenhut oder wie Sie ihn nennen, kannte ich bis eben nicht mit Namen. Für mich war das einfach eine schöne Blüte, die zu meinem Anzug passte." Stone war aufgebracht und sprach schnell.

„Ganz bestimmt." Margret kam nun richtig in Fahrt. „Und dann haben Sie auch noch Doc Brown gezwungen, offiziell eine falsche Diagnose zu stellen, damit Sie nicht auffliegen. Ganz schön gerissen."

„Weder habe ich Mr. Cain vergiftet, noch habe ich Doc Brown zu irgendetwas gedrängt. Es ging mir einzig und allein um das schöne Accessoire.“

„Und das soll ich Ihnen jetzt glauben, wo doch alles darauf hinweist, dass Sie Robert nur zu gerne eliminiert sehen wollten?“

„Ja.“ Er machte eine kleine Pause und plötzlich durchfuhr ihn etwas. „Diese Blume da. Diesen Eisenhut. Die hat mir eine Verehrerin mit einem Zettel in Herzform geschenkt. Es lag an meinem Pult. Ich weiß nicht genau, wer es gewesen ist, aber ich meine, Pamela Reece gehen gesehen zu haben. Schon früher hat sie betont, dass Blau gut mit meinen Augen harmonieren würde“, erklärte der Bürgermeister.

Margret hatte das Gefühl, dass er die Wahrheit sagte. Im selben Moment dachte sie sich, was für ein eingebildeter Idiot dieser Stone doch war. „Na meinetwegen. Aber den Rest streiten Sie anscheinend nicht ab“, stellte sie fest.

Stone bäumte sich mit einem Mal auf. „Nun reicht es aber! Ich muss auch nichts abstreiten. Ja, Robert war mein Rivale und lag in den Umfragen vorn. Und ja, ich habe drei Affären am Laufen, was mich wirklich nicht wie einen Musterknaben dastehen lässt. Aber ich bin kein Mörder, der irgendwelche Blumen zu Hilfe nimmt. Ich weiß weder etwas von irgendeinem Drohbrief, noch verspreche ich mir große Reichtümer durch meine Beziehungen zu den Frauen. Sie behaupten mit Recht, dass ich ein schmieriger, selbstgefälliger Mistkerl bin. Mehr aber auch nicht. Und sowieso frage ich mich, wie Sie, Miss Pagnum, an all diese Unterlagen gekommen sind. Das mag ebenfalls nicht mit rechten

Dingen zugegangen sein, oder?", funkelte Stone sie nun plötzlich an. Damit lag er richtig, und das wusste er.

In Margrets Kopf arbeitete alles auf Hochtouren. Ihr Hauptverdächtiger hatte wirklich keine Ahnung von dieser Pflanze. Er gestand sein unmoralisches Verhalten, ohne mit der Wimper zu zucken, bestritt aber scharf ihre Vorwürfe, den Mord an Robert begangen zu haben. So, wie jetzt vorgegangen zu sein, war ein großes Risiko gewesen. Gerade nach dem Unfall in der Nacht. Das war ihr durchaus bewusst. Immerhin hätte Stone, sofern er der Mörder gewesen war, sie hier an Ort und Stelle auch zum Schweigen bringen können. Benjamin wäre in seinem Versteck sicher gewesen und hätte Hilfe holen können, wenn die Luft wieder rein gewesen wäre. Das Kartenhaus, das sie sich in mühevoller Arbeit aufgebaut hatte, fiel gerade in sich zusammen. Zumindest ein Teil davon. Sie musste reagieren. Und zwar schnell. „In Ordnung, Stone. Ich glaube Ihnen."

„Das wurde aber auch Zeit." Seine angespannte Haltung löste sich. „Dann kann ich ja jetzt gehen", fügte er hinzu und wollte aufbrechen.

„Stopp!" Margret fasste ihn am Oberarm. „Sie und ich gehen jetzt einen Deal ein, okay?"

„Einen Deal? Ich wüsste nicht, warum ich das tun sollte", entgegnete er nun wieder in seiner gewohnt herablassenden Art.

„Weil es um Ihre Karriere geht." Mit dieser Äußerung traf sie ins Schwarze, denn er schien auf einmal ganz Ohr zu sein. „Ich verspreche Ihnen, dass nichts über Ihre Affären oder sonstigen Probleme über meine Lippen an die Öffentlichkeiten oder zu Ihrer Frau gelangen wird. Dafür bewahren Sie ebenso absolutes Stillschweigen, bis ich diese ganze Sache geklärt habe. Haben wir uns da verstanden? Und sollten Sie mich hintergehen, kann ich Sie mit den Beweisen hier ganz einfach ans Messer liefern. Beteuern Sie noch öfter, dass Sie es nicht waren – die Indizien sprechen leider eindeutig gegen Sie." Margret nahm ihre Hand von seinem Arm und wartete ab.

Stone atmete tief ein und aus. Mit der Zunge fuhr er sich über die Lippen, dann nickte er und zog ohne ein Wort der Verabschiedung ab.

Margret stand noch einige Minuten so da und bemerkte gar nicht, dass Benjamin bereits zu ihr gekommen war. Ihr Kopf war nämlich ganz woanders. Ihre Schlussfolgerungen Roberts Tod betreffend hatten eventuell einen Fehler, stellte sie fest. Und diesen galt es jetzt endgültig zu beheben.

Kapitel 22

Margret kratzte sich am Kopf und schaute wie ein ertapptes Kind zu Boden. Das dunkle Stäbchenparkett harmonierte mit den cremefarbenen Zweisitzern und dem Sessel in Elisabeths Wohnzimmer.

Obwohl die Zeit schon etwas fortgeschritten war, hatten sie und Benjamin beschlossen, ihrer eleganten Freundin einen Besuch nach der Pleite am Teich abzustatten. Statt selbst alles zu erzählen, spielten sie das Video ab, das Benjamin von dem Treffen mit Stone aufgenommen hatte.

Als die letzten Sekunden abgespielt worden waren, legte Elisabeth das Handy neben sich auf die Sessellehne. Ihre Hände legte sie auf ihre Oberschenkel und schaute Margret stumm an. Ihre Miene war starr und sprach dennoch Bände.

Margret kannte Elisabeth seit dem ersten Besuch in Little Maine und wusste, dass ihre beste Freundin alles andere als amused war. Die Stille war kaum auszuhalten und das gedämmte Licht tat sein Übriges dazu. Jeden Augenblick rechnete sie mit einer Schelte, die es in sich haben würde. Doch es kam anders.

„Somit fällt der Bürgermeister wohl als Täter raus", fasste Beth das Ganze für sie alle zusammen.

Margret war irritiert, hatte sie doch eine andere Reaktion erwartet. „Wie? Du schimpfst nicht mit mir?"

„Was würde das bringen, meine Liebe? Du bist alt genug und weißt hoffentlich, was du tust." Elisabeth lachte knapp. „Dass ich die Aktion alles andere als schlau finde, kannst du dir denken." Sie verzog das Gesicht. „Du hast eben den Bürgermeister im Park offen des Mordes beschuldigt und ihn gleichzeitig erpresst. Ich kann mir vorstellen, dass das noch ein Nachspiel haben wird. Aber das sollte uns jetzt nicht kümmern, stimmt's? So, wie ich dich kenne, heckst du bereits wieder etwas aus."

„Das ist tatsächlich der Fall", gestand Margret, während Elisabeth den Kopf schüttelte und ein kleines Seufzen ausstieß.

„Wie es aussieht, hat Pamela ihm die Blume zugesteckt. Das ergibt allerdings absolut keinen Sinn für mich, Beth. Pamela ist eine der liebsten Personen hier in Little Maine, die für jeden ein offenes Ohr hat. Warum sollte sie Robert umbringen wollen? Ich wüsste auch gar nicht, ob sie sich überhaupt richtig kannten. Du?"

„Wenn sie es denn überhaupt gewesen ist. Ziehe keine voreiligen Schlüsse, Maggie. Du siehst ja, worin das endet. Besser, wir schlafen da eine Nacht drüber", wies Elisabeth sie fast mütterlich darauf hin.

Da musste Margret ihr wohl oder übel zustimmen. „Also gut. Ich denke, es wird Zeit, ins Bett zu kommen. Oder, Benjamin?"

Der Junge war einverstanden und sie verabschiedeten sich.

Kaum lag Benjamin im Bett, tat Margret es ihm gleich und ging ins Schlafzimmer. Mit offenen Augen starrte sie Löcher in die Luft und überlegte fieberhaft, was sie nun tun sollte. Sie sortierte alle Fakten. Das hatte sie zwar inzwischen schon mehrfach getan, doch Margret war mehr der Typ, der immer wieder alles neu aufschreiben musste, um Klarheit zu bekommen. Um den Überblick zu behalten, griff sie zu ihrem Nachttisch und holte einen Block und Stift hervor. Am besten wäre es, wenn sie alles visualisierte.

Nachdem sie alles notiert und auch die neuen Erkenntnisse mit einfließen lassen hatte, betrachtete sie ihre Notizen lange. Dabei fühlte sie sich, als hätte sie Brei im Kopf. Alles, was sie sich bisher ausgemalt hatte, war ins Wanken geraten. Sie nahm erneut den Stift und verband einzelne Personen miteinander, zeichnete Symbole hinzu und schrieb im unteren freien Drittel des Blattes alles auf, was auf das Motiv und die Art des Mordes hindeutete. Sie notierte Stichworte und legte dann schließlich den Stift beiseite.

Margret schien die Zeit vergessen zu haben und war irgendwann ziemlich erschöpft, sodass sie einschlief.

Als sie einige Stunden später wieder aufwachte, lag sie in ihrer zerwühlten Decke. Stift und Block fand sie neben ihrem Kopfkissen. Es war eine unruhige Nacht gewesen, aber sie stellte jetzt zwei Dinge fest:

Erstens - sie hatte richtig Hunger.

Zweitens - bei der Suche nach Roberts Mörder stand sie fast wieder am Anfang und musste dringend einer weiteren Spur nachgehen.

Während eines ausgiebigen Sonntagsfrühstücks studierte Margret die Zeitung und fand auf den kalten Seiten, die mit den Todesanzeigen – auch die Anzeige für Robert. Dort hieß es, dass dessen Urnenbeisetzung kommende Woche am Mittwoch sein würde. Das zu lesen, versetzte ihr einen Stich ins Herz und sie musste kurz hart schlucken. Diese Endgültigkeit machte ihr zu schaffen. Gleichzeitig motivierte sie diese Mitteilung, ihrer neuen Idee nachzugehen. Das war sie ihrem Freund schuldig. Dafür würde sie aber noch einmal Benjamins Hilfe benötigen. „Ich bräuchte dich für eine weitere Sache, wenn du verstehst, was ich meine. Was hältst du davon, noch einen Tag länger zu bleiben?", fragte sie ihren Neffen, der beim Müsliessen irgendetwas auf seinem Handy spielte. „Wenn du das willst, rufe ich eben deine Eltern an und kläre das."

Kauend stimmte er ihr zu und Margret stand auf, um den Anruf zu tätigen. Sie hatte Glück, denn John und ihre Schwägerin waren noch nicht unterwegs und segneten den Wunsch ab.

Kaum hatte sie den Hörer aufgelegt, klingelte es an der Tür und Margret hatte das Gefühl eines Déjà-vu-Erlebnisses. Gleich darauf erkannte sie jedoch, dass es das nicht war.

Beim Öffnen der Tür traute sie ihren Augen nicht, als sie Constance Rutherford vor sich stehen sah.

„Constance? „Was verschlägt dich denn zu mir?", fragte sie mit erhöhter Stimme.

„Hättest du dich um diese Uhrzeit nicht schon etwas besser zurechtmachen können? Es ist fast zehn! Lass mich rein, wir müssen reden."

Am liebsten hätte Margret ihr für diese Frechheit die Tür vor der Nase zugeknallt, trat dann aber zur Seite. Irgendetwas an Constance wirkte an ihrer bissigen Art anders als sonst.

„Nur zu, komm gern rein."

Mit gerümpfter Nase betrat die reiche Frau das Haus, steuerte stöckelnd einen Sessel an und legte ein weißes Tuch drauf. Dann setzte sie sich auf die Kante. Innerlich trieb diese Aktion Margret zur Weißglut, aber sie beherrschte sich.

„Hatten wir nicht eine Abmachung?" Constance's Blick durchbohrte Margret förmlich. „Du sprichst nicht über mich mit jemandem und ich tue es ebenso wenig über dich bezüglich deiner Anschuldigungen mir gegenüber." Ihr Ton war streng und Margret fühlte sich irgendwie ertappt.

„Du musst mich verstehen, Constance ...", startete sie den Versuch einer Erklärung.

„Nichts muss ich, Margret!" Die Frau wurde lauter. „Du kannst doch nicht einfach zu Philipp Stone gehen und ihm den Mord an Robert anlasten. Dabei erwähnst du dann auch noch beiläufig, dass du von seiner und meiner Affäre weißt. Woher eigentlich?", funkelte Constance sie an. „Ist es zu viel verlangt, deine Nase aus anderer Leuten Angelegenheiten zu halten? Stone ist stinksauer! Das wird ein Nachspiel für dich haben."

Bei dem Satz mit der Nase wurde Margret aufmerksam, erinnerte er sie doch sehr an die Warnung von vor zwei Tagen.

„Ach, drohst du mir? Willst du mich dann wirklich überfahren oder mir wieder nur Angst machen?"

Constanze blickte sie verwirrt an und Margret klärte sie auf.

„Du hast sie doch nicht mehr alle. Ich habe dich nie überfahren wollen. Aber dieser Vorfall sollte dir eine Lehre gewesen sein, wenn du meinen Rat willst. Und das ist auch das einzige Freundliche, das ich dir zu sagen habe.“

„Na dann.“ Margret war einfach nicht in der Stimmung, eine Diskussion mit dieser anstrengenden Person zu führen, und beließ es dabei.

Anschließend erhob sich die reiche Dame und stolzierte erhobenen Hauptes zur Tür, wo sie einen Moment innehielt.

„Eins noch“, sagte sie, ohne sich umzudrehen. „Jeder Mensch hat Geheimnisse, die er verborgen halten möchte. Selbst die, bei denen man es nie vermuten würde.“ Dann trat sie hinaus und zog die Tür hinter sich zu.

Für ein paar Sekunden verharrte Margret an Ort und Stelle und sah zur Tür. Die letzten Worte von Constance klangen noch nach. Es war nicht zu überhören, dass sie auf jeden Fall Robert damit meinte. Der Mann, von dem Margret geglaubt hatte, alles zu kennen und zu wissen, um nach seinem Tod feststellen zu müssen, dass dem nicht so war.

„Was war das denn für ein Auftritt, Tante Margret?“

„Ein gelungener, würde ich sagen“, sagte sie zu ihrem Neffen und grinste.

Auch wenn es nicht in der Absicht dieser arroganten Schnepfe lag, ihr zu helfen, so hatte sie es dennoch getan.

Margret wusste, was nun zu tun war. Sie machte auf dem Absatz kehrt, um den Tisch abzuräumen und sich dann für ihr Vorhaben fertigzumachen.

Kapitel 23

Die Sonntage in Little Maine waren wie das Eintauchen in eine andere Welt. Alles schien verträumt und verschlafen. Die Einwohner waren in der Regel früh wach, frühstückten entweder zu Hause oder in *Pam's bakery*, um dann in einen entspannten ruhigen Tag zu starten. Weder Restaurants noch die Eisdiele hatten geöffnet, obwohl man viel Umsatz hätte machen können. Aber seit jeher hielt man es in diesem Städtchen so und niemand zeigte Anstalten, dies ändern zu wollen.

Nach ihrem langen Frühstück und Constance's überraschendem Auftritt hatten es Margret und Benjamin endlich in die Stadt geschafft. Sie beeilten sich, um noch auf die Schnelle etwas Gebäck bei Pamela zu kaufen. Glücklicherweise schafften sie es, fünf Minuten vor Ladenschluss anzukommen und traten ein. Sofort stieg ihnen der unglaubliche Duft in die Nase.

„Ich schließe gleich", rief Pamela aus der Backstube nach vorn, als sie ins Café kamen. Kurz darauf kehrte die Besitzerin des Cafés an den Tresen zurück und sah die beiden. „Guten Tag. Ihr seid wohl heute spät dran, was?", fragte sie lächelnd.

„Kann man so sagen. Vor allem ich bin etwas langsam aus dem Bett gekommen", gab Margret zurück und grinste. „Könnten wir noch ein bisschen Gebäck haben?", fragte sie und zog verlegen den Kopf ein, weil sie wusste, dass sie spät waren.

„Klar. Es ist allerdings nicht mehr viel da. Ich kann euch gern eine bunte Mischung zusammenstellen“, bot Pamela an und machte sich ans Werk.

Anschließend zahlte Margret und nahm die Tüte entgegen. „Danke dir.“ Sie machte eine kurze Pause und stupste Benjamin an, der wie aufs Stichwort zu Pamela sah.

„Ah ja. Ich werde morgen erst abgeholt. Tante Margret und ich hatten uns gefragt, ob du vielleicht Lust hättest, mit uns heute Abend bei dir zu kochen. So quasi als kleinen Abschluss von meinem Kurzurlaub hier in Little Maine. Neben Beth bist du nämlich die Einzige, die ich mag. Alle anderen hier sind echt merkwürdig oder unsympathisch. Und letztes Mal war es auch voll cool bei dir zu Hause“, sagte Benjamin und sah die Ladenbesitzerin erwartungsvoll mit großen unschuldigen Augen an.

„Das schmeichelt mir jetzt. Danke, Benjamin. Wie kann ich nach einem solchen Kompliment ablehnen?“ Pamela lächelte übers ganze Gesicht. „Würde euch sechs Uhr heute Abend passen?“

„Natürlich. Wir werden auch die Zutaten mitbringen“, stellte Margret klar.

Sie bedankten sich noch einmal und verließen das Café.

Mit ihrem Gebäck gingen die beiden in den Stadtpark, wo sie sich an den Teich setzten.

„Das lief ja schon mal super. Gut gemacht, Benji. Deinem Charme werden noch viele Mädchen verfallen“, neckte Margret den Jungen, der eine Schnute machte, weil er das peinlich fand.

Sie aßen die Leckereien und genossen die Sonnenstrahlen.

Landstreicher George gesellte sich zu ihnen, was Benjamin zunächst unbehaglich war, aber dann gab er sich einen Ruck. Den Nachmittag nutzten Margret und ihr Neffe, um ein wenig in Little Maine umherzuschlendern. Sie zeigte ihm den Fabelspringbrunnen, der laut Erzählungen angeblich von Elfen geschaffen worden sein soll und jedem Glück beschert, der eine Münze hinter sich ins Wasser warf. Selbstverständlich wollte Benjamin das ausprobieren und Margret tat es ihm gleich. Es konnte für ihr späteres Vorhaben nicht schaden.

Das Maislabyrinth abseits des Stadtkerns fand große Begeisterung bei dem Jungen, der mit seiner Tante wettete, wer den Weg zum Ziel am schnellsten finden konnte. Schließlich gingen sie zeitig nach Hause, um sich für das gemeinsame Kochen vorzubereiten und pünktlich anzukommen.

Pamela war gerade dabei, den Esstisch einzudecken, als es läutete. Sie korrigierte noch flugs die Ordnung der Tischdeko, ehe sie zur Tür ging. Margret und Benjamin standen mit einer Tasche Lebensmittel und einer Flasche Rotwein da.

„Guten Abend. Ihr seid mehr als pünktlich", stellte Pamela fest und bat die beiden herein.

Wie beim letzten Mal fühlten sich Margret und Benjamin gleich pudelwohl in den vier Wänden der Cafébesitzerin und folgten ihr in die Küche, die direkt ans Wohn- und Esszimmer grenzte. Pamela hatte einfach ein Händchen, wenn es um Behaglichkeit und Wohlfühlen ging. Jeder Raum war dezent beleuchtet und wirkte einladend. Das Zusammenspiel der hellen Farben und des Holzes, das an einigen Stellen verarbeitet worden war, fiel auch jetzt wieder ins Auge, dachte sich Margret. Neben dem kunstvoll genutzten englischen Landhausstil verstand es die Hausherrin ebenso, mit dekorativen Elementen umzugehen. Da gab es Blumen und Bilder, dort Vasen, Spiegel und andere interessante Dinge. Es war der perfekte Mix aus nicht zu viel und nicht zu wenig. Margret mochte sich nicht vorstellen, wie viel Zeit Pamela in das alles investieren musste, damit das Innere dieses Hauses so durchwegs wundervoll aussah. Sie selbst war zwar penibel und liebte die Ordnung, aber ihr Talent lag nicht zwangsläufig im Innendesign. Dennoch konnte sie zufrieden sagen, dass ihr Cottage gemütlich war.

Vorbei am Esstisch erreichten sie die Küche, wo Margret die Tasche mit den Lebensmitteln abstellte.

„Wir haben uns gedacht, dass wir vielleicht einen Shepherd's Pie machen und eventuell noch eine indisch angehauchte Vorspeise, wenn dir das recht ist", schlug Margret vor.

„Das klingt lecker. Gern. Für Naan-Brot und ein paar Dips hätte ich alles da."

„Super! Dann lasst uns starten. Ich kriege beim Gedanken an Essen schon richtig Appetit", witzelte Margret schließlich.

Gemeinsam schälten und schnippelten sie das Gemüse. Benjamin durfte es anbraten und mit den restlichen Zutaten ergänzen, bis alles zu guter Letzt in die Auflaufform kam und mit Blätterteig abgedeckt wurde. Der Pie verschwand sodann im Ofen. Auch den Teig für das Brot und die Dips bereiteten sie in Kürze vor, sodass sie gegen halb acht mit der Vorspeise beginnen konnten.

„Boah, Pamela. Das ist megalecker“, lobte Benjamin begeistert und verschlang das Brot regelrecht.

„Ich danke dir. Ist das Rezept meiner Großmutter“, bedankte sich Pamela. „Und? Wie hat es dir hier in Little Maine insgesamt gefallen, Benjamin?“

„Es war super. Von Anfang bis Ende.“

„Na ja. Etwas besser hätte der Start schon sein können“, fügte Margret hinzu und machte ein trauriges Gesicht, was Pamela wahrnahm. Es war klar, dass die Grundschullehrerin den Tod von Robert Cain meinte. Sie selbst sah Margret ein bisschen mitfühlend an.

„Heute in der Zeitung stand die Anzeige. Hast du sie auch gesehen?“, fragte Margret.

„Ja“, erwiderte Pamela knapp angebunden.

„Ich kann es noch immer nicht glauben, dass er nicht mehr wiederkommt. Das war eindeutig zu früh“, setzte Margret nach und beobachtete die Frau auf der anderen Seite des Tisches. „Er hat ein großes Loch hinterlassen.“

„Mhhmhh.“ Mehr sagte Pamela nicht dazu, sondern aß das Naan-Brot weiter.

Die heitere, lockere Stimmung schien plötzlich zu kippen. Es war nicht die beste Idee, den Verstorbenen beim Essen zu erwähnen, doch Margret blieb nicht allzu viel Zeit. „Gehst du am Mittwoch zur Beisetzung?“ Ein Schulterzucken war das Einzige, das sie als Antwort erhielt und lenkte deswegen um. „Sorry. Ist wohl nicht das beste Thema bei Tisch.“ Sie setzte ein Lächeln auf und erhielt eines von Pamela zurück. „Ich würde vorschlagen, wir holen den Pie aus dem Ofen. Was denkst du, Benjamin?"

Dieser nickte und fing an, das benutzte Geschirr abzuräumen und zum Spülbecken zu tragen.

„Ist alles in Ordnung, Pamela?" Margret wurde unsicher, ob dem so war, da sich die Cafébesitzerin seit dem Essen so still verhielt.

„Ja. Wieso?"

„Du sagst so wenig. Ist es, weil ich die Sache mit Robert erwähnt habe? Falls dem so ist, tut es mir wirklich leid. Ich wollte keine schlechte Stimmung verursachen", stellte Margret nochmals klar.

„Ich denke schon", sagte Pamela knapp und vermied es dabei, Margret anzusehen. Stattdessen schaute sie zum Fenster hinaus. Dann setzte sie sich aufrechter hin und machte einen kleinen Seufzer. „Nun lass uns über etwas anderes reden, bitte. Das Thema Tod liegt mir nicht so", gab sie ihr zu verstehen. „Lass uns Benjamin mit dem Hauptgang helfen."

Margret folgte ihr in die Küche und sie deckten für den zweiten Gang ein. Genüsslich verspeisten sie auch diesen wenig später und unterhielten sich über die kommenden Urlaubsziele.

Mittlerweile war die Sonne untergegangen, sodass das Licht im Haus noch intensiver wirkte und strahlte. Die Unterhaltungen schweiften ab und die zuvor bedrückende Stimmung wurde lockerer.

„Also ich für meinen Teil bin pappsatt", gestand Margret und wischte sich den Mund mit einer Serviette ab.

„Ich kriege auch keinen Bissen mehr hinunter, obwohl der Pie sehr lecker ist", würdigte Pamela das gemeinsam gezauberte Gericht.

Zusammen räumten die beiden Damen ab und wechselten von der Küche mit einer Tasse Tee ins Wohnzimmer, wo Benjamin vor der Bücherwand saß, die bis zur Decke reichte.

Er zeigte auf ein Schachbrett auf einem kleinen Tisch. „Spielst du Schach, Pamela?"

„Ja, aber in letzter Zeit deutlich weniger, weil ich niemanden habe, gegen den ich spielen könnte."

Als sie das sagte, veränderten sich für den Bruchteil einer Sekunde die Partien um Mund und Augen. Die Augen wirkten traurig, der Mund verbittert, bemerkte Margret.

„In der Schule bin ich in der Schachgruppe. Ab und zu nehmen wir auch an Turnieren teil. Spielen wir eine Runde?", fragte er Pamela.

„Wow. Nicht schlecht. Wenn es deine Tante nicht langweilt, uns zuzusehen, sage ich nicht nein zu deinem Angebot." Pamela strahlte auf einmal.

Beide sahen zu Margret, die abwehrend die Hände hob und ihnen damit signalisierte, dass sie gut und gern eine Partie gegeneinander spielen sollten. Sofort zogen die zwei den Tisch heran und starteten.

Die Konzentration der beiden Spieler war nach wenigen Minuten deutlich im Raum spürbar und es faszinierte Margret zu sehen, wie ihr Neffe Zug um Zug gegen Pamela vorging. Sie räusperte sich, um kurz die Aufmerksamkeit der beiden zu bekommen.

„Ich glaube, ich habe etwas zu viel gegessen und müsste mal ins Bad."

Pamela erklärte ihr, wie sie dort hingelangen konnte. Sogleich widmete sie sich wieder dem Schachbrett, was Margret innerlich freute.

Hinter der Küche ging sie in einen schmalen Flur, an dessen Wänden einige Bilder von Landschaften aus verschiedenen Teilen der Welt hingen. Jedes von ihnen wurde mit einem Strahler angeleuchtet. Sie folgte dem Gang. Der von einem Teppich bedeckten Boden unter ihren nackten Füßen war weich und schluckte ihre Schritte. Margret durchströmte ein Gefühl von Aufregung, weil nur sie und Benjamin wussten, was sie jetzt vorhatte.

Sie blieb an der ersten Tür zu ihrer Linken stehen, obwohl sie hätte bis zum Ende laufen müssen. Vorsichtig warf sie einen Blick über die Schulter und vergewisserte sich, dass niemand kam, und verschaffte sich Zutritt zu dem Zimmer. Das Schlafzimmer wies keinerlei Auffälligkeiten auf. Ebenso verhielt es sich mit dem danebenliegenden Gästezimmer und dem gegenüberliegenden begehbaren Kleiderschrank. Jeder der Räume war im gleichen Stil wie der vordere Teil des Hauses eingerichtet und gestaltet.

Margret war durchwegs auf der Hut, dass man sie nicht dabei erwischte, wie sie jedes Zimmer genaustens inspizierte. Zu ihrem Bedauern fand sie absolut nichts, das verdächtig wirkte. Enttäuscht begab sie sich dann schlussendlich wirklich zum Bad. Und da erst fiel es ihr auf.

Eine weitere Tür.

Klein und unscheinbar, direkt in eine Nische eingelassen, sodass man sie aus der Ferne gar nicht erkennen konnte. Wahrscheinlich verbarg sich dahinter der Eingang zum Keller.

Erneut sah sie sich um und atmete durch. Pamela und Benjamin schienen ziemlich in ihre Partei vertieft zu sein. Dann schließlich fasste sie den Türknauf an und drehte ihn. Nichts tat sich. Sie versuchte es in die andere Richtung, doch auch so ließ sich der Knauf nicht bewegen. Diese Tür war verschlossen. Das machte sie stutzig. Jedes Zimmer hier im Haus war frei zugänglich, nur dieses nicht.

Warum?

Ehe Margret Gefahr lief, von Pamela hier mitten im Flur gefunden zu werden, suchte sie das Bad auf und verschloss leise die Tür. Sie wartete nur wenige Sekunden und betätigte die Toilettenspülung. Immerhin war sie schon einige Zeit weg. Danach machte sie sich auf den Weg zurück ins Wohnzimmer.

„Da bin ich wieder", trällerte sie fröhlich und rieb sich den Bauch. „Puh ... so langsam wird's besser. Und? Wie weit seid ihr?"

„Benjamin ist echt gut. Ich habe Mühe, ihm Paroli zu bieten. Wahrscheinlich bin ich etwas eingerostet", erwiderte Pamela, ohne aufzuschauen.

Nach weiteren zwanzig Minuten hatte Benjamin die sympathische Cafébesitzerin Schachmatt gesetzt und freute sich über seinen Sieg.

„Glückwunsch. Verdient würde ich sagen", gestand seine Gegnerin und schenkte ihm als Anerkennung seines Triumphes einen der Traumfänger, die eine der Wohnzimmerwände zierten.

„Das ist sehr lieb von dir", sagte Margret und sah auf die Uhr. „Ich denke, wir sollten uns langsam auf den Heimweg machen, Benjamin." Dann schaute sie zu Pamela. „Es war ein wirklich schöner Abend. Das wiederholen wir bald."

„Tolle Idee. Ich hätte dagegen nichts einzuwenden.“ Pamela freute sich sichtlich über diesen Vorschlag. Nichts war mehr von ihrer trüben Miene nach der Vorspeise zu sehen.

„Aber wenn wir das machen, geht es montags eher schlechter, weil ich da immer sehr lange in der Bäckerei bin, um Torten und dergleichen vorzubereiten. Das klappt am Wochenende nicht so gut“, erklärte sie.

Margret nickte. An der Haustür umarmten und verabschiedeten sie sich.

Kapitel 24

Winkend stand Margret am Eingangstor zu ihrem Grundstück und sah dem Wagen ihres Bruders hinterher, der Benjamin abgeholt hatte. Es war eine schöne Zeit gewesen, die sie mit ihrem Neffen verbracht hatte, auch wenn diese von turbulenten Vorkommnissen überschattet worden war. Dieser Gedanke holte sie in die Gegenwart zurück und ließ sie angestrengt überlegen, was ihre nächsten Schritte sein würden.

Doch bevor sich weiter den Kopf zerbrach, ging Margret zurück ins Haus und steuerte den Esstisch an. Schon aus der Entfernung sah sie den kleinen Karton, den sie jetzt in die Hand nahm und so, wie einige Minuten zuvor öffnete.

Zum Vorschein kam ein nagelneues Smartphone, das sie fortan ihr Eigen nennen durfte. Benjamin war so süß gewesen und hatte seinen Eltern in den vergangenen Tagen gesteckt, dass sie unbedingt eines benötigte. Zum einen müsste sie seiner Ansicht nach mal mit der Zeit gehen, zum anderen war er davon überzeugt, dass seine Tante in der letzten Woche gemerkt haben wird, wie praktisch solch ein technischer Begleiter sein konnte. Margret schmunzelte in sich hinein, sodass sich das Grübchen in ihrer rechten Wange zeigte.

Als sie das neue Handy vorhin zum ersten Mal gesehen hatte, hatte sie es zunächst gar nicht annehmen wollen, wurde aber von ihrem Bruder und seinem

Nachwuchs überredet, es zu behalten. Benjamin hatte sich die Zeit genommen, um Margret zumindest die für sie wichtigsten Funktionen zu erklären: Fotos machen und wiederfinden, die Kamera nutzen und telefonieren. Außer Hörweite seines Vaters flüsterte er ihr zu, dass sie so weitere Beweise für ihren Fall sammeln könnte. Außerdem würde er ihr gleich im Auto alles zuschicken, was er auf seinem Smartphone hatte, damit sie es ebenfalls speichern konnte. Der Junge war einfach zu niedlich und sowieso ein wirklich guter Assistent, stellte Margret für sich fest.

Sie betrachtete das Handy in ihrer Hand noch einige Augenblicke, ehe sie sich dazu durchrang, damit ein wenig durch das Haus zu gehen, um dessen Funktionalität zu testen. Auch im Garten tobte sie sich aus und ließ es sich nicht nehmen auf einer Walkingtour, die sie ohne Elisabeth spontan unternahm, alle möglichen Dinge bildlich festzuhalten. Ebenso der Garten von Lourdes Cain blieb nicht vor Margret sicher. Zu ihrem Glück war die herrische Frau nicht zu Hause.

Leicht erschöpft ließ sich Margret am kleinen Bächlein nahe ihrem Cottage nieder und verschnaufte ein wenig. Das neue Gerät zog sie aus ihrer Bauchtasche und scrollte amüsiert durch ihre eigene Bilder- und Videogalerie. Es faszinierte Margret, was diese Technik in Miniaturform ermöglichte. Sie wollte sich selbst am liebsten ohrfeigen, dass sie früher so verbohrt gewesen war, was diese Dinger anging.

Bei dem Bild von Cains Garten hielt sie inne und stutzte. Und das hatte auch seinen Grund.

Dass die Blumen- und Blütenpracht einem den Atem rauben konnte, stand außer Frage. Vielmehr überraschte sie das, was sie zwischen den Sträuchern erkannte. Es war die große Ansammlung blau-violetter Blumen, die dicht in einem traubigen Blütenstand wuchsen. Die Pflanze ragte an einigen Stellen weiter über eineinhalb Meter in die Höhe und verzauberte.

Nur Margret nicht. Der Blaue Eisenhut war mit großer Sicherheit schuld an allem Übel, das Robert Cain widerfahren war. Sofort war die unbeugsame Grundschullehrerin wieder am Denken.

Es stand außer Frage, dass Robert vergiftet worden war. Den Beweis dafür hatte ihr Jackie zukommen lassen. Bürgermeister Stone, den sie als großen Rivalen Roberts bei der anstehenden Wahl als ursprünglichen Täter ins Auge gefasst hatte, stand nach ihrem Treffen am Teich nicht mehr ganz oben auf ihrer Verdächtigenliste. Ausschließen wollte sie ihn dennoch nicht. Ihr war klar geworden, dass Menschen alles Mögliche erzählten und erfanden, nur um selbst nicht schuld zu sein.

Mittlerweile beschlich Margret das Gefühl, dass auch Pamela involviert war, da Stone den Blauen Eisenhut in seinem Jackett anscheinend von ihr erhalten hatte. Ihr war schon bewusst, dass diese Verbindung und Theorie ziemlich weit hergeholt waren. Allerdings war vieles an diesem Mord nicht nachvollziehbar und: Was an diesem Mord war überhaupt *normal*?

Erst Constance hatte sie dazu gebracht, dieser Spur nachzugehen, nachdem diese Schnepfe einen ihrer typischen Auftritte hingelegt und gemeint hatte, dass jeder irgendwie Geheimnisse hätte.

Jedoch fehlten Margret sinnvolle Belege dafür, dass ausgerechnet Pamela mit Roberts Tod in Verbindung gebracht werden konnte. Vor allem fragte sie sich immer wieder, welchen Grund die Cafébesitzerin gehabt haben sollte. Sprich, das Motiv war nicht erkennbar für Margret. Dass Constance aus blinder Leidenschaft für den beleibten Bürgermeister seine Kontrahenten ermorden würde, schien undenkbar.

Dass tatsächlich irgendetwas nicht ganz normal war, kristallisierte sich für die Lehrerin gestern beim gemeinsamen Kochen heraus. Pamela wirkte stets wie eine absolut offene Persönlichkeit, die getreu dem Motto *Mi casa es tu casa* lebte. Die verschlossene Kellertür in dem ansonsten komplett frei zugänglichen Haus hatte jedoch Zweifel in Margret gesät. Und die waren der Grund dafür, dass sie noch am selben Abend Klarheit schaffen wollte. Im Vierfüßlerstand rappelte sie sich auf und trottete gemütlich nach Hause.

Stunden später war der Abend hereingebrochen. Die Stille abseits der Neubausiedlung und vor dem schnucklig wirkenden Häuschen zwischen den Bäumen wurde von relativ auffällig tapsenden Schritten unterbrochen. Als das leicht morsche Tor aufgeschoben wurde, quietschten die verrosteten Angeln. Das Mondlicht wurde stellenweise von der Person verdeckt, die im Tor stehen blieb und einen weiten Schatten warf. Margret war wieder völlig in Schwarz gekleidet, um nicht aufzufallen. Unruhig sah sie sich vermehrt zu allen Seiten um. Das Haus sah verlassen aus, kein Licht brannte. Erst als sie ihre Umgebung in Augenschein genommen hatte, ging sie an der linken Seite des in der Dunkelheit liegenden Hauses vorbei. Feuchte Luft stieg ihr in die Nase. Ganz langsam kam sie voran, immer darauf bedacht, in kein Loch zu treten oder ein lautes Geräusch von sich zu geben. Margret huschte weiter und erreichte das kleine Fenster an der Seitenwand. Sie zog ihre Handschuhe über. Es war verschlossen. Sie versuchte, es mit dem Fuß aufzudrücken, scheiterte aber. Behutsam kniete sie sich nieder und rüttelte vorsichtig am Rahmen. Nichts tat sich zuerst, bis das kleine Fenster auf kipp ging.

Weil sie damit gerechnet hatte, griff sie nun in ihren Rucksack. Eine kleine Taschenlampe diente ihr als Unterstützung für ihr heimliches Tun. Anschließend hantierte sie mit dem mitgebrachten Schraubendreher an den Fensterangeln herum. Endlich lösten sich die Schräubchen und fielen ihr in die Hand. Zur Sicherheit schob sie diese in ihre Hosentaschen. Das Fenster klappte nach unten hin auf.

Der dahinterliegende Raum war dunkel. Die Finsternis machte es nicht einfacher, doch sie musste es jetzt tun. Solch eine Chance bot sich erst kommenden Montag wieder. Und dann war es vielleicht schon zu spät. Margret steckte die Taschenlampe in ihren Rucksack zurück. Danach nahm sie allen Mut zusammen und krabbelte rückwärts auf das Fenster zu. Ungelenk quetschte sie sich mit den Beinen voran durch die Öffnung. Dabei schnitten sich die Kanten in ihre Seiten hinein. Glücklicherweise trug sie entsprechend schützende Kleidung, sodass sie keine Verletzungen davontrug. Ihre Beine hingen in der Luft und suchten nach etwas, das ihr Halten bieten konnte.

Vergebens.

Sie zappelte wie ein Käfer auf dem Rücken. Die Luft anhaltend, den Bauch eingezogen, schaffte sie es schlussendlich durch die viel zu enge Öffnung und landete mit dem Hintern unsanft auf dem Boden.

Margret war von Schwarz umgeben. Nach einigen Sekunden gewöhnten sich ihre Augen an die Finsternis. Auch das schüchtern hereinfallende Mondlicht leistete seinen Beitrag. Einzelheiten wurden sichtbar.

Und Margret sah nur schemenhaft, was hier unten im Keller war. Ihr wurde mulmig. Zur besseren Orientierung knipste sie die Taschenlampe an. Plötzlich stockte ihr der Atem, als hätte sie einen Schlag abbekommen. Unwillkürlich presste sie die Hand vor den Mund, um keinen Schrei loszulassen.

„Oh mein Gott!", entfuhr es ihr dann doch. Obwohl die Worte leise gesprochen worden waren, klangen sie in der Stille und Enge des Raumes unnatürlich laut. Entsetzt wich Margret ein Stück zurück und stieß kurz darauf gegen die kalte, feuchte Kellerwand, wo sie zum Stehen kam.

Mit zittriger Hand durchleuchtete sie den Raum und sog alles in sich auf, was sie zu sehen bekam. Je mehr sie ihren Blick schweifen ließ, umso größer war der Schock, der sich in ihr breitmachte.

Hätte sie nicht gewusst, dass sie sich im Keller von Pamela Reece befand, hätte sie vermutet, in einem Tempel oder etwas Ähnlichem gelandet zu sein.

Direkt neben der Kellertreppe, die steil nach oben zu der Tür führte, die Margret gestern verzweifelt zu öffnen versucht hatte, entdeckte sie eine Art Altar. Auf einem ausgedienten Schminktisch mit Spiegel waren un-

zählige Bilder angeheftet. Davor standen heruntergebrannte Kerzen und anderer Nippes, den Margret erst
beim Nähertreten genauer inspizieren konnte: Es fanden sich Zeitungsartikel, leere Blätter und auch ein verwelkter Blumenstrauß, der offenbar behutsam getrocknet worden war. Neben diesem Tisch, dessen Spiegel eine Lichterkette zierte, standen zwei Stellwände.
An diese waren die überdimensionale Papierblätter gepinnt, auf denen in fein säuberlicher Handschrift einiges notiert worden war. Margrets Puls stieg und sie
hatte Mühe, zu entscheiden, was sie als Erstes in Augenschein nehmen sollte. Sie atmete tief ein und aus
und arbeitete sich kurz entschlossen von links nach
rechts.

Die Aufzeichnungen auf den Stellwänden entpuppten sich als Tagesablauf beziehungsweise Wochenablauf. Mit Uhrzeiten und Orten war dort alles peinlich
genau festgehalten worden. Gelegentlich waren Namen notiert, unter anderem auch ihrer. Von diesem
ging ein Pfeil weg, der zu einem Piktogramm führte,
das aus zwei Strichmännchen bestand, die sich umarmten. Ähnlich verhielt es sich mit anderen Namen.
Zu Bürgermeister Stone war ein Blitz zugeordnet worden, zu Constance ein Herz und auch zu anderen
Frauen hatte man ein Herz gesetzt. Lourdes' Namen
mit Blitzen, Totenköpfen und einem zerbrochenen
Herzen. Auch untereinander waren die Namen miteinander verbunden. Diese Flut an Information war zu
viel für Margret, da sie ihre Bedeutung erst nicht fassen
konnte.

Sie blickte weiter zum Schminktisch. Die Fotos zeigten nahezu immer Robert. Robert, wie er sich als Kandidat aufstellen ließ. Robert beim Eis essen. Robert beim Einkaufen. Robert beim Lesen der Zeitung im Stadtpark, beim Spazieren mit Lourdes, beim Kuscheln mit Constance, bei einem Treffen mit Doc Brown und in vielen weiteren Situationen. Auffallend waren allerdings die Bilder von Robert mit Pamela. Die beiden wirkten einige Jahre jünger. Sie lächelten und schienen sich prächtig zu amüsieren.

Unter dieser Sammlung von Fotos lagen Zeitungsartikel, die sich allesamt um Robert drehten. Manche Stellen war mit Textmarker versehen, alle Blätter penibel laminiert.

Und dann plötzlich fiel Margret etwas anderes ins Auge. Sie musste dreimal hinsehen, um auch ganz sicher zu sein. Fast schon ehrfürchtig griff sie danach und betrachtete ihren Fund. *Das war doch ...*, schoss es durch Margrets Kopf.

Auf einmal hörte sie ein Geräusch und erschrak.

War das Pamela? Wenn ja, wie viel Zeit blieb ihr dann?

Hektisch suchte sie ihren Rucksack und holte ihr Handy hervor. Wie es ihr Benjamin gezeigt hatte, öffnete sie es und schaute nach der Kamera. Schließlich drückte sie den gesuchten Knopf und filmte den kompletten Raum im Schein ihrer Taschenlampe. Auch Fotos machte sie zur Sicherheit. Dann schnappte sie sich einen Teil des Fundes, hielt nach etwas wie einem Hocker oder Stuhl Ausschau und fand eine Kiste. Das würde Pamela sicher merken, aber das Risiko nahm

Margret in Kauf. Die Taschenlampe schaltete sie aus und sah zu, dass sie zurück zum Fenster kam.

Nur mit Mühe gelang ihr der Ausstieg. Das Fenster würde sie jetzt nicht mehr schließen können.

Die roten Locken mit Spinnweben überzogen, außer Puste nahm Margret die Beine in die Hand und lief blindlings los. Orientierungslos bahnte sie sich mit dem Arm vor dem Kopf ihren Weg durch Gestrüpp und Sträucher. Ihre Atmung beschleunigte sich. Ihr Herz pochte. Wie ein Elefant im Porzellanladen tapste sie durch die Beete, bis sie plötzlich hängen blieb und auf allen Vieren landete. Dabei schlug ihr ein Ast ins Gesicht und hinterließ einen Kratzer auf ihrer Wange.

„Autsch“, zischte sie leise und nahm ihre Umgebung ängstlich in Augenschein.

Dann die Erkenntnis. In ihrer Panik ist sie nicht nach links, sondern nach rechts gelaufen. Plötzlich erstrahlte Licht im vorderen Teil von Pamelas Haus. Schnell duckte sie sich und sprach sich Mut zu. Sie war noch immer im Verborgenen, eingehüllt von Dunkelheit.

Damit sie sich nicht weiter verlief und gegebenenfalls von Pamela erwischt wurde, knipste sie ihre kleine Taschenlampe an und richtete den Strahl konsequent nach unten. So stellte sie überrascht fest, dass sie ums Eck gegangen war und nun dort hockte, wo Benjamin neulich die Schnecken am zweiten Kellerfenster gefunden haben musste. Die länglichen schleimigen Tiere konnte sie hier jetzt teilweise ausmachen, allerdings auch etwas Weiteres.

Wie auf dem Foto von Lourdes' Garten wuchs auch hier in Hülle und Fülle Blauer Eisenhut. Margret konnte kaum fassen, was sie durch Zufall gefunden hatte. Spontan machte sie ein Foto davon. Zu ihrem Pech erstrahlte in grellem Licht der automatische Blitz. Vor Schreck ließ sie das Telefon fallen, suchte danach und steckte es flott wieder weg.

Im Innern des Hauses schien der Lärm nicht unbemerkt geblieben zu sein, denn auf einmal erstrahlten weitere Lampen.

So schnell es ihr möglich war, krabbelte Margret durch das dichte Grün und gelangte hinter einen großen Busch, als Pamela nach draußen trat.

„Hallo? Ist das jemand?", fragte sie in die Nacht.

Die Bäckerin kam frisch aus dem Laden, wirkte müde und war über und über mit Mehl und anderen Zutaten bekleckert. Doch selbst jetzt sah sie, im Schein des Mondes, umwerfend aus, gestand sich Margret ein, während sie Pamela noch eine Weile im Türrahmen stehen sah. Für ihren Geschmack viel zu lange.

Nachdem Pamela endlich zurück ins Haus gegangen war, bemühte sich Margret, den restlichen Weg unentdeckt davonzuschleichen, um danach in aller Ruhe diesen Trip voller Überraschungen zu verarbeiten.

Kapitel 25

Frisch geduscht und eingehüllt in eine Decke hatte Margret es sich mit einem Tee zu später Stunde auf dem Sofa kuschelig gemacht. Bei sich hatte sie die Briefe aus Cains Haus, ihre Ausdrucke, alle selbst gemachten Notizen und das Foto- und Videomaterial.

Anders als eben Pamelas Keller wirkte ihr Wohnzimmer behaglich und lauschig. Es war zwar nicht die Zeit dafür, aber Margret hatte den Kamin angemacht, um im Schein und der Wärme des Feuers nachzudenken. Beim Knistern des Holzes kam sie zögerlich zur Ruhe, sodass ihre Gedanken zu kreisen begannen.

Sie war noch immer irritiert und geschockt zugleich. Das, was sie nur knapp zwei Stunden zuvor in Pamelas Keller vorgefunden hatte, bereitete ihr Sorgen und Kopfzerbrechen. Mit einer solchen Entdeckung hatte sie schlichtweg nicht gerechnet. Es warf irgendwie alle für sie nachvollziehbaren Erklärungen über den Haufen und gleichzeitig war es absolut surreal.

Statt sich weiter ihrem Schock zu überlassen, sichtete sie ihre Aufnahmen und die Notizen. Je öfter sie das tat, umso sicherer war sie sich, dass Pamela tatsächlich hinter dem Mord stecken konnte, so ungern sie selbst das auch denken wollte. Letzte Gewissheit gab ihr der Fund am Ende ihrer illegalen Kellerbesichtigung. Vor sich auf dem Schoß lag der Brief, den sie als Drohung in der Nacht ihres Unfalls erhalten hatte, während sie in der Hand ein weiteres Stück Papier hielt.

Ihren Fund!

Es handelte sich um dasselbe Briefpapier. Das konnte kein Zufall sein, dachte sich Margret.

Die Frage war nur – warum?

Was hatte Pamela dazu bewogen, sie des Nachts fast über den Haufen zu fahren und ihr Warnungen zukommen zu lassen? Und überhaupt – was verband diese Frau mit Robert?

Ihr Kopf dröhnte und alles in ihr schrie auf. Sie stöhnte entnervt. Wie konnte sie es anstellen, dass sie Inspector Smith von ihren neuen Ergebnissen erzählte, ohne sich dabei selbst zu sehr zu belasten? Ebenso fragte sie sich, ob er ihr dieses Mal glauben und sie nicht für eine durchgeknallte Irre halten würde. Eine alleinstehende Grundschullehrerin, die in ihren Sommerferien nichts Besseres zu tun hatte, als in anderer Leute Häuser einzubrechen, um einen Mord aufzuklären, der laut ärztlichem Gutachten offiziell gar keiner gewesen sein sollte. Es war zum Verzweifeln. Sie verzweifelte. Und war ratlos.

Spontan griff sie ihr Handy und schrieb Benjamin. Kurz nachdem sie ihre Nachricht abgeschickt hatte, sah sie, dass ihr Neffe bereits dabei war, ihre Nachrichten zu lesen. Sie war müde, schaltete das Handy aus und beschloss, ins Bett zu gehen. Sie musste den Kopf freibekommen.

Am nächsten Morgen sah es mit ihren wirren Gedanken zwar nicht besser aus, doch Margret war nicht bereit, so schnell klein beizugeben. Benjamin war so lieb gewesen und hatte ihr auf ihre Bitte gestern Abend seine Bilder und Videos vom Backwettbewerb auch per E-Mail zugeschickt. So konnte sie alles am Laptop in groß anschauen.

Und das tat sie gerade. Das Bett hatte sie nur kurz verlassen, um sich einen Tee zu kochen. Mit der weißen Tasse in der einen, dem Handy in der anderen Hand und dem PC auf dem Schoß betrachtete sie nun ganz genau alle Aufnahmen. Dabei achtete sie besonders auf die Personen, die sie in den vergangenen Tagen intensiver ins Auge gefasst hatte. Aufgrund ihrer neuesten Entdeckungen im Keller fokussierte sie sich nun aber auf Pamela.

Auch jetzt fiel es Margret schwer zu glauben, dass diese Frau allen Ernstes etwas mit Roberts Tod zu tun haben sollte. In den vergangenen sieben Jahren, die Margret jetzt in Little Maine lebte, kannte sie die Cafébesitzerin immer als liebevolle und hilfsbereite Frau. Soweit sie wusste, war Pamela als Tochter zweier Einwanderer in der Nähe von Liverpool aufgewachsen. Nach dem Schulabschluss und einem zweijährigen Aufenthalt in Frankreich war sie dann in die Stadt gezogen. Damals hatte die alte Bäckerei wegen fehlenden Interesses der Kinder der Vorbesitzer bereits schließen müssen und stand zu einem niedrigen Preis zum Verkauf. Die zu dieser Zeit Anfang zwanzigjährige Schönheit hatte darin ihr Schicksal gesehen und zugeschlagen. Seitdem brummte ihr Geschäft und jeder in Little Maine verzehrte sich nach ihren Köstlichkeiten. Zu Weihnachten und Ostern veranstaltete Pamela immer Charity-Events, deren Erlös an Hilfsorganisationen für

Kinder ging. Diese Frau war ein regelrechtes Arbeitstier, das dabei stets das Wohl ihres Umfeldes im Blick hatte. Das Privatleben konnte da schon auf der Strecke bleiben, ging es Margret durch den Kopf. Sie erinnerte sich an Pamelas Kummer und Jammern, als sich ihre Unterhaltung um Männer drehte. Diesbezüglich konnte einem diese Frau leidtun, denn das hatte sie nicht verdient.

Dass diese nun allerdings einen Mord verübt haben sollte, schien für Margret schier unglaublich. Sie schüttelte den Kopf und konzentrierte sich wieder auf die Fotos von Benjamin. Das Jubiläum hatte Stone wirklich toll in Szene gesetzt, musste sie sich eingestehen. Alles sah total professionell aus. Margret swipte durch die Bilder und stockte auf einmal.

Auf mehreren Fotos, die in rascher Abfolge gemacht worden waren, sah sie etwas, das sie auch mit Zoomen nicht ganz deutlich erkennen konnte. Mit zusammengekniffenen Augen hielt sie das Handy nah vor ihr Gesicht, aber das Resultat blieb das gleiche. Am Laptop wurde es nicht besser. Margret überlegte fieberhaft, wie ihr es gelingen würde, mehr zu erkennen. Nach weiteren Minuten gab sie es schließlich auf und sah resigniert aus dem Fenster.

Sie kam nicht darum herum, Inspector Smith noch einmal aufzusuchen. Schnurstracks krabbelte sie unter ihrer Decke hervor.

Wenig später tuckerte sie auf der nach wie vor ramponierten Lucy in die Stadt. Ihre gute alte Freundin pustete wie ein lahmendes Muli aus dem Auspuff und einige Teile an ihr klapperten zudem. Trotz allem schaffte es Margret unbeschadet an ihr Ziel.

Es war noch früh am Morgen. Der Tau perlte von den Blättern und dampfte in den Strahlen der Sonne wie zarter Sprühnebel. Die feuchte Luft gepaart mit der aufkommenden Wärme war so gar nicht Margrets Wetter, weshalb sie trotz ihrer Vespa leicht ins Schwitzen kam. Sie stieg ab und lief geradewegs auf die Dienststelle der Polizei zu. In ihr tobte es. Sie musste unverzüglich mit der Polizei sprechen. Rose McCallun, die wie Hausinventar wieder an Ort und Stelle saß, empfing Margret freundlich mit ihrer markanten Stimme, während sie ihren Porridge löffelte.

Lediglich mit einem flüchtigen Nicken peste Margret an Rose vorbei und nahm den Weg, den sie bereits einmal gegangen war. Ohne zu klopfen, drückte sie die Klinke der Tür herunter, neben der das Schild von Smith angebracht war.

Wie zu erwarten, ließ sie sich öffnen und sie stürmte ins Büro. Außer Atem stand sie nun da und blickte in das Gesicht eines völlig überraschten und zugleich erschrockenen Nicolas Smith. In säuberlich gebügeltem Hemd und frisch rasiert saß er an seinem Tisch und wirkte wie ein schlaksiger Schuljunge auf sie.

„Miss Pagnum!", entfuhr es ihm mit leicht erhöhter Stimme, doch er wurde durch das Zuwerfen der Tür von Margret davon abgehalten, mehr zu sagen.

„Ja, ich schon wieder. Guten Morgen erst einmal", sagte sie und begab sich nach Luft schnappend zu Smith an den Tisch, der sich noch keinen Millimeter gerührt hatte. Mit Wucht klatschte sie einen Schnellhefter auf seinen Schreibtisch und ließ sich wie ein nasser

Sack auf einen Stuhl davor plumpsen. „Und jetzt hören Sie mir gefälligst einfach nur zu, und zwar ohne mich zu unterbrechen!", fügte sie dann bestimmend hinzu.

Anschließend holte sie ihr Handy hervor und begann mit ihren Ausführungen.

Eine dreiviertel Stunde später begleitete Nicolas Smith Margret nach draußen vor das Gebäude der Dienststelle. Mittlerweile hatte es sich aufgeklart und der Marktplatz war belebter.

„Ich melde mich bei Ihnen, sobald alles da ist, Miss Pagnum. Solange gehen Sie so vor, wie wir es besprochen haben. Ich werde ebenfalls meine Hausaufgaben machen." Was er da gerade von sich gab, konnte er selbst noch nicht recht glauben. Er hatte dieser eigensinnigen Grundschullehrerin tatsächlich zugehört und ihr Raum gegeben, sich zu erklären. Jeder seiner Kollegen aus der Ausbildung hätte nach den ersten drei Sätzen dafür gesorgt, dass sie GING. Auch sein Menschenverstand hätte ihm davon abgeraten, ihr zuzuhören, doch Nicolas Smith hatte den Eindruck, dass diese Frau nicht lockerlassen würde. Außerdem war es zu früh am Tag für eine Auseinandersetzung mit Margret Pagnum, bei der er den Kürzeren gezogen hätte. Da war er sich sicher gewesen.

Margret nickte dankend. Der junge Polizist hatte strebsam die Arme hinter dem Rücken gekreuzt und sprach mit ihr. Allerdings nicht mehr herablassend wie bisher. Stattdessen gewann Margret das Gefühl, den Inspector auf ihrer Seite zu wissen, auch wenn das erst passieren würde, sobald sie später absolute Gewissheit hätten.

Sie schnappte sich ihre Lucy und bretterte davon.

Kurz darauf stellte sie den Motor aus, stieg ab und ging durch das Eingangstor. Vorbei an den Sträuchern und Blumen, die diesen bezaubernden Garten ausmachten. Ihr behagte das Ganze nicht wirklich, aber es blieb ihr keine andere Option. Mit einem mulmigen Gefühl schritt sie voran und blieb dann auf dem Absatz vor der Haustür stehen. Im Kopf zählte sie von zehn bis null herunter und drückte schließlich die Klingel.

Als sie schon glaubte, den Umweg umsonst in Kauf genommen zu haben, hörte sie, wie der Schlüssel im Schloss sich drehte und das zusätzliche Vorhängeschloss geöffnet wurde. Dann stand die Tür offen.

„Hallo, Lourdes. Tut mir leid für die Störung, aber ich komme mit einer wirklich wichtigen Bitte auf dich zu. Wir müssen uns noch einmal unterhalten. Auch in deinem Interesse", sagte Margret nachdrücklich, während Cains Witwe sie entnervt anguckte.

Kapitel 26

Constance Rutherford war nach wie vor verwundert und pikiert zugleich. Ihr leuchtete nicht ein, weshalb sie nun hier saß. Der Raum entsprach so überhaupt nicht ihrem Stil. Sowieso fragte sie sich, was sie ausgerechnet hier zu suchen hatte. Nur widerwillig war sie gekommen und hockte jetzt kerzengerade auf diesem Billigstuhl an einem Tisch, der aussah, als wäre er von Keimen und Bazillen übersät. Darum legte sie ihre Hände sicherheitshalber in den Schoß.

Rechts neben sich konnte sie durch ein Fenster hinaus in Richtung Friedhof schauen. Zwei traurig dreinblickende Zimmerpflanzen in der Ecke vor ihr komplettierten die Geschmacklosigkeit dieses Lochs.

Ehe sie sich weiter darüber echauffieren konnte, öffnete sich die Tür und Inspector Smith trat ein. Bei sich trug er eine Mappe und setzte sich an den Tisch.

„Könnten Sie mir erklären, was ich hier soll? Alles, was Sie meinten, war, dass es dringlich sei und die Polizei mich bäte, unverzüglich zu kommen", keifte Constance den jungen Mann an. Er betrachtete sie schweigend. „Ja, ich höre!" Sie klang fordernd und dachte nach. Dann begriff sie.

„Margret Pagnum! Stimmt's?" Sie lag richtig und erntete ein Schmunzeln des Polizisten. „Dieses ordinäre Weib! Was hat sie jetzt wieder behauptet? Vielleicht wieder, dass ich Robert umgebracht habe? Oder habe ich noch ein weiteres Verhältnis, das sie mir anlasten will?", fluchte sie und wurde sogleich von Smith abgewürgt.

„Mrs. Rutherford! Je eher Sie sich beruhigen und mir meine Fragen beantworten, desto schneller können Sie wieder Ihren wichtigen Aufgaben nachkommen."

Sie malmte mit dem Kiefer und schluckte ihren Ärger hinunter.

„Also gut. Fangen Sie an. Ich muss noch dringend zur Maniküre, bevor es mit dem Golfclub zum Lunch geht."

„Beschreiben Sie mir bitte Ihr Verhältnis zum verstorbenen Mr. Cain."

Es passte ihr zwar nicht in den Kram, aber sie fügte sich ihrem Schicksal. „Mr. Cain und ich hatten ein Verhältnis. Es beruhte auf gegenseitiger Zuneigung."

„Wie lange ging dieses Verhältnis schon?"

„Drei Jahre ungefähr."

„Und Sie hatten kein Problem damit, dass er noch andere Frauen traf?", provozierte Smith sie.

„Wie bitte?", fragte Constance völlig überrascht.

„Das wussten Sie nicht? Neben Ihnen traf er sich auch mit Pamela Reece", stellte Smith klar. Dass er es nur behauptete, musste sie ja nicht wissen.

Constance rutschte auf dem Stuhl hin und her und schien nachzudenken. Die Arroganz in ihrer Miene wich keine Sekunde. Dann grinste sie. „Da irren Sie sich, Inspector. Neben seiner Ehefrau war ich die Einzige. Das mit Pamela ist ewig her. Dumm für sie gelaufen, würde ich sagen."

„Oh. Ach so. Dann liegen mir dazu falsche Informationen vor. Das tut mir leid. Eines möchte ich aber doch noch wissen", sagte Smith. „Wem fühlten Sie sich mehr verbunden: Bürgermeister Stone oder Cain?"

„Eindeutig Robert", erwiderte sie, ohne zu zögern. Anscheinend hatte diese bescheuerte Lehrerin diesem Polizisten alles über ihre Affären erzählt. Es abzustreiten, war also keine Option.

„Das war es dann schon. Ich danke Ihnen, Mrs. Rutherford", beendete Nicolas Smith das Gespräch, reichte ihr die Hand und führte sie hinaus.

Vorne am Empfang stand bereits Bürgermeister Philipp Stone, den die reiche Frau konsequent ignorierte und so tat, als wäre er nicht da.

Kurz darauf nahm Stone den Platz von Constance ein. Smith platzierte sich ihm gegenüber. „Schön, dass Sie es einrichten konnten, Bürgermeister. Ich weiß, Sie haben viel zu tun. Wahlkampf und so."

„Da liegen Sie ganz richtig, Inspector Smith. Aber wenn ich der Polizei von Little Maine helfen kann, nehme ich mir gerne die Zeit." Anders als Constance machte es sich das Oberhaupt der Stadt auf dem Plastikstuhl bequem und lehnte sich nach hinten. Sein kugeliger Bauch drückte sich dabei vor und war nur wenige Zentimeter von der Tischkante entfernt.

„In Ordnung. Schildern Sie mir knapp, wie Sie zu Robert Cain standen?", fragte Smith geradeaus und trocken, ohne eine Miene zu verziehen.

Stone dagegen schrak für einen Sekundenbruchteil auf, fing sich aber wieder. Das Treffen mit Margret Pagnum saß ihm noch in den Knochen und er befürchtete, dass man ihm etwas anlasten wollte. „Sollte ich vielleicht meinen Anwalt hinzuziehen, Inspector?"

„Keine Sorge. Ich stelle nur ein paar Fragen, die Sie in keiner Weise schwer belasten könnten."

Stone nickte und fasste sich kurz an die Nase. Er war nervös, stellte Smith fest.

„Wie Sie meinen", begann er. „Mr. Cain und ich hatten ein normales Verhältnis. So wie es zwei Männer pflegen, die gegeneinander antreten. Klar war man sich in einigen Punkten nicht immer grün und ärgerte sich darüber, dass der Gegner teilweise besser ankam. Insgesamt betrachtet waren wir aber faire Kontrahenten. Verstehen Sie?" Smith ließ die Lider einen Moment zur Bestätigung sinken und öffnete sie wieder.

„Danke. Und denken Sie, Cain wusste, dass Sie mit seiner Frau schlafen?"

„Nun hören Sie mal, Smith", tat Stone empört.

„Ja oder nein?" Der Inspector blieb – anders, als man es erwartet hätte – hart und kühl.

„Nein. Nicht, dass ich wüsste", räumte der Bürgermeister kleinlaut ein. Er war sich sicher, dass Margret Pagnum dem jungen Polizisten von seinen Liebschaften berichtet hatte.

„Und weiß Lourdes Cain, dass Sie zeitgleich mit Constance und Barbara sexuell verkehren?"

„Also, nun bitte ich Sie, Inspector. Das geht mir ein wenig zu weit in mein Privatleben. Ich sollte wohl lieber gehen", sagte Stone und wollte aufstehen.

„Ja oder nein?", wiederholte Smith ernst und stierte das Stadtoberhaupt finster an.

„Ich hoffe nicht."

„Und wie sieht es mit Miss Reece aus? Mit ihr verkehren Sie sicherlich auch. Immerhin ist sie eine attraktive

Frau, die wie die anderen finanziell nicht schlecht da-
steht, was Ihren eigenen Sorgen bestimmt zugute-
kommt." Smith war bemüht, abgeklärt zu klingen, als
er die Frage aus dem Hefter, den er von der Lehrerin in
die Hand gedrückt bekommen hatte, ablas. Er wagte
sich hier auf sehr dünnes Eis. Immerhin sprach er mit
dem Bürgermeister von Little Maine. Doch sein Bauchgefühl vertraute weiterhin den abstrusen Ideen von
dieser Miss Pagnum.

„Das wird ja immer unverschämter! Was bilden Sie
sich ein! Ich bin der Bürgermeister. Also Vorsicht, was
Sie hier sagen!" Stone sprang wie ein wütender Mops
auf und hielt dem Polizisten ermahnend seinen Zeigefinger entgegen.

„Ich denke gerade gar nichts. Ich sehe nur einen
Mann vor mir, der aufgebracht vor mir steht, weil ich
ihm eine normale Frage gestellt habe. Und?" Smith
blieb stoisch sitzen. Es wirkte, denn Stone setzte sich
wieder. Er kaute auf seinen Lippen, sah zum Fenster
hinaus und dann zu Smith.

„Damit wir uns verstehen. Ich weiß selbst, dass ich
kein Heiliger bin. Ja, finanziell bin ich etwas angeschlagen. Und natürlich habe ich mir erhofft, etwas Unterstützung zu bekommen. Der Spaß, der dazukam, war
ein netter Bonus. Aber mit Pamela habe ich wirklich
nichts mehr am Laufen. Echt nicht. Das wurde mir zeit-
lich zu kompliziert. Sie wollte mehr. Und Sie wissen genauso gut wie ich, was das zu bedeuten hatte."

„Okay. Und wussten Sie, dass Ihre loyale Assistentin
Constance Rutherford auch eine Affäre mit Robert
Cain pflegte?", ließ Smith die letzte Bombe platzen.

Stone schien auf einmal wie vom Donner getroffen und machte große Augen. „Sie hat was? Das haben Sie sich ausgedacht, um …", preschte Stone hervor und stammelte nervös.

„Um was? Ein Motiv zu finden? Nein, das ganz bestimmt nicht. Ich habe es doch eben selbst von ihr gehört. Wie ich Ihnen schon versichert habe, wollte ich Ihnen nur ein paar Fragen stellen, Bürgermeister. Und das habe ich hiermit getan. Sie sind entlassen. Vielen Dank." Smith erhob sich und reichte Stone, der ihn immer noch verdattert ansah, die Hand. Dann führte er ihn ebenfalls hinaus.

Am Empfang stand bereits Lourdes Cain, die Stone finster anstarrte, als würde sie ihn am liebsten zum Mond schießen. Der sonst so selbstsichere und überdrehte Mann wirkte plötzlich ganz klein und beschämt. Mit eingezogenem Kopf verließ er das Gebäude.

Nicolas Smith wandte sich an Lourdes. „Mrs. Cain, danke, dass Sie gekommen sind. Folgen Sie mir. Es wird nicht lange dauern."

Zusammen gingen sie in den Raum, wo Smith bereits die beiden anderen befragt hatte. Lourdes setzte sich. Ihr Gesicht war versteinert und verströmte wie gewohnt keine Wärme. Ihre Hände lagen zusammengefaltet auf dem Tisch. Sie strahlte absolute Ruhe und Gelassenheit aus.

„Miss Pagnum wird Sie sicherlich in Kenntnis gesetzt haben, ansonsten wären Sie ja nicht hier. Deswegen spare ich mir die Sache mit den Drohbriefen und der Versicherung anzusprechen und beschränke mich auf zwei Fragen."

„Ja, worauf warten Sie dann noch. Ich habe nicht ewig Zeit. Wie Sie wissen, richte ich morgen die Beerdigung meines verstorbenen Mannes aus." Sie saß da wie eine Eissäule.

So wenig Emotionen bekam Smith selten zu Gesicht, doch er ließ sich nicht davon irritieren. „Wussten Sie von den Affären Ihres Mannes?"

„Natürlich. Oder denken Sie, ich lebe auf dem Baum? Aber um ehrlich zu sein, habe ich das sogar begrüßt. So wollte er nichts von mir und ich konnte mich um meine Angelegenheiten kümmern."

„Warum sind Sie beide denn zusammengeblieben?", erkundigte sich Smith.

„Eine Scheidung kam nie infrage, dafür war mein Mann zu christlich. Als Katholik hätte Robert lieber weitere dreißig Jahre in Unglück gelebt, als eine Scheidung in Betracht zu ziehen und somit eines der Sakramente zu verletzen." Sie zog kopfschüttelnd die Brauen hoch.

Smith musste schlucken und sah schnell nach unten, damit sie es nicht mitbekam. Die unverfrorenste Person, der er je begegnet war. Dann schaute er wieder auf und stellte ihr dann doch eine dritte Frage. „Wie stehen Sie zu Pamela Reece?" Diese Frage löste eine minimale Reaktion in dem regungslosen Gesicht aus, auch wenn sie kaum sichtbar war.

„Kein besonderes inniges. Aber besser als vor einigen Jahren. Das war so eine Sache zwischen Frauen. Nichts Dramatisches. Wir begegnen uns mit Respekt. Das war es aber auch schon. Sie ist mir egal und ich ihr, würde ich behaupten."

„Danke“, sagte Smith und notierte sich etwas in den Hefter. „Für morgen wünsche ich Ihnen viel Kraft. Auf Wiedersehen.“

„Ja, ich bin froh, wenn der Mist vorbei ist. Auf Wiedersehen.“ So eisig, wie sie gekommen war, so unterkühlt ging sie wieder.

Smith war erschöpft. Ihm rauchte der Kopf. So viel hatte er bisher selten in der Stadt zu tun gehabt. Doch er konnte noch nicht pausieren, denn es klopfte an der offenen Tür, in der Rose stand.

„Nicolas? Doc Brown ist da. Soll ich ihn zu dir schicken?“

Er stieß einen Seufzer aus und nickte ergeben. Als die Empfangsdame weg war, rieb er sich mit beiden Händen übers Gesicht und dachte an die Torte, die Margret Pagnum ihm zum Dank für seine Mühen versprochen hatte.

„Inspector Smith?“ Brown stand nun dort, wo vorher Rose gewesen war.

„Hallo, Doc. Setzen Sie sich bitte. Ich will Sie nicht lange von Ihrer Praxis wegholen.“ Der Arzt folgte seiner Bitte. „Eine Frage, und ich möchte, dass Sie ehrlich antworten.“ Brown nickte. Smith blätterte in den Unterlagen, die er von Margret Pagnum erhalten hatte, und legte das Gutachten zu Robert Cain auf den Tisch.

„Erklären Sie mir bitte, warum Sie uns offiziell mitgeteilt haben, dass Mr. Cain eines natürlichen Todes gestorben ist? Hier in *Ihren* offiziellen Unterlagen findet sich eine ganz andere Diagnose. Darin steht, dass eine Vergiftung vorlag, die den Herzinfarkt ausgelöst haben soll.“

Doc Brown wechselte die Gesichtsfarbe und schaute angstverzerrt hoch. Mit kalkweißer Miene schluckte er mehrmals trocken und wurde nervös.

„Ich warte, Doc Brown", sagte Smith nun deutlich strenger. Der Arzt haderte mit sich. Er rieb sich den Nacken, schaute öfters zum Fenster hinaus und atmete immer kürzer. „Teilen Sie das nicht der Ärztekammer mit, Inspector! Ich bitte Sie. Sonst bin ich meine Approbation los. Ich habe das doch nur für meine Familie getan", antwortete der Arzt schnell und hektisch, wobei sich seine Stimme fast überschlug. Dann brach er plötzlich in Tränen aus und barg sein Gesicht in den Händen.

Nicolas Smith war ein wenig überfordert und versuchte, dieser unerwarteten Situation Herr zu werden. Statt aufzustehen und zu dem Mann zu gehen, um ein paar tröstende Worte zu finden, blieb er sitzen. „Weshalb haben Sie einen Befund für Ihre Familie gefälscht?"

„Wegen des Drohbriefs!"

„Bitte was?"

„Als ich eines Abends noch spät in der Praxis war, um meine Abrechnungen zu machen, hat irgendjemand einen Stein durch mein Fenster geworfen. Daran war ein Umschlag mit einem Drohbrief befestigt. Ich solle bei Mr. Cain einen Herzinfarkt diagnostizieren, ansonsten würden meine Frau und Kinder die Konsequenzen tragen. Wenn ich die Polizei informieren würde, drohe ihnen das Gleiche."

Smith war schockiert und verstand, warum der Arzt so heftig reagiert hatte.

„Haben Sie diesen Brief noch?", fragte er Brown sofort. Dieser nickte ängstlich. „Dann möchte ich, dass Sie ihn mir unverzüglich bringen! Machen Sie sich keine Sorgen um Ihre Angehörigen."

Der Arzt sah Nicolas dankend in die Augen. Smith schaute in den Hefter und wollte den armen Mann vor sich am liebsten entlassen. Allerdings gab es da noch eine letzte Frage und er musste sie stellen, ansonsten würde Miss Pagnum ihm garantiert die Hölle heißmachen. Also gab er sich einen Ruck.

„Wie ist Ihre Beziehung zu Pamela Reece?", fragte er ganz unvermittelt und ohne eine Miene zu verziehen. Doc Brown schaute ihn an. Sein Gesicht veränderte sich und man konnte erkennen, dass dem Arzt klar war, dass er auch diese Frage beantworten musste. Dementsprechend berichtete er Smith alles, was dieser wissen wollte.

Die Tür schloss sich und Nicolas Smith war froh, dass es vorbei war. Er hatte alles erledigt, worum ihn Miss Pagnum gebeten hatte, und war gespannt, wohin das alles führen sollte. Mehr und mehr musste er sich eingestehen, dass er der Grundschullehrerin wohl unrecht getan haben könnte und sie die ganze Zeit die richtige Eingebung gehabt hatte. Smith gähnte und stand auf.

Nach den Befragungen musste er etwas essen und machte eine verspätete Mittagspause. Anschließend kehrte er zur Dienststelle zurück und las seine Aufzeichnungen aus den Gesprächen durch. Nur Stück für Stück fügte sich das Puzzle auch für ihn zusammen.

Smith war dabei, alles sorgfältig abzuheften, um sich dann wieder der regulären Arbeit zu widmen, da klopfte es an der Tür. Er bat den Klopfenden herein.

„Inspector Smith. So schnell sieht man sich also wieder.“

„Hallo, Mr. Porter ...“ Nicolas Smith staunte nicht schlecht, als er den Moderator sah, der mit einem USB-Stick winkend in seiner Bürotür stand und sein Starlächeln aufsetzte. Eigentlich war er davon ausgegangen, das angeforderte Filmmaterial vom Backwettbewerb per Dropbox oder Downloadlink zugesandt zu bekommen.

„Sicher sind Sie überrascht, mich zu sehen, aber ich hatte das Gefühl, dass es sich auch für mich lohnen könnte, persönlich herzukommen, um zu fragen, was Sie mit den Aufnahmen vorhaben.“ Porter grinste weiter.

„Das ist sehr freundlich von Ihnen, aber ich darf darüber nichts sagen“, erklärte Smith ihm und strahlte kein bisschen mehr die Selbstsicherheit aus wie eben bei den Befragungen.

„Mhhh. Das ist schade. Klingt danach, dass etwas im Busch ist“, erwiderte der Moderator. „Das werde ich bestimmt früh genug erfahren und dann mache ich eine Reportage dazu. Nicht wahr?“ Smith nickte. „Hier haben Sie nun das geforderte Material, und ich bin gespannt, was Sie finden werden. Schönen Tag.“

Nicolas Smith nahm den Stick entgegen, nickte dankend und sah Porter nach, wie dieser wieder sein Büro verließ.

Ehe er sich weiter Gedanken über diese merkwürdige Szenerie machen konnte, griff er zum Hörer und wählte die Nummer, die er sich am Vormittag auf die Tischunterlage notiert hatte.

„Hallo, Miss Pagnum. Hier ist Inspector Smith. Es ist alles da. Kommen Sie doch bitte in mein Büro.“

255

Kapitel 27

War Little Maine für seine Bewohner und die einkehrenden Touristen ein fröhliches buntes Idyll, wo man die Seele baumeln lassen und die Atmosphäre genießen konnte, so zeigte sich an diesem Vormittag eine besonders triste Seite der Stadt.

Es war Mittwoch und der Himmel war von dunklen Wolken behangen, was bedrückend wirkte. Nieselregen fiel vom Himmel und legte sich wie ein Mantel auf alles, was ihm Platz bot. Dazu gesellten sich recht kühle Temperaturen und leichter Wind, sodass man das Gefühl von Herbst bekam und nicht den Eindruck hatte, im Hochsommer zu sein.

Inmitten dieser Wetterlage konnte man, wenn man von der Kirche kam, die dunklen Umrisse sehen, die sich zwischen Grabsteinen und Statuen sammelten. Eingehüllt in Schwarz ragten sie wie Pfeiler aus dem Boden und bildeten eine große Traube, die nach unten starrte. Hier und da zwitscherten oder krächzten Vögel, die der Szenerie einen beklemmenden Beigeschmack verliehen.

Unter diesen balkenartigen Umrissen befand sich auch Margret Pagnum. Sonst in möglichst knalliger Farbe hatte sie für diesen Tag etwas deutlich Dezenteres gewählt und betrachtete das kleine Loch im Boden mit einer Mischung aus Trauer, Wehmut und Zufriedenheit. Neben ihr stand Elisabeth, die wie immer stilvoll gekleidet war und ihr die Hand hielt. Es tat gut, eine echte Freundin bei sich zu wissen.

Viele waren gekommen, stellte Margret fest, als sie für einen Moment aufschaute. Es herrschte absolute Stille. Jeder reagierte auf seine Weise in dieser Situation. Einige schluchzten, andere weinten und wiederum andere schwiegen.

Von der Seite näherte sich Pater Grey in seinem Talar. Er ging an Lourdes Cain vorbei, die ein schwarzes Etuikleid und einen Vintage Hepburn Hut derselben Farbe trug, und streichelte ihr sanft die Schulter. Die Witwe nahm die Geste zur Kenntnis, sah aber nach wie vor keineswegs bedrückt aus. Pater Grey kam zum Stehen, blickte in die Runde und senkte den Blick, ehe er die Stimme erhob.

„Liebe Gemeinde", begann er. „Anders als üblich findet keine reguläre Messe für diesen Moment statt. Das hatte Robert sich immer so gewünscht, wie er mir bei dem einen oder anderen Bier erzählt hat." Ein Schmunzeln ging durch die Menge. „Ohnehin war Robert Cain anders. Er war ein Mann der klaren Worte und des Verstandes, hat sich aber stets von seinem Herzen leiten lassen. Für ihn bedeuteten materielle Dinge nichts, vielmehr teilte er das, was er hatte, mit anderen. Ihm war es wichtig, sich für andere und deren Wohl einzusetzen, weswegen er auch gern Bürgermeister von Little Maine geworden wäre. Mehr soll an dieser Stelle nicht zu ihm gesagt werden. Auch das war eine seiner vielen positiven Eigenschaften: Bescheidenheit. Lasset ihn uns im Herzen tragen." Dann nahm er ein wenig Erde in die Hand und sprach weiter. „Jeder, der möchte, wirft als letzten Gruß eine Handvoll in das Urnengrab. Es würde Robert sicher freuen. Denn was die Erde gegeben hat, wird sie wieder bei sich aufnehmen." Damit schloss Pater Grey die Grabrede und bat dann das Vater Unser zu beten.

Im Anschluss daran folgte die Trauergemeinde. Währenddessen ging Lourdes Cain zu einigen Trauergästen und lud sie zu einem kleinen Leichenschmaus bei sich zu Hause ein. Margret beobachtete das Ganze genau und trat als Letzte an das Grab.

Die anthrazitfarbene Urne war nahezu komplett bedeckt, nur hier und da konnte man einzelne goldene Linien sehen, die sie verzierten. Margret ging in die Hocke, um zunächst eine mitgebrachte Rosenblüte in die Grube zu streuen. Auch wenn sie bereits Erfahrungen mit dem Tod gemacht hatte, so fühlte es sich immer wieder aufs Neue merkwürdig und schlimm an. Man spürte dieses Loch, das sich auftat und alles Glück in sich einsog. Margret war bewusst, dass dem nicht so war, doch die kurz aufkommende und stechende Einsamkeit überwältigte sie.

Nach einer Schweigeminute, in der sie sich letztendlich von ihrem engsten Freund verabschiedete, durchzog sie wieder eine Woge des Schmerzes, die sie gleich darauf abschüttelte. Für zu viel Trauer war keine Zeit. Sie musste bei sich und fokussiert bleiben. Das dicke Ende würde noch folgen.

Schließlich nahm sie ein wenig Erde und warf sie zu dem bereits bestehenden Haufen. „Mach's gut, mein Freund", flüsterte sie leise und verließ den Friedhof, ohne sich noch einmal umzudrehen.

Und jetzt stand sie hier, wo sie erst anderthalb Wochen zuvor einen Streit zwischen Robert und Lourdes gehört hatte und beinahe beim versuchten Lauschen erwischt worden wäre. Es war auch das letzte Mal gewesen, dass sie mit Robert ein Wort gewechselt hatte, ehe er durch Hinterlist zu Tode gekommen war. Sie dachte an den Tag zurück, als Elisabeth und sie zum Haus der Cains gegangen waren, um Robert darauf hinzuweisen, dass er beim Joggen demnächst sein Umfeld vorwarnen und besser im Blick haben sollte, damit niemand zu Schaden käme. Margret lächelte. Gleichzeitig verblüffte es sie, dass das alles erst etwas mehr als eine Woche her war.

Auch jetzt vernahm sie wieder Geräusche aus den vier Wänden. Dieses Mal waren es jedoch mehrere Stimmen und nicht nur zwei, die sich unterhielten. Die Haustür stand offen und vom Tor aus, wo Margret kurz verweilte, konnte man nur schwache Konturen von Menschen wahrnehmen. Es war zu dunkel.

Sie streifte ihr schwarzes Kleid glatt, richtete ihre Stola und ging zum Haus. Als sie eintrat, empfing sie Lourdes, der sie eine weitere Kondolenzkarte überreichte. Es fühlte sich zwar komisch an, doch die beiden umarmten sich dann und begaben sich in das geräumige Wohnzimmer, wo Roberts Witwe alles angemessen dekoriert hatte. Im Erker stand eine Fotografie vom Verstorbenen und daneben war ein Tisch mit Sekt, Kaffee und Kuchen aufgebaut worden. Pamela war noch dabei, letzte Feinheiten beim Gebäck herzurichten. Alles war schlicht und einfach gehalten. Ganz genau so, wie Robert es sich gewünscht hätte, dachte sich Margret, die sich nun umsah.

Tatsächlich waren alle gekommen. Stone, Constance und Barbara saßen auf der großen Couch und unterhielten sich angeregt. Margret tauschte einen amüsierten, vielsagenden Blick mit der zweiten Witwe im Raum aus, die sich dann wieder den Erzählungen Constance's hingab. Doc Brown und Jackie standen zusammen mit Lucinda in der Ecke, die zur Küche führte, und tranken Tee. Elisabeth war ebenfalls erschienen, und es freute Margret, dass ihre beste Freundin sich um George kümmerte. Der Landstreicher war kaum wiederzuerkennen, so verändert sah er aus. Margret hatte Elisabeth gebeten, sich des armen Mannes anzunehmen und ihn für dieses Aufeinandertreffen zurechtzumachen. Jetzt stand er in Smoking und neuer Frisur frisch geduscht da und genoss das Tässchen heißen Tees. Auch den anderen Gästen blieb diese Verwandlung nicht unbemerkt. Einige mussten vermehrt in seine Richtung schauen, um wirklich sicherzugehen, dass er es war. Vereinzelt schenkten sie ihm ein anerkennendes Lächeln und schienen sich für ihn zu freuen. Zu guter Letzt erspähte sie Pater Grey, der sich mit Roberts Freunden aus dem Joggerclub unterhielt. Ein letzter Blick huschte zur Tür in den Privatbereich. Wie erhofft, stand sie nur leicht offen und war mit einem Schild versehen, dass die Gäste bitte das WC am Eingang benutzen mochten.

Margret steuerte auf den gedeckten Tisch zu und nahm sich ein Glas Sekt. Pamela begrüßte sie mit einem Lächeln, das sie zwar erwiderte, aber nicht fühlte.

Sie wandte sich zu Roberts Fotografie und betrachtete sie eine Weile, bevor sie erneut die Anwesenden ins Auge nahm. Bitter stieß sie auf und bemühte sich, keine Miene zu verziehen.

Es war schon eigenartig, unter all diesen Menschen zu sein, die nicht die waren, für die sie sie all die Jahre gehalten hatte. Fast jeder von ihnen trug Geheimnisse oder Lasten mit sich, von denen niemand etwas wusste oder wissen durfte. Und ausgerechnet sie, eine einfache Grundschullehrerin, hatte nun hinter die Fassaden geblickt, weil sie zu neugierig war. Ehe sich Margret zu sehr in ihren Gedanken und Selbstgesprächen verlor, trank sie einen Schluck Sekt. Dann klopfte sie mit einem ihrer Ringe an den Rand des Glases, sodass ein heller Ton erklang.

Plötzlich erstarben die Gespräche und alle sahen zu ihr.

„Hallo", sagte sie und winkte mit einem traurigen Lächeln in die Runde. „Schön, dass ihr alle da seid. Ihr wundert euch sicherlich, dass ich jetzt hier spreche, aber Lourdes wollte nicht so recht und so übernehme ich als enge Freundin von Robert gerne diesen Part." Jeder schaute sie herzlich an. Fast jeder. Constance und Lourdes waren unfähig, aus sich herauszukommen. „Ich verliere nur ein paar Worte zu Robert. Immerhin war es ihm nicht so wichtig, im Mittelpunkt zu stehen. Er war ein toller Mann. Ein guter Mensch, der nie etwas Böses im Sinn hatte und wie Pater Grey schon sagte, immer für andere eingestanden hat. Sport, Whiskey und gesellige Runden zählten neben dem Backen zu seinen größten Leidenschaften. Außerdem war er auch ein loyaler Mitmensch und fürsorglicher Ehemann, oder?"

Alle nickten. Jetzt ging es los.

„Aber ein treuer Ehemann war er definitiv nicht. Oder Constance?"

Alle rissen erschrocken die Augen auf und starrten zur Angesprochenen, die mit offenem Mund dasaß und im Stillen Flüche in Margrets Richtung richtete.

„Haha. Ja. Treu war er definitiv nicht. Ihr müsst wissen, dass unsere liebe Frau Rutherford seit Jahren eine Affäre mit Robert hatte. Damit aber nicht genug. Mit ihrem Chef und unserem Bürgermeister hüpft sie ebenfalls ins Bett. Dumm nur, dass Barbara und Lourdes das auch taten. Ich danke dir für die Infos, George."

Der Landstreicher verneigte sich vor ihr. Ein Raunen ging durch den Raum und es wurden entsetzte Blicke ausgetauscht. Constance explodierte innerlich und krallte sich in das Polster der Couch. Margret hatte erwartet, dass sie aufstehen würde, doch diese Blöße wollte sich die reiche Dame wohl nicht geben. Auch Lourdes wirkte nicht begeistert und malmte mit dem Kiefer. Ihre eisigen Augen bohrten sich in den Bürgermeister. Stone lief rot an. Nur Barbara schien sich zu amüsieren und grinste über beide Ohren. Sie genoss die Lage sichtlich.

„Warum erzähle ich euch das jetzt? Ist doch absolut unpassend, am Tag der Beisetzung eines Freundes so von ihm und anderen zu sprechen", fuhr Margret fort. „Ihr habt recht, doch es gibt einen guten Grund." Nun hatte sie die volle Aufmerksamkeit bei sich. Blicke aus Neugierde, Hass und Verwunderung trafen sie.

„Robert ist nicht gestorben, sondern er wurde umgebracht!", ließ Margret die Bombe platzen, woraufhin selbst Barbara große Augen machte. Pater Grey erschrak und sein Teller fiel zu Boden, womit er alle wieder in die Gegenwart zurückholte. „Ihr habt euch nicht verhört. Es war Mord!"

„Die spinnt doch", meldete sich Constance zu Wort.

Lourdes und Stone pflichteten ihr bei. Margret ignorierte sie und sprach stattdessen weiter.

„Das Schöne ist, dass ich es dank der lieben Jackie sogar beweisen kann." Sie schenkte der Arzthelferin einen entschuldigenden Blick, da sie ihr Versprechen brach, und wandte sich direkt an Doc Brown. „Und Sie Doc, warne ich, Ihre Mitarbeiterin für ihre Ehrlichkeit zu bestrafen."

Der Arzt sah betreten zu Boden.

„Na, da sind wir jetzt alle mal gespannt, nachdem du uns so durch den Kakao gezogen hast", giftete Constance erneut, während Margret in ihre Handtasche griff.

„Hier habe ich das originale Dokument, das belegt, dass Robert keines natürlichen Todes gestorben ist. Er wurde nämlich vergiftet. Doc Brown hat sein Gutachten für die Polizei gefälscht."

Wieder erschrockenes Raunen.

„Ich war selbst perplex, das könnt ihr mir glauben. Und zuallererst bin ich zu dir gegangen, Constance. Ich war davon überzeugt, dass deine Eitelkeit und dein Hunger nach Bewunderung dich dazu bewogen haben, deinen Gegner im Backen auszuschalten. Doch das wäre zu einfach gewesen, stellte sich heraus. Auch Bürgermeister Stone mit seinen Geldproblemen als Rivale im Wahlkampf und Lourdes als Ehefrau, die ihren Mann nicht ausstehen konnte und ordentlich erbt, sind es nicht gewesen, obwohl sie beide mehr als ein Motiv gehabt hätten." Margret machte eine künstliche Pause und sah ihr Publikum an, das wie erstarrt an ihren Lippen hing.

„Bei der Suche nach dem Motiv habe ich mich schwergetan. Rivalität, Gier, Eifersucht und Hass konnte ich mit der Zeit ausschließen, dachte ich zumindest. Lange habe ich überlegt, was noch bleibt, und kam einfach nicht drauf, denn immerhin mochte jeder in Little Maine Robert. Oder?"

Einvernehmliches Nicken.

Dann griff sie erneut in ihre Tasche und beförderte ihr Handy hervor. „Die Wunder der Technik haben mir dann zufällig auf die Sprünge geholfen. Ich will euch nicht mit Einzelheiten langweilen. Es ist schon bemerkenswert, was diese Dinger alles können. Ich hätte mir eher eines zulegen sollen. Diese Teile machen richtig scharfe Fotos. Und dadurch kam ich dem Ganzen auf die Schliche."

„Ja und?", wollte Barbara wissen.

Margret stellte ihr Sektglas ab und verschränkte die Arme. „Schlussendlich verhalfen mir doch alle Motive zugleich und noch viel mehr zur Klarheit."

„Und das heißt nun was?" Wieder war es Barbara, die sehr interessiert nachfragte.

„Es ist viel perfider und gerissener gewesen, als ich es für möglich gehalten habe, obwohl ich viele Krimis lese. Das könnt ihr mir glauben." Margret sah jedem ins Gesicht und alle guckten sie erwartungsvoll an. Sie lachte trocken und zog eine Braue hoch.

„Ihr seid es irgendwie alle zusammen gewesen", sagte sie und zeigte auf Lourdes, Stone, Constance und Doc

Brown. Die Beschuldigten wussten nicht, wie ihnen geschah. Sie standen auf und waren kurz davor Reißaus zu nehmen. Margret stoppte sie durch einen Pfiff mit ihren Fingern.

„Halt!" Die Aufgestandenen setzten sich wieder. „Ich habe *irgendwie* gesagt, was nicht heißt, dass ihr aktiv mitgewirkt habt. Es kommt noch besser. Dass ich nicht gleich darauf gekommen bin, ärgert mich. Dabei ist es doch so offensichtlich gewesen." Sie schlug sich sanft an die Stirn. „Gift ist die Waffe der Frauen. Das weiß doch jeder. Und was treibt eine Frau mehr als Eifersucht und alles andere an jemandem Leid zuzufügen?" Margret wartete. Geduldig dehnte sie ihre Pause unnötig in die Länge. Die Luft im Raum war zum Schneiden und die Spannung in den Mienen der Anwesenden deutlich zu sehen.

„Rache."

Es folgte eine weitere Pause. Margret lief langsam auf und ab und blieb in der Nähe der Haustür stehen.

„Es war eine Person, die einem schon leidtun kann und das meine ich auch so. Diejenige ist nicht mit Glück gesegnet und ich glaube, dass das Maß voll war. Stimmt doch, oder Pamela?" Sie fixierte die Cafébesitzerin.

Diese wirkte vollkommen relaxt und lächelte bitter. Sie schüttelte den Kopf, legte das Kuchenbesteck auf den Tisch und schob die Hände lässig in die Hosentaschen. „Wie bist du darauf gekommen, Margret?"

„Anfangs gar nicht, aber dann kam die Eingebung. Wie sagt man so schön? Lass Blumen sprechen. Und das taten sie. Genauer gesagt war es der Blaue Eisenhut, den du Robert hoch dosiert untergeschoben hast."

Margret griff abermals in ihre Handtasche und beförderte den USB-Stick hervor, den Luis Porter Inspector Smith gebracht hatte. Mit fester Miene präsentierte sie ihn den anderen.

„Hier kann man Sekunde für Sekunde nachverfolgen, wie Pamela klein geschredderte beziehungsweise pulverisierte blaue Blüten in die Getränkeflasche von Robert gegeben hat. Da sie im Hintergrund alles vorbereitet hatte, wurde nicht so sehr auf sie geachtet. Alle waren von Porter und dem Drumherum abgelenkt. Das war schlau von dir." Margret warf der Beschuldigten einen anerkennenden Blick zu.

„Das ist doch Humbug. Warum sollte sie Robert umbringen? Vor allem aus Rache?" Stone meldete sich das erste Mal zu Wort und stand dabei auf, um in die Runde zu schauen. Wahrscheinlich war er der Meinung, dass die anderen seine Ansicht teilten. Alle schwiegen und blickten interessiert zu Margret.

„So ganz unschuldig sind auch *Sie* nicht daran, Bürgermeister. Ich will es gerne erklären." Da das lange Stehen anstrengend war, setzte sich Margret auf einen Stuhl. „Es muss einige Jahre her sein, da waren Pamela und Robert ein Paar. Der Gute hatte ihre Liebesbriefe aufbewahrt, müsst ihr wissen. Ich habe sie bei Lourdes zu Hause gefunden. Diese wurden übrigens auf dem gleichen Briefpapier geschrieben wie die Drohbriefe, die Robert, Doc Brown und ich in den letzten Wochen erhalten haben. Das Briefpapier konnte ich bei einer Nacht- und Nebelaktion aus Pamelas Keller mitgehen lassen. Ja, ich weiß, das ist nichts, womit ich mich rühmen sollte." Sie zog die Schultern hoch. „Jedenfalls, die beiden waren sogar verlobt, aber aus der Hochzeit ist nichts geworden, weil Robert anscheinend mehr für Lourdes gebrannt hat. Das muss wehgetan haben, oder Pamela? Als dich dann dein zweiter Verehrer Philipp Stone wegen Barbara, Constance und Lourdes auch abblitzen ließ, weil sie finanziell attraktiver für ihn waren als eine selbstständige Bäckerin, muss das hart gewesen sein. Immerhin bist du ganz allein hier nach Little Maine gezogen und hast dir etwas aufgebaut, auf das du mehr als stolz sein kannst. Und bei Doc Brown konntest du zwar landen, aber mehr als sein Betthäschen warst du auf Dauer auch nicht. Da waren deine Geduld und dein Verständnis überstrapaziert. Zumindest kann ich mir das gut vorstellen. Immerhin sagtest du mir ja im Privaten, dass dein Händchen mit Männern nicht das glücklichste sei." Margret sah zu Pamela, die die absolute Ruhe in Person zu sein schien und abwartend zu ihr guckte. „Da hast du dir vorgenommen, allen eins auszuwischen. Zumindest hast du diesbezüglich sehr gut geplant und in alle Richtungen gedacht." Margret räusperte sich und wandte sich kurz zu den anderen.

„Ihr müsst wissen, dass unsere liebe Pamela sich doppelt und dreifach abgesichert hat. Am wichtigsten war ihr, dass Robert es heimgezahlt bekommt und stirbt. Erst lässt er sie wegen Lourdes vorm Altar sitzen und dann betrügt er diese auch noch mit Constance – eine der unsympathischsten Personen der Stadt, die nichts von Pamela hält und das permanent offen zugibt."

Pamela stand nach wie vor ruhig da, legte den Kopf schief und lauschte Margrets Ausführungen.

„Robert ist, wie von ihr gewünscht, tot. Nun zu ihrer doppelten Absicherung. Damit nicht auffliegt, dass die

Todesursache nicht natürlich ist, hast du nicht davor zurückgeschreckt, Doc Brown zu drohen. Du hast ihn wissen lassen, dass seiner Familie etwas zustößt, wenn er der Polizei die Wahrheit mitteilt. Deswegen hat er das Gutachten an diese auch verfälscht. Und du konntest ihm so noch eins auswischen, dafür, dass auch er dich nur benutzt hat."

„Unglaublich!", stieß Elisabeth aus, die Margret nicht mehr über alles in Kenntnis hatte setzen können.

„Ganz genau, Beth", stimmte Margret ihr zu. „Für den Fall, dass Brown sich nicht einschüchtern lässt", setzte sie fort, „hast du dir gedacht, willst du alle anderen bluten lassen." Sie blickte zu Stone, Constance und Lourdes, die pikiert dreinblickten. „Wäre rausgekommen, dass Robert vergiftet worden ist, hättest du seine Getränkeflasche, die momentan noch in deinem Keller liegt, stehen lassen und man hätte schnell gewusst, was drin gewesen ist." Margret wartete kurz. „Die hochgiftigen Blüten vom Blauen Eisenhut. Jeder hier in der Stadt kennt Lourdes' Garten und die Pflanzen darin. Auch die besagte Blume wächst dort. Doch du wolltest sie nicht allein ins Messer laufen lassen. Um noch mehr Verwirrung zu stiften, hast du Stone eine Blüte in das Sakko gesteckt, was auf allen Aufnahmen des Fernsehteams zu sehen ist." Sie holte Luft und sprach weiter. „Die Polizei wäre aufgrund des Wahlkampfes, der nicht so gut für Stone läuft, schnell auf eine Mittäterschaft gekommen. Von dem Verhältnis der beiden wäre garantiert etwas herausgekommen und sicherlich hätte Stone alles behauptet, um nicht selbst als Täter ins Visier zu geraten. Da hätte er noch so oft beschwören können, dass Pamela ihm wahrscheinlich die Blume gegeben hat.

Man hätte ihm nicht geglaubt. Immerhin ist er Politiker, und die drehen sich wie Fähnchen im Wind. Das war richtig gut, Pamela", lobte Margret sie und fuhr fort. „Auf diese Art konntest du allen einen Denkzettel verpassen. Lourdes wäre Witwe, Stone im Visier und Constance ihre beiden Geliebten los. Und du wärst die lachende Dritte gewesen, der man all die Jahre das Herz gebrochen hat und die vom Seitenrand zuschauen musste", schloss Margret, stand auf und bediente sich beim Kuchen. Alle anderen im Raum verharrten an Ort und Stelle und schauten sie an. Bei einigen war es der Schock, bei anderen Fassungslosigkeit.

„Also, Fantasie hast du Margret", kommentierte Constance abfällig, während Margret genüsslich mampfte. „So abgedroschen ist Pamela niemals. Die steht doch nur in ihrem Café und bedient andere Leute."

„Ach, halt die Klappe, Constance!", brach es aus Pamela unerwartet laut heraus. „Margret hat recht. Mit allem."

Alle im Raum waren aufgrund des Geständnisses wie hypnotisiert und konnten es nicht glauben. Mit offenen Mündern starrten sie Pamela an und versuchten krampfhaft, das heile Bild, das sie von ihr hatten, aufrechtzuerhalten. Ihr Bekenntnis machte dies schier unmöglich.

„Na, was würdet ihr denn machen? Immer war ich nur die wunderschöne Pamela, die zu allen nett und freundlich ist. Die niemandem einen Wunsch abschlägt, wenn man sie um etwas bittet und die für alles und jeden Verständnis aufbringt. Ständig nur zu geben, statt etwas zu bekommen, ist auch nicht mein Wunsch gewesen. Und ihr", sagte sie und funkelte Stone, Constance und Lourdes an, „schert euch einen feuchten Dreck darum, wie es anderen geht. Ihr denkt nur an euch und euer Vergnügen. Und Robert war genauso. Ich war es so leid! Das konnte ich nicht mehr auf mir sitzen lassen. Wie lange sollte ich mir das noch antun? Da habe ich es selbst in die Hand genommen. Das mit Doc Brown hätte ich mir schenken können. Wenn ich jetzt darüber nachdenke, nachdem Margret euch alles so schön erklärt hat, hätte ich euch alle dranbekommen."

Da rumste es plötzlich und durch die angelehnte Tür zum Flur kam Inspector Smith, der Handschellen in die Höhe hielt.

„Pamela Reece ...!"

Kapitel 28

Ausgerechnet heute schien sich die Sonne überlegt zu-haben, den ganzen Tag zu scheinen, dachte sich Margret und öffnete schon zum dritten Mal den Backofen. Auch dieser Kuchen war wie die anderen hervorragend geworden. Sie war zwar keine gute Sportlerin und undiszipliniert, was ihre Essgewohnheiten anging, doch Kochen und Backen lagen ihr.

Mit den Backhandschuhen wedelte sie durch die Luft, um den aufsteigenden Dampf zu verteilen, und holte das Glanzstück heraus. Dieser Käsekuchen war für Nicolas Smith, die anderen beiden für Lucinda und Jackie. Schulden mussten beglichen werden, hatte ihr Grandpa Ian stets gesagt.

Kaum stellte sie ihr Werk auf die Arbeitsplatte, hörte sie ihr Handy, das mit schallender Musik einen Anruf ankündigte. Zur Melodie von AC/DC tänzelte sie zum Küchentisch und sah, dass ein Videoanruf einging. Fast schon routiniert nahm sie das Telefon an sich und drückte auf ANNEHMEN. Sofort öffnete sich ein Fenster und Benjamin grinste ihr entgegen.

„Hallo, Benji. Wie geht's dir? Schön, dass du dich meldest."

„Hi, Tante Margret. Hier ist alles super. Dad hat gesagt, dass du tatsächlich den Mörder gefunden hast", sagte ihr Neffe und die Neugierde sprang ihm förmlich aus dem Gesicht.

Margret erzählte ihm alles und schlug am Ende des Gesprächs vor, vielleicht in den Weihnachtsferien nach London zu kommen, um die Familie dort zu besuchen. Benjamin war sofort Feuer und Flamme dafür.

Als sie auflegte, wurde ihr wieder bewusst, wie turbulent die vergangenen zwei Wochen gewesen waren und was ihr eigentlich gelungen war. Wie so oft ging sie zu den bodentiefen Fenstern und schaute hinaus in die Weite. Sie betrachtete ihren blühenden Garten, die saftigen grünen Wiesen und Hügel und das Schloss von Little Maine. Alles war so wie immer.

Fast.

Sie selbst war nach wie vor die vorlaute, füllige Grundschullehrerin, die das Leben in diesem Ort liebte, obwohl sie zugab, dass sie durch die Ereignisse gelernt hatte, an passender Stelle besser den Mund zu halten. Was sich allerdings verändert hat, war ihr Bild von den Bewohnern dieser Stadt.

Der Tod von ihrem lieben Freund Robert hatte nicht nur den traurigen Abschied von ihm bedeutet, sondern auch das Bekanntwerden einiger Wahrheiten, die unter dem Mantel der Verschwiegenheit versteckt worden waren. So viele hatten Geheimnisse, die entweder unschön oder verletzend waren, dass Margret es noch immer nicht ganz fassen konnte. Und dann all die Lügen.

Sie öffnete eines der Fenster und trat hinaus auf die Terrasse. Die Sonne drückte und knallte ihr mit voller Wucht ins Gesicht. Statt sich darüber zu beklagen, genoss sie es. Ihre Gedanken schweiften zu Constance, Philipp Stone, Lourdes, Barbara und all den anderen, über die sie so viel erfahren hatte, weil sie sich mit

Roberts Ableben nicht abfinden wollte. Was hatte sie nicht alles getan, ging es ihr durch den Kopf, den sie jetzt schmunzelnd schüttelte.

Sie hatte Leute in der Öffentlichkeit des Mordes beschuldigt, war in Häuser eingedrungen, hatte andere bestochen und unerlaubterweise Dinge gestohlen, um Beweise zu bekommen. An die anderen Straftaten wollte sie gar nicht denken. Das musste ihr eine ihrer Kolleginnen erst einmal nachmachen.

Margret ging in eine schattige Ecke des Gartens, wo sie sich auf einen der drei Stühle setzte, die um einen kleinen weißen Metalltisch standen. Sie lehnte sich zurück und schloss die Augen.

Sie konnte froh sein, dass Inspector Smith ihr zugehört hatte, damit sie ihm ihre bisherigen Beweise und Theorien in aller Ruhe hatte vorlegen und vortragen können. Da das ganze Gerüst auf etwas wackeligen Beinen gestanden hatte, um Pamela Reece festzunehmen, hatte der junge Polizist eingewilligt, Befragungen durchzuführen, die ihre Ideen bestätigen könnten. Zu ihrem Glück hatten sie dies getan.

Auch, dass sie das Sichten der Aufnahmen so flott in die Wege leiten konnten, war ein Segen. Benjamins Fotos hatten Smith schnell überzeugt, genauer nachzusehen. Luis Porter war natürlich gleich bereit, mitzuhelfen, um als Erster die Rechte an der Ausstrahlung der Aufklärung des Mordfalls zu erhalten. Auf diese Art hatten sie und Smith in einer Nachtschicht alles durchforstet, zusammengesetzt und waren zu dem gleichen Ergebnis gekommen. Die Einzige, die noch mitspielen musste, war Lourdes Cain gewesen, damit Margret alle an einem Ort versammeln konnte. Anfangs hatte sich die Witwe zwar geweigert, denn die Versicherungssumme musste sie nun komplett zurückgeben, da keine natürliche Todesursache vorlag. Die Aussicht auf die Übernahme des Cafés nach der Festnahme von Pamela und der Erlös vom Hausverkauf hatten die Geschäftsfrau schließlich überzeugt. Es sei ihr gegönnt, dachte sich Margret, obwohl sie sie immer noch nicht sonderlich mochte.

Der Ruf von Constance Rutherford war nun ziemlich angekratzt. Alle sprachen über sie und ihre Untreue. Ihre Ehe mit Carl stand womöglich vor dem Aus. Ihren Job als Assistentin vom Bürgermeister war sie auch los, denn Stone war, nachdem alles an die Öffentlichkeit kam, sofort freiwillig zurückgetreten. Den Gerüchten zufolge versuchte er alles, um eine Scheidung zu umgehen, ansonsten hätte er wirklich alles verloren. Verdient hätte er es, Margrets Meinung nach. Doc Brown war mit einem blauen Auge davongekommen. Er hatte eine Verwarnung seitens der Ärztekammer ausgesprochen bekommen. Mildernde Umstände wegen des Drohbriefs, soweit sie von Jackie im Supermarkt erfahren hatte.

So hatte jeder bekommen, was er verdiente. Irgendwie war dadurch Pamelas Plan wirklich aufgegangen. Dass sie nun in Haft saß und ihr bald ein Prozess drohte, war nicht von ihr geplant gewesen. Sicherlich würde sie eine lebenslange Haftstrafe im Gefängnis bekommen. Dumm gelaufen, würde Margret jetzt ihren Schülern sagen, wenn sie an dem Versuch gescheitert wären, ihre Lehrerin an der Nase herumzuführen. Bei diesem Gedanken grinste sie.

Nach der Verschnaufpause im Garten begab sich Margret wieder ins Haus und räumte die Küche auf. Die Kuchen verpackte sie sorgfältig für den Transport. Anschließend machte sie sich frisch, zog etwas anderes Buntes über und freute sich, als es klingelte.

Es war Elisabeth, die wie eh und je pünktlich kam. Anders als sonst am Freitag stand sie nicht in Walkingmontur vor ihr, sondern hatte sich besonders zurechtgemacht. Passend zum strahlenden Sonnenschein und der Hitze trug ihre beste Freundin eine luftige weiße Bluse zu einer cremefarbenen Dreiviertelhose aus Leinen. Dazu Sandalen und einen beigen Sommerhut.

„Ich hoffe, du bist abfahrbereit", begrüßte Elisabeth sie und deutete auf das Taxi hinter sich.

„Na klar. Geh schon mal wieder zum Wagen. Ich hole eben die zu transportierende Fracht." Mit vollgepackten Armen begab sich Margret mit den Kuchenboxen zum Taxi und lud sie zusammen mit dem Fahrer in den Kofferraum. Mit Lucy wäre das nicht möglich gewesen, auch wenn diese glücklicherweise nach einer kleinen Reparatur wieder fahrtauglich und einsatzbereit war.

Margret stieg zu Elisabeth auf die Rückbank und wies den Fahrer an, zuerst in die Beever Street zu fahren. Dort wohnte Lucinda, der sie als Erste einen Besuch abstatten wollten.

„Puh … Beth, wenn das geschafft ist, brauche ich dringend Ferien von den Ferien. Das war alles ganz schön anstrengend und schmerzhaft die letzten Wochen. Obwohl wir heute nicht walken gehen – als Belohnung haben wir uns eine richtige Leckerei verdient", schnaufte sie und tupfte sich die Stirn mit einem Taschentuch ab.

Elisabeth sah sie einen Moment lang an und musste schmunzeln. „Zu einem Stück Kuchen oder Torte sage ich nicht nein.“

Margret nahm die Hand ihrer Freundin und nickte ihr mit einem dankenden Lächeln zu.

Danksagung

Na, wobei erwische ich Sie gerade? Vielleicht bei einem Stück Kuchen und einer Tasse Tee? Oder sind Sie einfach jemand, der immer zuerst die Schlussworte des Autoren liest, um dann das Buch zu beginnen? Egal: Ich danke Ihnen. Sie halten mein Buch, einen Cosy Crime, in den Händen und lesen darin. Das bedeutet einem Autoren viel.

Neben Ihnen möchte ich noch einigen anderen Leuten danken, die dafür gesorgt haben, dass die liebenswerte Margret Pagnum, die man bestimmt nicht als typische Grundschullehrerin bezeichnen kann, es an die Öffentlichkeit geschafft hat.

Besonders dem dp Verlag und dem dahinterstehenden Team möchte ich meinen Dank aussprechen. Ihr habt an Maggie und die Geschichte geglaubt. Im selben Atemzug soll Manuela, meine Lektorin, unbedingt genannt sein. Die Arbeit mit dir war wirklich toll. An der einen oder anderen Stelle musste ins Gespräch gegangen werden, doch schlussendlich sind wir uns immer einig geworden. Durch dich wurde „Ein Stück Tod, bitte!" noch besser.

Auch meinen Testlesern Nadine, Kathrin, Felix und Anja gilt mein Dank. Jeder von euch hat andere Anstöße und Ideen gegeben. Seid euch sicher, ich melde mich wieder. Weiterhin danke ich allen BuchhändlerInnen sowie VertreterInnen, die meine Bücher dorthin bringen, wo sie hingehören.

So, und wer fehlt noch? Unzählige, wie zum Beispiel mein Ehemann Timo, mein Vater und all meine engsten Liebsten und Vertrauten, ohne die ich manchmal den Kopf in den Sand stecken würde. Ihr gebt mir Mut, Halt und den Ansporn, weitere Geschichten zu schreiben. Danke dafür.

Ich freue mich übrigens immer über jeden Besuch unter www.marcstroot.com oder E-Mails an marcstroot83@gmail.com direkt an mich. Ich werde definitiv alle selbst beantworten.

Ihr Marc Stroot, Lingen, im Oktober 2023

PS: Wir sehen uns vielleicht auf einer der kommenden Lesungen.